스토리텔링으로
힐링하라

• 이 도서의 국립중앙도서관 출판시도서목록(CIP)은 e-CIP홈페이지(http://www.nl.go.kr/ecip)와 국가자료공동목록시스템(http://www.nl.go.kr/kolisnet)에서 이용하실 수 있습니다. (CIP제어번호: CIP 2014024822)

스토리텔링으로 힐링하라

안하림 지음

마인드 트리

누군가의 가슴 아픈 이야기는 서로 위로하고 공감해 주고,
누군가 행복한 이야기가 있다면 함께 기쁨을 나눔으로써
더불어 행복해지는 세상으로 바뀔 수 있다.

프롤로그

　사람에게는 누구에게나 살아 온 이야기가 있다. 그 이야기들은 우리들 가슴속에서 아련한 슬픔으로 말하기도 하고 예쁜 그림이 되어 보여 주기도 한다. 이렇게 저마다의 가슴속에는 인생이라는 아름다운 이야기가 있다. 함께 말하며 다 같이 듣고 보며 목 놓아 노래 부르고 싶어 한다. 어디 그뿐인가. 사람들은 태곳적부터 이야기를 좋아해 왔다. 할머니의 구전으로 전해지는 삶의 이야기를 통해 이 세상에 왔다 간 사람들의 향기가 전해진다.

　이야기는 하나의 거대한 세계이다. 또한 인류의 기원이며 역사이다. 신을 말하고 우주를 말하고 자연을 말하며 사람을 말한다. 이야기는 경청이다. 사람과 자연에서 들려오는 경이로운 소리를 듣는 것이다. 그리고 이야기의 절정은 소통이다. 소통은 내 이야기를 들어 주는 누군가가 있을 때 가능하며 소통을 이해할 때 스토리텔링이 시작된다.

세상은 빠르게 변하고 있다. 이야기를 하고 싶어도 상대가 없다. 진실을 말해도 메아리쳐 공허하게 되돌아온다. 그건 물질이라는 욕심꾸러기가 나타나 이기적인 혼자만의 세상을 만들었기 때문이다. 사람은 혼자 살아갈 수 없는 존재이다. 다른 사람들과 더불어 살아야 한다. 또한 사람은 서로의 이야기를 공감함으로써 관계가 형성된다. 그래서 사랑은 이야기이다.

누구나 가슴속에는 사랑 이야기를 간직하고 있다. 그 이야기 속에는 나를 사랑했던 사람들과 내가 사랑했던 사람들 그리고 상처와 슬픔과 행복이 녹아 있다. 그래서 사람은 이야기꾼이 되고 싶어 한다. 나를 끝없이 말하고 싶어 한다. 어쩌면 외롭고 슬퍼서, 가슴쓰리고 아파서 또 누군가를 미치도록 사랑해서 말하지 않으면 견딜 수 없다.

지금 누군가에게 나의 이야기를 전하고 싶은가. 그럼 눈을 감아 보라. 그리고 머릿속 떠오르는 생각들을 떨쳐 버리고 내 안에서 들려오는 세미한 내면의 세계에 귀를 기울여라. 처음엔 아무 소리도 들리지 않는다. 헛된 망상과 수많은 잡념으로 가득 찬다. 그래도 포기하지 말고 참고 기다리면 분명히 들려온다.

"나는 너를 사랑한다." "외롭지 않니?" "많이 아프지?" "슬퍼하지 마, 내가 있잖아." "우린 해낼 수 있어."

많은 긍정의 소리들이 들린다. 만일 이 글을 읽고 내면의 소리를 듣는다면 우리는 비로소 이야기의 여행으로 떠날 수 있다.

스토리텔링은 나를 찾아 떠나는 어여쁜 여정이다. 누군가는 슬픈 이야기를 할 것이고, 또 누군가는 행복했던 지난날을 말할 것이다. 그러나 스토리텔링은 과거의 이야기를 말하는 것이 아니다. 언제나 현재이며 내일을 향해 가는 기차이다. 그 기차에 스토리텔링으로 힐링하는 사람들이 하나 둘 함께 동승할 것이다.

많은 사람들이 힐링을 위해 어딘가로 떠난다. 근원적인 자신의 이야기를 털어 놓을 수 없다면 아무리 운동을 하고 좋은 약을 먹어도 치유되지 않는다. 특히 현대인의 모든 병은 마음의 상처와 정신적인 괴로움에서 오는 것이기에 내면의 세계를 바로 알지 못하면 안 된다. 다시 말해 내 이야기를 찾아서 지난날 잘못 살아왔다면 시나리오를 수정하듯이 고쳐 써야 한다. 그리고 당당히 새로운 이야기를 써서 사람들에게 들려주면 당신은 물론이고 주변 모두가 행복하게 변하게 된다.

삶의 본질은 이야기로 구성되어 있다. 나를 안다는 건 내 안에 있는 이야기를 안다는 뜻이며, 다른 사람들이 말하는 내 이야기를 통해 지금 내가 어떻게 살고 있는지도 알 수가 있다.

항상 책을 낼 때마다 시대를 너무 앞서간다는 지적을 받았다. 사실 이 책을 구상한 것도 몇 년 전이었는데, 그 사이 스토리텔링이라는 말이 유행하기 시작했고, 또 힐링이 뒤를 이었다. 지인들은 모두 아는 사실이지만, '스토리텔링으로 힐링하라'는 말은 내가 5년 전부터 사용해 온 말이다. 처음 '사이코패스'라는 말을 유행시킬 때에도 우리 사회에는 그런 말이 있는지조차 몰랐다. 이제는 '사이코패스'라고 하면 웬만한 사람들은 아는 것처럼 '스토리텔링으로 힐링하라'라는 말이 사람들에게 각인될 것을 믿어 의심치 않는다.

　그러나 진정으로 바람이 있다면 이 책을 통해서 사람과 사람이 만나 서로를 이해하고, 지구라는 행성에서 함께 공존하는 생명체들과 하나로 소통하는 것이다.

마음을 알아야 산다

　우리가 스토리텔링으로 힐링을 하기 위해서는 먼저 인간에 대해 알아야 한다. 즉 나에 대해서 알아야 한다. 그렇다고 철학적인 질문을 한다든지 신학적으로 뭔가를 파헤치고자 하는 것은 아니다. 다윈의 진화설을 말하고 싶은 생각은 더더욱 없다. 단지 나는 누구인지, 나라고 말할 수 있는 객관적 정의는 무엇인지를 알기 위해 조금은 진지하게 접근하려고 한다.

　시작부터 어려워지는 느낌이 드는 것은 도대체 '나'라는 존재가 무엇인지, 오랜 세월 '나'를 말하며 살아왔는데도 '나'에 대해 잘 모르기 때문이다. 그냥 이름이라고 말할 수도 없고, 또 "얼굴이 바로 나"라고 하는 것도 좀 어색하고, 아무튼 딱 잘라 표현할 수 없는 나에 대해 궁금하다. 이런 의문은 나만의 문제가 아닐 것이다. 인간이라면 누구라도 한번쯤 의문을 가질 수 있는 가장 단순한 질문이다.

물론 대다수의 사람들은 '나'라고 하면 모든 걸 포괄적으로 이해한다. 더 놀랍고 이상한 것은 '나'에 대해서는 나를 구성하는 모든 걸 포괄하면서도 '너', 즉 다른 사람에 대해서는 너무 단순하게 인식하고 있다는 사실이다. 좀 더 쉽게 이해하려면 지금 바로 이 순간 나 아닌 다른 사람을 떠올려 보면 알 수 있다. 기껏해야 이름이나 얼굴만이 떠오르기 때문이다. 정말 단순한 인식 아닌가. 물론 상대방도 나를 떠올리면 겨우 그 정도일 게 분명하다.

　그렇다면 다시 한 번 나를 떠올려 보라. 또다시 의문에 빠진다. 얼굴이라고 말해야 하나, 아니면 이름이라고 말해야 하나. 그렇게 말하기에는 뭔가 아닌 것 같다는 생각이 든다. 그건 '나', 그러니까 내가 그렇게 단순한 존재가 아님을 알고 있다는 뜻이다. 그런데도 막상 말하려고 하면 나에 대해 설명할 길이 없어 답답해진다. 누군가는 그냥 살면 되지, 뭘 그리 복잡하게 나에 대해 알 필요가 있냐고 말할지도 모른다. 사실 우리는 모두 그렇게 살아왔다. 다른 사람에게 나는 누구이고 뭐하는 사람이며 어쩌고저쩌고 온갖 수식어를 붙이며 특별한 존재처럼 말해 왔지만 결국 이름이나 직업 그리고 얼굴 정도 밖에는 말할 것이 별로 없다. 그런데도 그 단순하기 짝이 없는 나와 너가 뭐 그리 복잡하게 얽혀 사는지 오히려 이상할 정도이다.

　그렇다면 무엇이 우리로 하여금 복잡한 삶을 살게 만드는가? 이유는 간단하다. 겉으로는 그렇게 단순한 사람들이 모두 복잡한 내면을 가지고 있기 때문이다. 여기서 '복잡하다'는 표현을 사용한 건 다양성, 무궁무진한 신비를 뜻한다. 쉽게 볼 수 없는 세계, 뭐라고 단정할 수 없는 세계가 우리 안에서 모든 이들의 삶을 지배하고 이끌고 있는 것이다. 그 내면의 세계, 즉 자아에 대해서 사람들은 잘 알지 못한다. 세상에 유일한 존재인 '나'가 바로 내면의 세계임을 막연히 짐작할 뿐, 어떻게 생겼으며, 무엇으로 이루어져 있는지 그 정체성에 대해서는 잘 모른다. 어쩌면 그건 당연한 일이다. 태어나서 한 번도 배운 적이 없기 때문이다. 몰라서 말할 수 없고, 알기에는 너무 형이상학적인 것 같아 서로 질문 자체를 피하는 것이 어쩌면 편하다고 생각한다. 그러다 보니 누군가 보이지 않는 내면에 대해 의문을 갖거나 질문이라도 던지면 대부분의 사람들은 그냥 쉽게 무시해 버린다.

어느 순간 우리에게 질문과 의문은 사라지고 외형적인 정보들만 서로 교환하고 있다. 사실 말이 좋아 정보이지, 텔레비전이나 뉴스를 보았는지 안 보았는지 정도의 지극히 단순한 차이를 두고 정보라고 말한다. 그런데도 마치 내면의 지식이라도 말하듯 이구동성으로 떠들어대며 살고 있는 것은 아닐까. 하지만 이제는 그렇게 살 수 없다. 아니 그렇게 외형적인 세계만을 말하며 살기에는 문제가 너무 커졌다.

사람들은 흔히 마음이 아프다고 한다. 제발 내 마음 좀 알아달라며 소리치고 애원한다. 하지만 자신도 모르는 마음을 다른 사람에게 알아달라고 말하는 건 어쩐지 좀 이상하다. 다른 사람은 마음에 대해 잘 알고 있을 거라고 생각하면서, 한편으로는 자신의 마음에 대해 자기 자신이 제일 잘 아는 것처럼 오해하고 있다. 아이러니하게도 생물학적인 육체처럼 마음도 내 것이니, 장기의 어느 한 부위라고 믿고 있다. 분명 아프기는 아픈데, 엑스레이를 찍어도, 다른 검사를 해봐도 찾을 수 없는 마음의 병이 이제는 너나 할 것 없이 모든 사람에게 퍼지고 있다.

사실 마음의 병은 마음이 뭔지 몰라서 생기는 병이다. 그리고 자신의 내면세계에 대해 무관심해서 생긴 병이다. 조금 늦은 감은 있지만 마음이 무엇인지 알고 싶고 찾으려는 사람들이 많아지고 있어 얼마나 다행인지 모른다. 마음은 알려고 다가서는 순간 더 이상 미지의 세계가 아니다. 그러나 단번에 볼 수 없는 세계이기에 조금씩 노를 저어 마음의 세계로 들어가 보자.

먼저 뇌 과학으로 보면 100개 이상의 뉴런(신경세포)이 마음의 최소 단위이다. 우리 뇌는 뉴런, 수상돌기, 축색돌기, 세포체, 시냅스(신경세포 말단)를 통해 우리 몸이 보고 들은 것을 뇌에 모두 저장한다. 다시 말해 우리 몸을 통해 지각된 정보는 뇌에 저장되어 우리 마음을 만드는 재료가 된다. 복잡하게 얽혀 있는 신경망을 통해 외부정보가 수집되어 뇌에 저장되는 과정에서 뉴런은 다른 신경세포와 신경전달물질을 통해 정보 교환을 한다. 1개의 신경세포는 1개의 축색돌기이고 1천~1만 개의 수상돌기가 된다. 따라서 신경세포가 1백억 개라고 하면 1십조~1백조 개의 시냅스가 존재하다. 이 뉴런에 의해 각종 정보가 저장되는데, 이 원리가 마음을 만들어 내는 메커니즘이 된다.

또한 즐거움, 분노, 슬픔, 또 생각하고 머리 쓰는 지능(문제해결 능력)과 같은 의식을 혼합한 것이 마음이다. 의식이란 자신이 지금 무엇을 하고 있는지 아는 것, 즉 자아의 개념이다. 자기와 남과의 관계, 자아를 아는 것, 추상적인 것을 포함해 뇌에서 벌어지는 정신 활동은 모두 시냅스 작용의 결과물이다. 이처럼 인간은 우리가 생각하는 것을 생각할 수 있는 특이한 능력을 가진 지구상의 유일한 존재이다. 작은 가시에만 찔려도 금방 알고, 사랑을 하면 기분 좋은 신경물질인 도파민이 생성된다. 운동도, 사랑도, 아픔도 모두 시냅스의 작용인 것이다. 그러므로 시냅스와 밀접하게 상호 연결되어 있는 시스템을 연구할 때 우리는 마음의 신비한 메커니즘을 알 수 있다.

도파민이나 세로토닌 같은 신경물질은 적당하지 않으면 문제가 생긴다. 다시 말해 양이 너무 적거나 과다하면 우리 몸에 심각한 부작용을 만들어 낸다. 기분을 좋게 하는 도파민 신경물질 양을 늘리는 담배나 술, 마약 등을 줄이면 급격히 기분이 나빠진다. 그러다 보니 술이나 마약에 빠져 자꾸 도파민을 늘리려 하고, 결국 중독이 된다. 성형 중독이나 쇼핑 중독 같은 일상 중독도 모두 뇌의 작용이다. 이를테면 도파민 수치를 높여서 에너지를 높이려는 욕구이므로 도파민 양이 줄어들면 곧바로 불쾌감이 온다. 따라서 습관처럼 좀 더 많은 신경전달물질이 필요하게 되어 중독되는 것이다.

중독은 뇌의 작용이다. 뇌를 알아야 마음을 알 수 있기에 뇌 기능에 대해서도 조금 더 짚어보자. 편도체는 두려움과 공포를 담당하고, 소뇌는 각 기관과 협조 기능을 하며, 좌뇌는 언어(논리적 사고)를 맡으며, 우뇌는 비정상적인 것에 대해 민감하게 반응한다. 그리고 뇌관은 호흡을, 해마는 기억을, 시상은 후각 같은 정보를, 뇌량은 좌뇌와 우뇌 연결을, 그리고 측두엽은 언어를 담당하고, 두정엽은 통증을, 전두엽은 생각, 계획, 판단과 같은 뇌의 작전 사령부 같은 역할을 한다. 이렇게 나열하고 보니 마치 뇌에 대해 많이 아는 것처럼 느낄지 모르지만, 그래봐야 겨우 10%도 알지 못한다.

인간이 뇌를 완전히 알지 못한다는 것은 마음 역시 완전한 해석이 불가능하다는 것을 의미한다. 그러나 신경생리학에서는 신경물질(시냅스)을 바꾸면 마음도 바꿀 수 있다고 말한다. 전 예일대 교수인 호세 델가도 박사는 전극을 통해 뇌를 자극함으로써 외부에서 마음을 바꾸는 통제 실험을 한 적이 있다. 그 결과, 실제로 전자 칩의 통제를 통해 전신마비 환자가 생각만으로 텔레비전을 켜고 끄고 할 수 있었다. 그는 뇌의 표면장치(전기신호)를 곧 '마음'이라고 정의하였다. 또한 미국의 인공지능 전문가인 마빈 민스키는 자신의 책 《마음의 사회》에서 마음은 뇌가 작용하는 것이라고 하였다. 침팬지 연구의 대가인 일본의 마쯔자와 교수는 30년 동안의 침팬지 연구에서 침팬지도 마음이 있다고 확신했다. 마음의 3요소인 사물을 아는 지성과 감성 그리고 의지력이 침팬지에게도 있다는 말이다.

그러나 인간의 특성은 고차원적이다. 사람에게는 마음이 마음을 반영하는 능력이 있으며 남을 생각하고, 남의 생각을 생각하고, 또 자신이 그런 생각을 하고 있다고 생각하는 것, 그것이 인간 마음의 본질이다. 그래서일까. 우리의 몸을 지배하는 뇌가 만들어 내는 것이 마음이라고 단정하기에 마음의 신비는 여전히 안개 속을 항해하는 느낌이다.

분명한 것은 몸과 마음은 하나라는 사실이다. 마음이 아프면 몸도 아프고 마음이 편안하면 몸도 편안하다는 사실은 현대의학에서 마음치료를 도입하면서 더욱 분명해지고 있다. 마취를 하지 않은 상태에서 수술을 하면서도 마음이 수술실을 떠나 아름다운 해변으로 가 있다면 환자는 실제로 아무 고통을 느끼지 못한다는 것이 증명되었다. 불임치료에까지 마음치료가 적용되면서 임신율이 3배 높아진 병원이 생겨나고 있다.

마음치료라고 하면 대부분 명상을 떠올릴 것이고, 명상이라 하면 도사들이나 하는 것처럼 거리감을 느낀다. 그러나 마음에 평안을 만드는 일은 그리 어려운 게 아니다. 기독교인들은 기도만으로도 평안한 마음을 만들 수 있고, 마음수련하는 사람들은 '관념 버리기'를 반복해 마음을 편안하게 할 수 있다. 물론 일반 사람들도 쉽게 할 수 있는 방법이 있다. 눈을 감고 편안하게 앉아 숨을 내쉴 때 마다 "사랑합니다."라고 말하면 된다. 그렇게 반복적으로 차분히 하루 두세 번 식사 전에 10~20분 정도 규칙적으로 실천해 본다. 처음에는 잡다한 생각들이 떠오르지만 포기하지 않고 지속하다 보면 잡생각이 사라진다. 그 단순한 반복 행동만으로도 어느 순간 잡념 없이 마음이 평안해짐을 느낄 수 있다. 마음이 평안해졌다는 것은 좌뇌의 활동이 줄고 우뇌의 활동이 증가한 것을 말한다. 이는 곧 마음속에 행복감, 동정심, 긍정적인 감정이 증가한 상태이다. 연습 없이 잘할 수 있는 것은 없기 때문에 꾸준한 훈련을 통해 마음을 다스릴 수 있도록 뇌의 유연성을 만들어야 한다.

마음이 편해지면 실제로 면역력이 증가하고 이완효과를 주는 알파파가 증가한다. 그밖에도 많은 방법으로 마음을 치료하는 심신의학이 발달하고 있지만, 이 책에서는 '스토리텔링'으로 마음을 치유할 수 있는 방법을 찾아 보고자 한다. 왜냐하면 뇌가 만들어 내는 정보 역시 스토리이고, 마음에 저장되어 있는 안 좋은 이야기들이 결국 마음의 병이 되기 때문이다. 다소 어려운 감이 있지만, 마음이 무엇인지 조금은 이해했으리라 믿는다. 사실 요즘 학생들이 공부하는 것에 비하면 마음공부는 그리 어려운 것도 아니다. 몇 번만 반복해서 이 책을 읽다 보면 저절로 깨닫게 된다.

앞서 의식 있는 마음에 대해 이야기했다면 이번에는 무의식 세계에 있는 마음에 대해 알아 보도록 하자. 프로이트는 '꿈은 무의식을 이해하는 왕도'라고 했다. 사람은 인생의 3분의 1을 잠으로 보낸다. 그리고 잠의 20%는 꿈을 꾼다. 빠른 안구운동(REM)이 벌어지면 꿈을 꾸고 있는 상태이다. 해마가 작동해 수집된 정보의 장기보존을 위해 깨어 있는 동안 저장했던 기억을 뇌의 피질 곳곳에 분산 저장하는 과정이다. 쉽게 말하면 꿈은 막대한 양의 정보 충돌을 막기 위해 정보를 정리하는 작업이다. 우리가 꿈을 기억 못하는 이유는 해마가 기억을 정리하면서 끊어졌다 이어졌다 하기 때문이다. 그리고 빠른 안구운동 수면은 바로 이전의 기억을 정리하는 과정이 많이 작용하므로 잠자기 직전에 집중해서 생각하면 그것이 꿈으로 이어짐을 알 수 있다. 그러나 이것만으로 우리가 꾸는 꿈을 이해한다는 건 무리이다. 어디까지나 과학자들이 밝혀낸 일부분에 지나지 않는다. 그 이유는 꿈이 꼭 과거의 정보만을 다루는 것이 아니기 때문이다. 현실에서는 가보지 못하는 4차원 여행이 꿈을 통해서는 가능하다는 것을 많은 사람들이 이미 경험을 통해 알고 있다. 이처럼 꿈은 죽음과 내세에도 연관이 있는 무의식의 통로라는 점에서 신비롭기 그지없다.

무의식은 잠에서 깨어 있는 상태에서도 작동한다. 잠에서 깨었다면 의식이 있다고 생각하겠지만 의식 속에서도 무의식은 활동한다. 대부분의 사람들은 높은 곳에 오르면 두려움과 공포 그리고 떨림을 느낀다. 누군가 등 뒤에서 밀 것 같은 공포와 아무도 없는 절벽 아래서 잡아당길 것 같은 두려움이 인다. 단 한 번도 절벽에 서 보지 않았는데 그런 경험적인 두려움이 생기는 것은 바로 진화 때문이다. 태초부터 경험이 쌓여 각인된 집단 무의식('높은 곳은 위험하다'는 정보)이 의식과 함께 작동하는 것이다. 또한 일상생활과 연계된 무의식의 결과가 행동을 만들어 내기도 한다. 의식하지 않고 있다고 해서 없는 것은 아니기 때문이다. 그래서 의식은 잠재된 무의식에 비하면 빙산의 일각이다. 광고에서 무의식이 많이 사용되는 이유 중 하나가 원초적 본능인데, 누구나 반응하기 때문이다. 이처럼 무의식적으로는 움직이는데, 의식적으로는 인식하지 못하는 일들이 우리 일상에서는 흔하게 나타난다.

실제로 우리 마음의 90%는 무의식이 차지하고 있지만 의식을 걷어 내지 않으면 잘 드러나지 않는다. 의식을 걷어내고 무의식을 드러나게 하는 방법 중에는 최면과 프로이트가 체계화시킨 자유연상법이 있는데, 이는 기억의 저편에서 실마리를 찾는 방법이다. 의식 밑에 감춰진 무의식은 억눌려 있지만 박제된 것이 아니라 언제든지 의식 위로 나오려고 활동한다. 이유 없는 반항이라든지 지나친 폭력성 뒤에는 무의식이 밖으로 튀어나온 결과들이 많다. 강박관념 역시 무의식의 표출로 공격성을 띠는데, 정신분석을 해보면 대부분 무의식에서 올라오는 실마리들 속에 답이 있다.

뇌와 마음의 관계에서 '긴장성 근염 중후군' 같은 질병은 뇌가 마음을 유도하기 위해서 가상 아픔을 만들어 내는 것으로, 실제로 간질과 똑같은 증상을 겪는 사람들도 있다. 뇌는 정상인데 가짜로 만들어 낸 마음이 진짜처럼 고통을 수반하며 간질 증상을 보이는 것이다. 이것 역시 무의식이 의식을 지배하는 것이라 할 수 있다. 무의식적인 분노와 슬픔이 실제로 통증을 만들어 내 의식을 통해 고통을 느끼게 하는 것도 마음이 만들어 내는 결과물이다. 이렇게 마음은 알면 알수록 어렵고 신비하고 더욱 궁금해진다.

지금까지 마음의 하드웨어를 살펴보았다면 이제는 마음의 소프트웨어를 찾아 떠나 보자. 혹시 이 책을 읽다가 인내심에 한계가 왔다면 마음의 눈을 떠올려 보라. 그림이 잘 그려지지 않는다면 그냥 가까운 사람 가슴에 커다란 눈 하나를 그리는 상상을 해보자. 그것만으로도 쉽게 마음의 눈에 다가서게 될지 모른다.

어쩌면 우리가 마음에 대해 진짜 알 수 있는 방법은 바로 그 마음에 있는지도 모른다. 조금은 궤변 같지만 눈으로 보는 건 관념이며 현상이고 껍데기이다. 마음의 눈이 열리면 모든 고통스러운 것들이 감사한 것으로 보이게 된다. "가장 소중한 건 눈에 보이지 않고 오직 마음으로 보인다."며 여우가 어린왕자에게 말했듯이 우리는 마음으로 보는 법을 알아야 한다.

마음의 눈을 뜨는 것은 어렵지 않다. 마음으로 생각하고 마음으로 느끼고 마음으로 말하면 자동으로 마음의 눈이 열린다. 마음으로 어떻게 생각하고, 어떻게 느끼며, 어떻게 말할 수 있냐고 반문한다면 스스로 어린 왕자가 되어 보면 알 수 있다. 그리고 여우가 말했던 것처럼 지금 당신에게 가장 소중한 걸 마음으로 떠올리면 된다. 자신에게 소중한 건 눈을 감아도 보인다. 그게 바로 마음의 눈이 보는 것이다.

여기서 꼭 짚고 넘어가야 하는 건 생각과 마음의 눈은 다르다는 것이다. 생각은 여러 개 혹은 여러 사람 중에서 고르는 과정을 겪는다면 마음의 눈은 꼭 하나만 즉시 보인다. 그리고 생각은 어떤 형체가 눈으로 보이는 것 같지만, 마음의 눈은 스펀지에 물이 단번에 스며들듯이 부드럽게 가슴으로 느껴진다. 마음으로 보게 되면 진짜와 가짜가 쉽게 구별된다. 생각은 가짜에게 반응하지만 마음은 진짜에만 반응하기 때문이다. 그리고 생각은 거짓을 말하지만 마음은 진실만을 말한다. 마음이 진실을 말하지 못하고 억압받을 때 우리는 괴로움을 겪는다. 그것이 바로 마음의 법칙이다. 진실만이 통하는 법칙에서 벗어나면 고통을 당한다. 우리 몸이 스스로 알아서 마음의 법칙대로 사는 것이 가장 건강하게 사는 것이다.

또한 마음은 주어야 행복하다. 내가 세상에 어떤 도움을 줄까 생각하면 마음이 행복을 느낀다. 즉, 무엇을 가졌는가가 그 사람이 아니다. 무엇을 줄 것인가가 그 사람이다. 그렇듯 마음은 주는 것에 기쁨을 느낀다. 받으려고만 하고 빼앗으려는 마음은 가장 비천한 마음이다. 아니 어쩌면 그런 마음은 없다. 생각만이 두 개 세 개를 가지려고 하지, 마음은 오직 하나만을 알고 하나만을 바란다. 생각은 고통스러우면 버리지만 마음은 스스로 죽음을 택한다. 현상 뒤에 있는 본질만이 자신의 참모습임을 알기 때문이다. 그래서 참이 아니면 고통스럽고 괴로워 견딜 수 없지만, 진실 앞에서는 아무리 큰 절망과 고난이 와도 희망을 볼 수 있는 눈을 가지고 있다.

20세기 영국 귀족부인이었던 제인 구달은 영국군 장교였던 남편을 따라 아프리카로 갔다. 귀족부인이 아프리카 같은 열악한 환경에서 산다는 것은 견디기 힘든 고난이었을 것이다. 그녀는 친정아버지에게 돌아가고 싶은 심정을 편지로 알렸다. 그러나 아버지는 답장에서 두 사람의 죄수 이야기만 써서 보내왔다. '감옥에 갇힌 두 사람 중 한 사람은 창문을 통해 진흙탕을 보고 다른 한 사람은 빛나는 밤하늘을 보았는데, 너는 무엇을 보겠느냐'가 내용의 전부였다. 제인은 아버지의 간단한 회답을 통해 마음의 눈으로 아프리카를 보게 된다. 그녀는 결국 위대한 동물학자가 되어 인류에 공헌하는 사람으로 성장한다.

이처럼 마음의 눈은 자신의 삶을 바꿀 수 있다. 물론 모든 진리는 '생각'이라는 갈등을 통해 방황하다가 마음으로 받아들여지는 것이기에 생각을 이해하는 것 또한 마음의 힘이다. 자신의 마음을 들여다볼 수 있는 사람은 위대한 의식 에너지(본성)를 발견할 것이고 무한한 가능성이 자신의 내면에 있음을 깨닫게 될 것이다. 마음은 마음먹은 그대로 발달한다. 지금까지 자신의 내면에 대해 무관심하게 살았다면 이제는 깊은 관심을 가져야 한다.

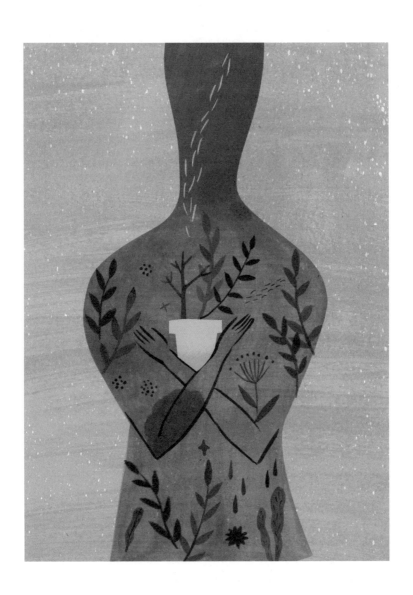

급격히 변화하는 시대에 살고 있는 우리는 내면, 즉 마음을 알지 못하면 안 된다. 현대사회는 물질 시대에서 마음의 시대로 빠르게 이동하고 있다. 마음의 시대란 상생의 시대로 돌아가 분열에서 화합의 시대로 가는 것이다. 갈등과 대립에서 조화로운 세계로 변하게 된다. 그리고 마음의 시대는 지식의 시대에서 감성의 시대로 바뀌는 것을 말한다. 다시 말해서 두뇌의 인간에서 가슴의 인간, 즉 감성으로 느끼는 신인류가 탄생하는 것이다. 신인류는 명함이나 스펙이 필요 없으며 학벌이 의미가 없다. 또한 마음의 시대는 진실의 시대이다. 누구든 무엇이든 드러날 수 있기에 거짓이 없다.

이 시대를 살기 위해서 우리는 마음으로 꿈을 꾸어야 한다. 물론 꿈과 망상은 다르다. 꿈이 본성의 산물이라면 망상은 관념의 산물이다. 꿈은 반드시 이루어지지만 망상은 이루어지지 않는다. 꿈은 마음의 속성이 그러하듯이 나와 다른 사람을 위하는 것이지만, 망상은 탐욕의 관념이기 때문이다. 꿈은 노력과 희생을 요구한다. 그러나 망상은 그냥 생각만 하는 게으름의 산물이다.

이탈리아 소설가가 쓴 《꿈을 파는 가게》에서 보면 어떤 사람이 들어와 "제일 큰 꿈을 파시오."라고 말하자, 주인은 "당신의 남은 인생을 포기하시오."라고 말한다. 꿈을 이루기 위해서는 남은 인생을 생각해서는 안 된다. 커다란 꿈을 이룰 수 있는 힘은 남은 인생을 모두 바칠 수 있는 열정을 필요로 하기 때문이다. 꿈을 이루는 속도, 꿈의 크기를 결정하고 꿈을 이루기 위해 혼신의 힘을 집중할 때 그 꿈은 반드시 이루어진다. 그런데 현대인은 대부분 꿈이 없다. 꿈이 있다고 말하는 사람도 대개 무엇인가를 얻는 것으로 생각한다. 꿈은 얻는 게 아니다. 세상을 향해 주는 것이며, 다른 사람에게 뭔가를 주는 것이 꿈이다. 그런 꿈에는 공통점이 있는데, 마음이 즐겁고 행복해진다는 것이다.

사실 우리 마음속에는 완벽한 세계가 숨겨져 있다. 그래서 상상으로 하늘을 날고 별을 따다가 사랑하는 사람에게 선물할 수도 있다. 마음으로 그림을 그리면, 또한 꿈을 꾸면 사명을 깨닫게 되고 꿈은 현실이 되어 이루어지는 것을 확인할 수 있다.

누구라도 마음속에는 세상을 바꾸는 힘이 있다. 그것이 바로 마음의 무한 에너지이며 꿈인 것이다. 세상 사람들에게 무엇을 줄 것인지, 다른 이에게 어떻게 하면 도움이 될 것인지를 고민하는 사람만이 꿈을 꿀 자격이 주어진다는 것을 명심해야 한다.

망상이 판을 치는 세상에서 마음으로 꿈을 꾼다는 것은 때론 힘든 고통이 뒤따른다. 그리고 꿈이 큰 만큼 고통도 크게 다가온다. 그건 고통을 통해 큰 꿈을 담을 수 있는 그릇이 만들어지는 과정이다. 큰 집을 지으려면 반드시 설계도가 필요한 것처럼 꿈은 마음의 설계도이다. 때론 고난과 싸우느라 꿈이 이루어지고 있는지 모르지만, 결국 꿈은 희망이 되어 이루어진다.

마음속의 꿈과 희망이 우리 인생 설계도이다. 꿈이 뚜렷하고 말에 확신이 있으면 그것이 밑그림이 되어 그대로 움직이게 된다. 꿈과 희망을 마음에 심어 주면 반드시 자라나게 되고 그에 합당한 열매를 맺는다. 그것이 곧 마음 법칙이다. 마음이 꿈을 가지면 상상력을 초월한 기적이 일어나는 것을 체험할 수 있다. 그처럼 꿈을 마음속에 심으면 우리가 꿈을 만드는 것이 아니라 꿈이 우리를 꿈꾸는 대로 만들어 준다. 마음은 생각을 통해서, 꿈을 꾸는 것을 통해서 그리고 믿는 것을 통해서, 말을 통해서 보여진다. 그러므로 다른 사람의 마음을 보려면 그 사람이 무슨 생각을 하며, 무엇을 꿈꾸는지, 무엇을 믿는지 그리고 어떤 말을 하는지를 관찰하면 된다.

예로부터 수많은 사람들이 마음속 관념을 버리려고 수행을 해왔다. 허물로 가득한 관념이 많을수록 화나고 슬프고 짜증나고 괴롭고, 불안과 두려움 같은 때로 얼룩져 마음을 볼 수 없다. 수없이 우리를 괴롭히는 관념들을 마음에서 제거하는 치유법 중에서 가장 많이 이용되는 방법이 '버리기'이다. 그러나 오랜 세월 마음을 비우고 수행을 해온 사람들조차 결국은 관념으로부터 도망치지 못했음을 시인한다. 비우려고 노력하면 채워지고, 다시 비우려고 노력하면 비워진 것처럼 아무 생각 없이 단순해지다가 어느 순간, 비웠다고 생각했던 그 많은 생각들이 홍수처럼 한꺼번에 마음을 덮친다. 평생 수행과 고행으로 살다간 유명한 스님도 죽기 전에 관념에서 평생 지우지 못한 딸에 대한 미안함과 그리움을 표현하지 않았던가.

마음을 만들어 내는 재료가 되는 그 무수한 생각들을 버릴 수 없다면 차라리 그 생각들을 정리해 자신만의 이야기를 만드는 것이 좋다. 잡념을 버릴 수 없다면 그것들을 하나 둘 모아 조금만 수정을 해도 시나리오 하나쯤은 거뜬히 나올 지도 모른다. 사실 알고 보면 우리 마음속에는 옛날부터 이야기들이 전해 내려오고 있다. 예나 지금이나 변하지 않는 것이 있다면 아이들은 이야기를 좋아한다는 것이다. 우리 마음속에 각인된 이야기 정보가 수백 년 수천 년 동안 유전되어 전해 내려오고 있는데 그걸 어떻게 버릴 수 있단 말인가. 우리 인간의 메커니즘은 근본적으로 이야기를 만들어 내는 것인데, 이야기를 없애는 프로그램이 가능할 리 없다. 아무리 그가 달라이 라마라고 해도 안 된다. 수행을 통해 마음의 눈을 떠서 세상을 아름다운 눈으로 바라볼 수는 있겠지만, 무소유와 버림은 진리가 갈등을 통해 원래 제자리로 돌아오는 원리와 같다.

영원한 베스트셀러인 성경은 사실 예수님의 이야기이다. 지금까지 이 글을 써 내려가는 것도 결국 마음 이야기를 통해 상처받은 마음은 물론이고 아직 내면의 세계를 발견하지 못한 사람들을 치유하려는 것이다. 다시 말하지만 스토리텔링으로 힐링하는 것에 그 목적이 있다.

얼마 전 동네 여자분들 모임에 동석한 적이 있었다. 모두 다섯 명이었는데, 나이는 대충 40대 후반부터 60대 중반까지였고, 직업은 주부에서 공무원, 자영업을 하시는 분들로 다양했다. 유일하게 남자인 나는 운 좋게 그들 사이에 앉아 있었다. 내가 남자이고 글 쓰는 사람이라 그런지 처음에는 나를 의식하는 분위기였다. 가끔 내게도 이것저것 물어보며 약간의 대화를 섞을 정도로 관심을 보였다. 그러나 잠시 후 한 사람씩 말을 주고 받아가며 화기애애한 분위기를 만들어 가던 그들은 조금씩 저마다 이야기를 쏟아내기 시작했다. 재밌는 것은 하나같이 다른 사람의 말을 막아가며 자기 말만 하려고 한다는 점이었다. 그러다 보니 이야기는 이어지지 않았고 이말 저말 뒤섞여 혼탁

한 분위기가 이어졌다. 어느 순간부터인지 나는 뒷전으로 밀려나 혼전을 거듭하고 있는 그들을 관찰하기 시작했다. 그들 모두 상대방 얘기에 고개를 끄덕이면서도 어느 순간 말을 가로막으며 자신의 이야기를 하기에 바빴다. 그러다가 한 사람이 내가 자기를 응시하는 걸 보자 눈길을 내게 돌렸다. 그리고 다른 사람이 듣든 말든 나를 향해서 자신의 남편에게 서운했던 점을 말하기 시작했다. 물론 이 과정에서도 다른 사람들은 계속해서 이야기 난타전을 벌이고 있었다. 하지만 그녀는 오직 내 눈빛을 붙잡고 늘어졌다. 마치 '제발 내 이야기를 들어 주세요'라고 호소하듯이 애절한 눈빛이었다. 나는 처음에는 형식적으로 그녀를 바라보며 고개를 끄덕여 주었다. 그러자 그녀는 점점 자기 감정에 빠져들었고, 급기야는 눈물까지 쏟아내며 남편에게 상처받은 이야기를 이어갔다. 그런 와중에 나는 그녀의 마음을 보았다. 마음이 느껴진 순간, 형식적으로 듣고 있던 나와는 아무 상관없어 보이던 이야기가 조금씩 공감으로 변해갔다. 그 순간 난 강한 깨달음을 얻었다. 마음의 눈은 저절로 열리는 것이 아니라 무언가 공감해야 열린다는 사실을 말이다. 이야기를 말하는 상대 역시 자신의 이야기를 누군가 들어 줄 때 마음의 문이 열리고, 형식적이고 가식적이던 생각의 말을 접고 진실이 아니면 견딜 수 없는 마음의 이야기를 쏟아낼 수 있다.

　상처받은 진실은 반드시 눈물을 동반한다. 눈물 한 방울마다 마음의 이야기가 되어 다른 사람에게 공감을 줄 수 있다. 그녀는 이야기를 들어주고 있는 내 눈빛에서 공감의 빛을 찾아 냈는지 시간이 갈수록 더 진실해졌다. 나 역시 나이 차이를 떠나 남자가 여자에게 상처를 주는 일이 얼마나 쉽게 자행되고 있는지 공감하고 있었다. 그러나 남의 말은 경청하지 않고 자기 말만 쏟아내던 다른 사람들은 여전히 아무 진실 없는 대화만 이어갔다. 그런데, 그들 역시 뭔가를 호소하고 있다는 걸 알았다.

"제발 내말 좀 들어 줘요."

그 역시도 마음이 말하는 것이었지만, 눈빛을 마주치지 않고는 마음과 마음은 하나가 될 수 없음을 보여 주고 있었다.

공감이란 어쩌면 상대에게 집중하는 것, 관심을 갖는 것, 바라보는 것이라 할 수 있다. 공감하면 느끼게 된다. 다른 사람의 마음이 슬픈지 기쁜지 행복한지를 금방 알 수 있다. 그래서 상대의 마음이 전이되고 내 마음 역시도 상대에게 전이된다.

마음의 언어는 마술처럼 다양하다. 마음은 언어를 초월해 텔레파시를 만들어 낸다. 마음이 안다는 것, 그것은 지구상 오직 인간만이 가진 위대한 지혜이며, 생명이며, 역사이며, 온 우주의 창조가 담겨 있는 아름다운 그릇이다. 그래서 마음을 알면 사람을 알게 되고, 사람을 알면 세상을 알게 된다. 또한 마음을 얻으면 사람을 얻는 것이고 마음으로 얻은 사람은 배신하지 않는다. 어디 그뿐인가. 마음의 눈을 뜬 사람은 진실하다. 마음으로 깨달은 사람은 다른 사람에게 상처를 주지 않으며 자신 역시 상처받지 않는다.

생각은 갈대이지만 마음은 호수이다. 언제나 그 자리에 머물면서 새가 날아들고 물고기가 헤엄치는 평화만이 머무는 자리이다. 그래서 우리 마음에는 이야기가 있는 것이다. 누구에게나 들려줄 감동적인 이야기가 저마다 마음속에 살아 있다. 인간은 그걸 말하고 싶은 것이다.

"제발 내 이야기를 들어 주세요."

수많은 사람들이 지나치는 도심 한복판에서, 그리고 어느 골방에서 마음이 소리치고 있음을 들어야 한다.

아름다운 세상은 마음의 소리를 듣는 순간 이미 내 마음에 와 있다.

스토리텔링으로 행복하라

　세계에서 가장 못 사는 나라 중 하나인 방글라데시 국민들의 행복지수가 높게 나온 것은 무엇을 말하는가. 그건 두말 안 해도 행복은 물질적 조건과 비례하는 건 아니라는 사실이다. 물질이 풍부한 선진국으로 갈수록 각종 범죄율이 높고 행복지수가 낮은 것은 물질의 풍요가 행복과는 도리어 반비례한다는 걸 알 수 있다. 물질은 필요조건일 뿐, 행복을 위한 필수조건은 아님이 분명하다. 그런데도 현대인들은 물질만이 절대적인 행복 조건인 것처럼 착각하며 살고 있다. 아니 어쩌면 착각이 아닌 당연한 현실인지 모른다. 물질 시대에 살고 있는 현대인들에게 있어 물질은 모든 삶의 주체이고 나를 대변하는 또 다른 나로 인식하고 있음이 분명하다. 그러다 보니 인간 본성인 나와 물질로 가면을 쓴 나 중 어느 것이 진짜 나인지 모르는 혼돈의 시대를 맞이하게 된 것이다.

물질 사회에서 빈곤이란 소망을 상실한 것과 같다. 물질, 특히 돈이 없으면 꿈과 희망이 사라지고 살아야 할 이유조차 불분명해진다. 빈곤층 노인의 자살률이 세계 1위인 한국사회를 보면 물질 사회의 비극이 얼마나 심각한지 알 수 있다. 세계 하위 빈곤국에서 경제 대국을 향해 엄청난 속도로 물질 시대를 달려온 한국사회는 그 속도만큼 폐해도 빨리 나타나고 있다. 한때 잘나가던 연예인들은 물론이고 기업인 그리고 공무원들까지 자살로 내모는 이면에는 모두 돈의 속성이 개입되어 있다. 어디 그뿐인가. 카이스트의 천재 젊은이들이 자신들의 청춘을 내던지고 자살한 이유는 또 어디 있는가. 경쟁이라는 구도 속에서 견디지 못하고 결국 자살을 선택한 그들 역시 물질이라는 악의 속삭임에 당한 것이라 할 수 있다. 또 학업 성적을 비관해 자살하고 있는 수많은 청소년들도 물질 사회가 잡고 있는 인질임을 부정할 수 없다.

자살만이 아니다. 물질이라는 괴물은 인간이 사는 곳곳에서 각종 범죄의 원흉이 되어 행복을 파괴하고 있다. 그래도 고무적인 것은 비록 소수이긴 하지만, 사람들이 물질의 흉악함을 알아채고 있다는 사실이다. 소수가 눈치를 챘다는 것은 물질의 비밀이 밝혀지기 시작했으며, 물질 사회가 쇠퇴할 날이 그리 멀지 않았다는 것을 의미한다. 하지만 물질에게도 생명이 있어 그 마지막 때가 되면 생존을 위해 더 발악할 것이고, 사람과 사람 사이를 갈라놓기 위해 온갖 이간질은 물론이고 교묘한 방법으로 속임수를 쓸 것이다.

어쩌면 물질의 속성은 처음부터 주는 것도 아니고 받는 것도 아닌 빼앗는 것이었는지도 모른다. 물질은 언제나 배가 고프다. 집이 없을 때는 내 집 마련이 꿈이고 집이 생기면 더 이상 부러울 게 없을 것 같던 사람도 막상 집을 사고 나면 기쁨과 만족감을 느끼는 건 기껏해야 한두 달 정도이다. 그 집이 원래부터 내 집이었던 것처럼 행복감은 사라지고 새로운 욕망을 찾아 또다시 집착하게 된다. 자동차, 다이아 반지, 명품 핸드백, 외제차 등 고가의 물건에서 작은 선물까지 모든 물질이 주는 만족감은 그 순간뿐, 오래가지 않는다.

물론 사람들은 선물을 좋아한다. 명품일수록 그 만족도가 커진다. 그러나 며칠이나 갈까. 사람마다 다르겠지만, 감사함과 기쁨은 잠깐이고 선물은 이미 오래전부터 내가 가지고 있던 평범한 물건으로 전락한다. 뿐만 아니라 사회적 직위나 명성도 물질의 속성으로 이루어낸 것이라면 그 만족감 역시 잠깐이고, 남는 것은 또 다른 욕망과 교만이다. 그리고 곧 새로운 물질을 찾아 독수리처럼 허공을 날게 된다.

요즘 아이를 하나 이상 낳지 않으려는 부부들은 이구동성으로 돈이 많이 들어서 낳을 형편이 못 된다고 말한다. 이처럼 물질 사회는 가족 구성원까지 조절하는 상황에 이르렀다. 아이를 키우는 데 돈이 많이 든다는 사실은 무얼 말하는가. 아이에게 돈을 많이 벌 수 있는 방법을 배우라고 강요하는 사회라는 이야기다. 물질 사회에서 살아남기 위해서는 물질과 타협을 잘하는 물질만능주의자로 자라야 한다는 무언의 묵시 같은 것이 아이들의 탄생을 막고 있다. 또한 물질로 길러진 아이들에게는 물질이 없는 세상은 상상하기 힘들다. 마침내 돈 때문에 부모를 죽이는 자식들까지 생겨나는 비극의 시대가 온 것이다.

물질은 사람들에게 자신을 소유하라고 끝없이 감미롭게 속삭인다. 주식에 투자하고, 부동산으로 재테크하고, 대박을 꿈꾸며 로또를 사라고 유혹한다. 그러나 그 어떤 사람도, 심지어 대기업 총수나 막강한 권력자라 해도 절대 물질을 소유할 수는 없다. 인간은 죽지만 물질은 불멸의 존재이기 때문이다. 혹자는 물질도 소멸한다고 말하겠지만 그건 물질의 속성을 몰라서 하는 말이다. 물질은 사람과 사람 사이를 이동하고 이 물질에서 저 물질로 변형될 뿐 절대로 죽지도, 죽이지도 못하는 존재이다. 누군가 세상에서 악마를 보았다면, 그건 물질의 속성을 본 것이다.

이제 사람들은 그 비밀을 알게 되었고, 물질이 행복을 파괴하고 있다는 사실도 조금 눈치채기 시작했다. 물질이 행복을 주는 것이 아니라 오히려 파괴한다는 비밀을 아는 사람들이 생겨난다는 것은 물질로서는 심각한 위기가 온 것이다. 그렇다고 물질 사회에서 벗어나는 게 결코 쉬운 일은 아니다. 희망이 없는 것처럼 마음이 불안하고, 어떻게 살아야 할지 막막한 감정이 들지도 모른다. 때론 절망으로 죽고 싶을지도 모른다. 각종 중독이 그렇듯, 물질 사회로부터의 탈출 또한 쉽지 않은 노력이 필요하다. 그리고 그 시작은 반드시 깨달음이 있어야 한다. 그동안 우리가 물질을 얻기 위해 다른 누군가에게 상처를 주었다면, 나 역시도 다른 누군가로부터 상처를 받았음을 인지해야 한다. 내가 치유되어야만 다른 이들을 치유할 수 있고, 이것이 힐링의 기본이기 때문이다.

물질 속에 숨어 살고 있는 본성의 나를 찾기 위해 물질의 속성과 싸우려면 우선 진정한 행복이 무엇인지 알아야 한다. 그동안 물질의 만족이 행복의 조건이라고 잘못 알고 있었던 우리에게 있어 행복의 정체성을 찾는 것은 중요한 일이다. 그리고 행복이 무엇인지 알기 이전에 우리가 반드시 청산해야 할 일이 있다. 물질의 속성에 대해 어느 정도 파악한 것처럼 우리의 무엇이 물질과 하나가 되어 살았는지부터 알아야 한다. 우리 내면에 있는 무언가가 물질을 먹고 살지 않으면 견딜 수 없었다는 걸 인정하지 않으면 안 된다. 그 무언가는 바로 탐욕이다.

탐욕은 물질 사회가 만들어 낸 인간 괴물을 조정하는 핵심이며, 물질이 우리들 내면에 심어 놓은 숙주이다. 탐욕의 숙주는 물질을 먹고 산다. 물질을 먹지 않으면 끝없이 아우성을 치고 온갖 상상력을 동원해서 마음에 불안을 조성한다. 심지어 몸을 파괴하는 것은 물론이고 궁핍이라는 이유를 대며 다른 사람의 것을 빼앗으라고 억지를 부린다. 세상에 범죄가 많은 것도 탐욕이라는 괴물이 우리들 내면을 장악하고 있기 때문이다. 어떤 이는 택시 강도를, 또 어떤 이는 남의 집 담을 넘고, 조금 배웠다는 엘리트 집단들은 교묘한 술수를 이용해 자신보다 약한 탐욕을 잡아먹는다. 거대 탐욕들은 자본주의 꽃이라는 주식과 금융 상품들을 만들어 내, 싹쓸이 하듯이 힘없는 탐욕들을 무차별 먹어치우고 있다. 거대한 탐욕들은 거머리처럼 피를 빨아들여 배가 터져가고 있다. 마치 곡식창고의 작은 구멍으로 들어간 생쥐처럼 얼마나 먹어 치웠는지 이제는 비대해진 몸 때문에 들어온 구멍으로 다시 나갈 수 없는 지경에 이르렀다.

어찌 보면 탐욕은 미련해 보인다. 마치 모기 한 마리가 사람의 피를 너무 빨아 날지 못하듯 바보처럼 보인다. 그러나 탐욕은 미련하지도 않고, 바보도 아니다. 탐욕은 물질이 우리 내면에 심어 놓은 숙주라는 것을 다시 한 번 밝혀 둔다. 숙주가 기생 생물에게 영양을 공급하는 생물이듯이 탐욕이라는 최종 숙주를 제거해야만 한다. 그동안 우리에게 탐욕이 제공해 온 많은 것들을 하나씩 없애는 일은 만만치 않게 힘든 일이다. 그래서 웬만해서는 잡을 수도 죽일 수도 없다. 숙주를 잡으려다 잘못하여 우리 내면에 상처가 생기지나 않을까 걱정이 앞선다. 탐욕은 우리 내면 세계에 기생하는 것이기에 외부의 도움이나 힘으로는 어쩌지 못한다. 그러나 모든 것은 약점이 있게 마련이다. 그렇다면 탐욕은 무엇에 약한가 자문해 봐야 한다.

인간 내면의 중심에는 본성이 존재한다. 불교에서는 본성을 본래 선한 것이라고 말하며, 기독교에서는 원죄를 가진 스스로가 없앨 수 없는 죄를 의미한다. 그 뜻이나 의미가 어쨌든 인간에게 있어 가장 중요한 것이 본성임은 부인할 수 없다. 불교에서는 무소유가 본성에 가깝고, 기독교에서는 잃어버린 에덴동산으로 돌아가려는 소망이 본성에 담겨 있다. 이처럼 탐욕이 사라진 본성은 욕심이 없는 아름다운 내면의 세계이다. 그건 인간의 본성이 원래 사랑에서 태어났기 때문이다.

물질이 물질을 먹고, 탐욕이 탐욕을 먹고 자라듯이 본성은 사랑을 먹어야만 성장할 수 있으며 원래대로 돌아갈 수 있다. 그래서 어떤 물건이 갖고 싶다면 반드시 자문해 봐야 한다. 내가 그 물건을 진짜 사랑하는가. 사람 역시 마찬가지이다. 누군가에게 마음이 간다면 그를 정말 사랑하는가, 본성에 물어 봐야 한다. 본성이 아닌 눈에 보이는 외부의 조건, 예를 들면 외모나 학벌, 부의 정도를 판단해서 결정한다면 그건 탐욕에 가려진 허상에 불과하다. 우리가 탐욕을 제대로 알고 제거하고 나면 본성이 사물을 똑바로 보게 된다. 어떤 사물이나 상황을 본성으로 본다는 것은 관념으로부터 자유롭게 됨을 의미한다. 잘못된 생각들이 우리를 얼마나 불행하게 만드는가. 그래서 사람들은 관념을 없애기 위해 힐링센터를 찾는다.

사자는 허기를 채우고 나면 옆에 사슴이 지나가도 눈을 돌리지 않는다. 이 문장 하나만을 보면 잘 이해가 가지 않겠지만, 배가 고프다는 것 그리고 배가 부르다는 것을 단순한 본능이라고 말할 수는 없다. 거기에도 탐욕이 아닌 본성이 작용하고 있음을 알아야 한다. 인간은 배고픔을 면하기 위해 다른 동물을 사냥하고 가축을 길러 왔다. 즉 어쩔 수 없는 필요가 아니면 살생을 함부로 하지 않았다는 뜻이다. 그런데 본성이 탐욕으로 가려진 지금의 물질 시대엔 필요와는 상관없이 혀의 미각을 위해 무수한 짐승을 살생하고 있다. 동물들만 그렇다면 어느 정도 이해할 수도 있겠지만, 물질과 탐욕이 결탁한 지금에는 사람이 사람을 죽이는 비극을 초래하고 있다. 얼마나 많은 사람들이 인간의 탐욕 때문에 죽어가고 있는지 실로 가슴 아픈 일이다. 그래서 우리는 하루 빨리 행복한 세상을 만들어야 한다.

행복한 세상은 국가나 뛰어난 지도자에 의해 저절로 주어지는 것이 아니다. 내가 아니면 절대 만들어 낼 수 없다. 행복한 세상이란 내가 주체가 되어 느껴야만 하는 내면의 세상이기 때문이다. 그러므로 다른 사람이 행복하고 내가 불행하면 그건 행복한 세상이 아니다. 내가 행복할 때 비로소 다른 사람도 행복한 세상이 된다. 잘못 이해하면 이기적인 주장이라고 오해할지도 모른다. 그러나 원리를 알면 간단하다.

모든 사람에게는 파동 에너지가 있어 서로 유기적으로 연동되어 있다. 쉽게 말하면 여러 사람이 모인 곳에서 어떤 한 사람의 기분이 매우 나쁜 상황이라면 그 나쁜 파동은 다른 사람들에게 영향을 미친다는 뜻이다. 기분 나쁜 고주파 파동이 다른 사람들 뇌파에 전해짐으로써 함께 기분 나빠지는 원리는 누구라도 쉽게 경험할 수 있다. 그 한 사람이 바로 나라고 할 때 내가 다수에게 미치는 영향력은 실로 크다. 그래서 다른 사람보다는 나부터 행복해야 한다. 그래야만 다른 사람에게도 그 행복이 전해질 수 있다.

또한 우리 인간의 내면을 조금만 들여다보면 행복하지 않으면 좀처럼 견딜 수 없는 존재라는 것을 금방 알 수 있다. 그런데 안타깝게도 우리는 대부분 진정한 행복이 무엇인지 모른다. 도대체 행복은 어떤 모습으로 우리에게 다가오는 것일까. 형체는 있을까 없을까. 또 어떤 색이며, 향기는 있는가. 그리고 자신이 행복하다고 말하는 사람은 무엇을 느끼고 무엇을 본 것일까. 행복이 무엇인지 정말 알고 말하는 것일까. 혹시 이 글을 읽고 있는 당신처럼 가슴속에 뭔가가 느껴지고 막연한 그 무엇이 떠오르지만 막상 표현하려면 난감한 그런 게 행복일까. 정말 말로는 표현할 수 없으면서 오감으로는 알 수 없고 육감으로만 느낄 수 있는 것이 행복이란 말인가. 그래서 사람들은 행복을 알면서도 표현할 수 없는 것일까.

그렇다고 해서 언제까지나 행복을 형이상학적인 것으로만 이해할 수는 없다. 우리는 행복에 대해 정확히 알아야 하고 행복할 수 있어야 한다. 그래야 행복의 메커니즘으로 설계된 본래 우리 자신으로 돌아갈 수 있다.

그렇다면 이제부터 본격적으로 행복이 뭔지, 행복을 찾아 떠나 보자. 혼자보다는 이 글을 읽는 당신과 함께 떠나는 여행이라면 조금은 덜 고독하리라 믿는다. 아니 어쩌면 그것이 바로 행복의 시작인지 모른다.

지금 이 순간 이 글을 쓰면서 깨달은 것은 나는 혼자가 아니라는 사실이다. 조금은 시간차가 있지만 우리는 동행하고 교감하며 행복을 나누기에 충분한 관계이다. 앞서 말했듯이 내가 행복하지 않고는 당신도 행복할 수 없다. 반대로 당신이 행복하지 않고는 내가 행복할 수 없다는 말로 우리 관계가 상호 긴밀하게 연계되어 있음을 다시 한 번 인식해 주길 바란다. 그리고 깊게 심호흡을 하고 나서 어디선가 행복의 파랑새가 당신을 향해 날아오고 있다고 상상해 보라. 행복의 파랑새가 너무 추상적이라 잘 그려지지 않을 때는 실제 새를 떠올려도 무방하다. 일곱 색깔 무지개처럼 아름다운 날개를 가진 새를 떠올려도 상관없다. 날개가 작아 잘 날지 못해 금방이라도 떨어질 것 같은 앙증맞은 어린 새이면 더 좋다. 행복의 파랑새는 내가 소중하게 생각하는 그 무엇임을 말해 둔다. 어떤 사람에게는 엄마이기도, 또 누군가에게

는 사랑스러운 아이들이기도 할 것이다. 나는 가끔 행복의 파랑새가 '무지개 동산에서 나를 찾는 아빠의 모습'이라는 동요 가사로 들려온다. 이처럼 행복의 파랑새는 우리에게 날아올 때마다 저마다 다른 모습으로 찾아온다.

만일 행복의 파랑새를 만날 준비가 되었다면 이제부터 단순해져야한다. 여기서 단순해진다는 것은 많은 생각으로부터 벗어나는 것을 말한다. 그러나 보통사람들이 잡념이나 관념을 벗어나 마음으로 뭔가를 느낀다는 건 쉬운 일이 아니다. 제 아무리 수십 년 수행해 온 사람이라 해도 생각으로부터 도망친다는 건 사실상 불가능하다. 그래서 나는 결코 어려운 걸 부탁하고 싶지는 않다. 그냥 단순히 파랑새만을 떠올려 달라고 말하고 싶다. 오직 마음의 문을 열어 행복의 파랑새를 받아들이면 된다. 하지만 분명 잡념이 떠오를 것이다. 육체적인 고통과 슬픔, 삶에 대한 두려움과 절망감 등 우리가 세상을 살아가는 과정에서 필연적으로 겪게 되는 것들에 대한 집착이 끊임없이 생각을 붙잡고 늘어질 것이다. 그렇다고 해도 그냥 무시하고 단지 들숨, 날숨을 느끼며 마음속에 예쁜 둥지를 만들면 된다. 행복의 파랑새가 휴식을 취할 수 있는 둥지를 만드는 것도 너무 추상적이라면 그냥 예쁜 새집 하나 만들면 된다. 그래야만 행복의 파랑새를 느낄 수가 있다. 만일 상상으로 새집 하나를 짓는 것도 어렵다고 생각한다면 당신은 둘 중 하나이다. 게으르거나 자기 자신을 비하하고 있는 것이다. 왜냐하면 생각하고 상상해서 그림을 그릴 수 있는 위대한 능력은 누구에게나 있기 때문이다. 실제로 세상에 나오는 모든 것이 누군가 상상의 산물임을 부인할 사람은 아무도 없다.

누군가 당신에게 "행복의 파랑새는 몇 마리나 살고 있을까요?" 묻는다면 뭐라고 대답할지 한 번 자문해 보자.

"세상에 그런 새가 어디 있어? 말도 안 돼!"

이렇게 당신이 행복의 파랑새를 인정하지 않는다면 여기서 바로 책장을 덮어야 한다.

자, 이제 곧바로 눈을 감고 조용히 "엄마!"하고 소리 내어 불러 보라. 나이가 어리든 많든, 남자이든 여자이든 상관없다. 가슴에 전기가 오듯 짜릿한 그 무엇이 느껴질 것이다. 바로 파랑새이다. 둥지에서 날갯짓하는 행복의 파랑새, 세상에 단 한 마리밖에 살지 않는 행복의 파랑새를 당신 가슴에서 본 것이다. 누군가 행복의 파랑새를 봤다는 것은 가슴 깊은 곳에 있는 소중한 무언가를 다시 꺼내 보았다는 의미이다.

대부분의 사람들은 순간마다 자신이 느끼는 어떤 만족의 감정을 행복으로 착각한다. 맛있는 음식을 먹으면서, 작은 선물에 감동받으면서, 아이들이 뛰어노는 모습을 보면서 행복하다고 말한다.

"그런 게 행복 아닌가요?"

누군가 그렇게 질문한다면 부인하기 힘들지도 모른다.

"그래요. 그것도 행복이죠."

이렇게 말하고 싶지만 난 그럴 수가 없다. 짐작했겠지만 우리가 행복이라고 믿었던 그 무수한 일상들은 알고 보면 물질과 탐욕이 주었던, 금방 사라지는 만족임을 알기 때문이다. 행복의 파랑새는 절대 사라지지 않고 우리가 부르기만 하면 오랜 시간의 벽과 멀고먼 공간을 지나 금방이라도 찾아오기 때문이다. 어떤 사람들은 아주 오래 전에 죽은 사람들을 만나고, 또 어떤 사람들은 태어나지도 않은 미래의 아이들을 만나 행복해 한다. 어디 그뿐일까. 슬프고 가슴 아픈 사연이 있는 사람들도 행복의 파랑새가 노래를 부르면 행복한 눈물이 난다. 미움과 분노, 증오와 배신까지도 이해와 용서로 바뀌며 연민의 마음이 깃든다. 행복의 파랑새가 울면 모든 것은 내 탓이 되고 그리움으로 몸부림친다. 행복의 파랑새는 과거도 현재도 미래도 아니다. 언제든 우리가 원하는 바로 그 순간에 날아온다. 때로는 용서할 수 없는 순간을 위해, 때로는 견딜 수 없는 그리움을 위해 우리 내면의 깊은 심연 속에서 날아온다. 행복은 그런 것이다.

우리가 행복하다고 말할 수 있을 때엔 반드시 스토리가 있어야 한다. 어떤 선물이 우리에게 행복을 느끼게 하는 것이 아니라 바로 이야기라는 사실을 알아야 한다. 선물은 만족은 주지만 행복을 주진 못한다. 스토리가 빠진 드라마, 연극, 영화를 상상할 수나 있을까. 그처럼 우리가 사는 세상에서 이야기가 빠진 인생이란 존재할 수 없다. 사람들은 지난 시간의 어느 한 부분을 기억해 내려고 할 때 영상으로 단번에 떠올리려고 한다. 그리고 실제로 영상이 보인다. 그런데 알고 보면 스토리가 기억나지 않는 영상은 단막으로 끝나고 좀처럼 기억나지 않을 때가 많다. 누구라도 감동적으로 보았던 영화 한 편쯤은 있게 마련이다. 그런데 시간이 지나면 막상 기억나는 것은 주연배우가 누구였는지 정도일 뿐, 스토리가 잘 떠오르지 않는다. 그건 대부분 스토리와 영상이 함께 저장되기 때문이다. 특히 영상은 시각적인 것이기에 스토리를 무시한다. 인간이 가진 오감 중에 시각의 비율이 가장 높게 차지하는 이유이기도 하다. 우리는 오감 중에 시각이 가장 정확하다고 확신한다. 하지만 마술 하나만 보더라도 시각은 믿을 만한 것이 못 된다. 얼마든지 착시 현상을 만들어 낼 수 있다. 시력이 나쁜 사람이라면 보통 사람보다 더 착시를 느낄 것이다. 우리가 기도를 하거나 명상을 할 때 눈을 감아야 하는 이유도 시각을 통해 얻어지는 정보 때문에 잡념이 더 생기는 것을 방지하기 위해서다. 눈을 감고 시각을 차단했다고 해서 보이지 않는 것은 아니다. 우리는 나머지 감각을 통해서, 그리고 육감을 통해서도 사물을 볼 수 있는 능력이 있다. 시각에만 의존한 사람들은 잘 이해가 가질 않겠지만, 마음에도 눈이 있어 과거도, 현재도 그리고 미래도 볼 수 있는 능력이 모든 인간에게는 존재한다.

다시 한 번 말하지만 행복은 스토리가 있다. 스토리는 눈을 감아도 보이며 귀를 막아도 들린다. 또한 이야기가 있는 행복은 말이나 몸짓이나 어떠한 행동의 도움 없이, 마음으로 자신을 다른 사람들에게 드러내 준다. 따라서 행복은 바이러스처럼 소리 없이 다른 사람에게 영향을 미친다. 이 세상에 스토리가 없는 것은 아무것도 없다. 시작과 끝, 탄생에서 소멸까지, 또 불멸의 존재라 할지라도 이야기를 통해 존재성이 확인된다. 그래서 이름 없는 들풀 하나에도 바람에 흔들리는 이야기가 있고, 열정으로 하루를 살다가 죽는 하루살이에게도 생명의 신비가 숨겨져 있다. 어디 그뿐인가. 빛나는 태양도, 밤하늘의 무수한 별들도 그 하나하나에 반드시 태동의 이야기가 기록되어 있으며, 그 이야기들은 인간의 역사와 연동되어 돈다. 이처럼 이 세상의 진리는 스토리를 통해 하나로 연결되어 있음을 우리는 깨달아야 한다. 그러므로 당신이 만일 누군가를 사랑한다면 반드시 러브 스토리를 만들어야 한다. 왜냐하면 사랑은 행복을 조건으로 시작되는 무언의 약속이기 때문이다. 누군가를 좋아하고 사랑한다고 해서 두 사람 사이에 저절로 이야기가 만들어지는 것은 아니다.

물론 지금까지 우린 그렇게 우연의 일상을 살아왔다. 모든 것을 운명이나 숙명을 가장한 우연으로 여기고 스토리 없는 인생을 산 것이다. 그래서일까. 그냥 우연으로 주어진 일상에는 소중함이 빠져 있고 그에 따른 책임감 또한 느끼지 못한다. 우리가 살고 있는 현재의 삶을 객관적으로 바라보면 알 수 있다. 스토리 없는 무성영화를 보고 있다고 생각하면 대충 상상이 갈 것이다.

모든 사람은 행복하게 살기를 소망한다. 이 글을 읽는 당신도 행복하게 살기를 바랄 것이다. 그렇다면 매 순간마다 행복을 만들어 내야 한다. 아니 행복한 스토리를 만들어 내는 행복 스토리 작가가 되어야 한다. 어제와는 다른 오늘 이야기를 만드는 사람만이 새로운 행복을 마음속에 품게 될 것이고, 그 사람이 속한 가정은 물론 사회가 모두 행복해질 것이다.

다른 누군가에게 억지로 뭔가를 받아 내려고 하면 내 몸에 스트레스가 발생한다. 반대로 뭔가를 조건 없이 주게 되면 기쁨이 넘친다. 이야기도 마찬가지이다. 다른 사람의 이야기를 억지로 듣게 되면 스트레스를 받게 된다. 그것도 긍정이 아닌 부정적인 이야기를 듣고 있으면 그 스트레스는 배로 쌓인다. 반대로 내 이야기를 할 때는 그것이 긍정이든 부정이든, 혹은 슬픔이나 행복한 이야기와는 상관없이 모두 스트레스가 풀린다. 그런데 이러한 이야기에는 비밀이 숨겨져 있다. 바로 경청의 비밀이다.

아름다운 이야기는 듣고만 있어도 감미롭고 마음에 평화를 가져다 준다. 결국 행복한 세상의 열쇠는 이야기 속에 숨겨져 있음을 발견하게 된다. 그래서 아름다운 음악 속에는 바로 스토리가 삽입되어 있다. 스토리가 없으면 아무리 장엄한 클래식이라 해도 그건 그냥 소음일 뿐, 인간의 내면을 감동시킬 수는 없다. 이처럼 우리는 이야기만으로도 충분히 건강한 육체와 정신, 나아가서는 저마다의 행복까지도 만들 수 있다.

요즘 젊은 엄마들은 아이들에게 무수한 동화책을 사 주고 어느 순간 어느 장소를 막론하고 이야기를 들려준다. 그것만 보면 이야기의 중요성을 인식한 듯이 보인다. 하지만 그 속성을 보면, 논술이 수학능력 시험에 등장하면서 책읽기의 중요성이 강조된 어느 순간부터 유행처럼 번진 것이다. 그래서인지, 젊은 엄마들이 책을 읽어 주는 모습을 보면 마치 립싱크를 하는 것 같아 보인다. 감정도 감성도 없는 책 읽어 주는 로봇처럼 차갑게 느껴진다. 그 이야기를 듣고 있는 아이들이 정말 행복할까. 물론 엄마의 사랑이 담긴 이야기를 듣는 아이들은 행복하게 잠이 들겠지만, 로봇처럼 립싱크를 듣는 아이들은 자신도 모르게 스트레스를 받을 것이다. 또한 행복한 감정과 감성이 담긴 이야기는 아이들에게 좋은 꿈을 꾸게 하지만, 그렇지 못한 이야기는 악몽을 꾸게 했을 게 분명하다. 스토리텔러(Storyteller)는 남의 이야기만 들려주는 사람이 아니다. 당신이 만일 젊은 엄마이고 이 글을 읽는다면 이제 다른 사람이 쓴 동화책만 읽어 주는 엄마가 되어서는 안 된다. 동화책은 그저 동화책일 뿐이다. 다른 말로 하자면 누군가 지어낸 이야기에 불과하다. 많은 아이들이 부모들의 선택에 의해 대부분 같거나 비슷한 이야기를 들으며 성장한다. 그건 다양성을 상실하는 것이며 자신만의 이야기가 아닌 남의 이야기, 즉 남의 인생을 살기 위한 불행한 연습이다.

세상에서 가장 아름다운 이야기는 우리 가족의 이야기이다. 한 가족사는 인간의 역사이고 나아가서 지구의 역사이며, 더 나아가면 신의 역사가 된다. 꾸며 댈 필요가 없는 가장 진실한 이야기가 가족사에는 가득하며, 그 이야기를 통해 한 아이가 태어나 새로운 인생을 시작한다. 그리고 그 아이는 자신만의 이야기를 만들어 가며 새로운 가족을 탄생시켜 행복을 제공해 주는 메신저로서의 역할을 하는 것이다.

인생은 성공한 이야기로만 행복을 주지 않는다. 순간순간 만족을 주었던 그 기쁨들로만 행복한 삶이 보장되지 않는다. 스탠포드대학 졸업식에서 들려준 스티브 잡스의 이야기는 많은 젊은이들에게 지금도 사라지지 않는 감동을 주고 있다. 그는 졸업식 초청연설에서 자신의 실패와 좌절을 들려주었다. 성공한 이야기를 들려줄 것이라 기대했던 사람들은 실망했을지 모르지만, 그는 자신의 실패와 좌절을 통해 희망을 전한 것이다. 그는 연설에서 대학을 중퇴한 것은 최고의 결정이었으며 인생이 '점 잇기'라는 이야기를 한다. 점 잇기는 과거 없이 미래로 갈 수 없음을 말한다. 내가 살아온 인생을 한 점 한 점 연결하며 미래로 나가야 한다는 것이다. 그는 배짱이든 운명이든 자신을 믿고 열정을 쏟아 낼 때 새로운 미래가 결정됨을 강조하였다. 인생의 전환점에 있는 졸업생들에게 잡스는 자신이 살아온 인생 점 잇기를 통해 남은 인생을 허비하지 않기를 바랐다.

그는 두 번째로 사랑과 상실에 관한 주제로 이야기를 하면서 "가끔 인생은 여러분의 머리를 벽돌로 내리친다."고 말했다. 자신이 창업한 애플에서 모든 걸 잃고 서른 살에 쫓겨난 이야기를 들려주면서 연인을 찾듯이 진짜 좋아하는 일을 찾아야 한다고 강조했다. 이는 좌절을 이길 수 있는 비결이란 결국 자기가 진짜 좋아하는 일에 열정을 바치는 것임을 뜻한다.

세 번째로 그는 죽음에 대해 말했다. 죽음에 직면하게 되면 어떠한 실패와 자존심도 아무 보잘것없는 것으로 전락된다고 설명했다. 나를 괴롭히던 그 어떠한 것도 내가 죽는다는 사실 앞에서는 모두 사라진다는 잡스의 말에 많은 졸업생들은 충격을 받았을 것이다. 인생의 시간이 얼마 남지 않았다는 걸 심각하게 깨달으면 불꽃같은 열정으로 해내지 못할 일이 없다. 사람이 유한한 존재라는 걸 기억하면 누구나 삶을 바꿀 수 있다. 공허한 삶을 살기에는 시간이 부족하기에 의미가 있는 일이 중요하다. 내 시간으로 남의 인생을 살기보다는 내가 내 삶의 주인공이 되어 마음껏 연출하는 것이 행복을 찾는 길이다. 내 스토리는 내가 쓰고, 그 스토리가 바로 나를 행복하게 해줄 것임을 확신하는 사람만이 진정한 자기 인생을 살 수 있다. 물론 어떤 깨달음은 오로지 경험을 통해서만 알 수 있다. 애플에서 쫓겨났을 때를 돌아보면 오히려 행운이었다고 말한 잡스. 그는 모든 걸 잃었을 때 사랑하는 아내를 만나 가족을 이룬 것이 가장 행복한 시간이었다고 말한다.

사회가 원하는 세상을 그대로 따라가며 살 필요는 없다. 내 행복은 사회가 만들어 주는 것이 아니라 오로지 내 선택, 내가 쓰는 나만의 스토리가 만들어 주기 때문이다. 잡스는 자신의 이야기를 마치면서 졸업생들을 향해 "항상 갈망하고 우직하게 버텨 내라."고 말했다. 그렇게 길지 않은 인생을 살았지만 그는 불꽃같은 삶을 살았다. 세상을 바꾼 스티브 잡스는 죽었지만 그의 이야기는 오늘도 행복의 파랑새가 되어 좌절하는 전 세계 젊은이들을 향해 날아가고 있다.

사랑을 알아야 사랑할 수 있다

그리스 신화에는 사랑의 신 에로스(Eros)의 탄생 신화가 많다. 그 중에서도 사랑의 본질을 가장 잘 나타낸 신화는 풍요의 신 포로스(Poros)와 결핍의 신 페니아(Penia)의 이야기이다. 디오티마라는 신전 여사제가 들려주는 사랑 이야기인데, 이 여사제가 실존 인물인지 아닌지는 정확히 알 수 없다. 소크라테스의 스승이라는 이야기가 떠도는 걸 보면 실존 인물일 수도 있겠지만, 실제 사제지간이 아니라 소크라테스가 디오티마의 영향을 받았다는 설이 더 설득력 있다.

그리스 신화 속 페니아 여신은 배고픔의 상징이다. 언제나 굶주리고 뭔가를 갈망하는 속성을 가진 여신이 바로 페니아이다. 신들의 잔치에 항상 뒤늦게 소식을 듣고 나타나 아무것도 먹을 게 남지 않았다는 걸 알고 뭔가를 갈망한다. 그러던 어느 날 아프로디테 여신의 생일 잔치가 올림푸스 신궁에서 열리게 된다. 많은 신들이 초대되어 성대한 생일잔치가 벌어지는데, 역시나 이 소식을 뒤늦게 듣고 나타난 페니아는 배고픔을 호소한다. 그러던 중 한쪽 구석에서 한껏 배부르게 먹고 포만감을 느끼며 깊은 잠에 빠져 있는 풍요의 신 포로스를 발견하게 된다. 그는 항상 제일 먼저 잔치에 참석해 배불리 먹는 재주가 있는 신이다. 페니아는 아쉬움과 속상한 감정이 사라지자 다른 생각이 들었다. 풍요의 신, 그러니까 언제나 풍요가 있는 곳을 잘 찾아다니는 신 포로스와 하나가 되면 배고픔을 면하고 항상 배부르게 먹을 수 있으리라는 계산을 하게 된다. 결국 그녀는 깊이 잠들어 있는 포로스를 범한다. 그렇게 해서 태어난 아이가 바로 성장을 멈춘 어린아이 신 에로스인 것이다.

여기까지는 디오티마가 들려주는 신화이다. 이 신화가 우리에게 주는 의미가 대단히 강력하다는 것에 많은 학자들이 공감한다. 사랑의 본질적인 속성을 가장 잘 나타낸 신화이기 때문이다. 이는 에로스의 속성이 언제나 풍요와 결핍이 함께 공존하고 있음을 시사한다. 사랑은 언제나 채워져 있는 것 같으면서 뭔가 부족한 것 같고, 배부른 것 같으면서 굶주린 것 같은 양면의 성격을 띠고 있기 때문이다. 이처럼 에로스가 양면성을 가진 이유는 그 부모로부터 물려받은 속성 때문이다. 사랑에 빠지면 항상 어린아이처럼 받으려고 떼를 쓰는 현대인을 보면 성장을 멈춘 어린아이 신과 닮았다는 말이 참으로 그럴싸하다. 아마 사랑을 해본 사람이라면 누구라도 설득력 있는 신화라고 여길 게 분명하다.

역사적으로 각 나라의 지리적인 위치나 종교적인 관계에 따라 다양한 형태의 사랑이 이어지고 있다. 고대 그리스에서 사랑은 육체적인 사랑에서 진리를 찾으려는 에로스적인 욕망을 의미했다. 기독교에서의 사랑은 이웃에 대한 사랑과 하나님에 대한 사랑을 의미하는 아가페이다. 그리고 르네상스 시대에 사랑은 오로지 인간 중심적인 세속화를 의미하는 것이었다. 또한 사랑이란 인간의 가장 원초적인 감정이라는 데서 힌두교에서는 카마(Kāma)를, 유교에서는 인(仁)을, 그리고 불교에서는 자비를 뜻한다.

독일의 사회심리학자인 에리히 프롬은 《사랑의 기술》에서 사랑받는 대상에 따라 사랑을 형제애, 모성애, 성애, 자기애, 신에 대한 사랑으로 나눈다. 그가 말하는 형제애는 모든 인간에 대한 사랑이다. 이 사랑의 특징은 배타성이 없다는 것이다. 그리고 모성애는 어린아이의 생명과 욕구에 대한 무조건적인 긍정이다. 성애는 완전한 융합, 곧 다른 한 사람과 결합하고자 하는 내적인 갈망이다. 또한 자기애는 나 자신의 자아에 대한 사랑으로 다른 존재에 대한 사랑과 불가분의 관계를 갖는다. 어쩌면 현대인의 사랑관은 자기애적인 부분이 너무 강하게 작용해 이기적으로 변한 것은 아닌가 싶다. 마지막으로 신에 대한 사랑은 분리 상태를 극복하고 합일을 이루려는 욕구에서 생긴다.

오스트리아의 정신분석학자인 지그문트 프로이트는 본질적으로 사랑을 불합리한 현상으로 보았다. 그에 의하면, 사랑은 비정상적인 정신 현상이고 어린 시절 사랑의 대상으로부터의 감정전이이다. 영국의 극작가 윌리엄 셰익스피어가 살았던 르네상스 시대에는 사랑을 하나의 병으로 간주했다. 사랑이라는 병은 치유할 수 있지만 그 병 때문에 파멸될 수도 있다고 여겼다. 물론 르네상스 이전까지는 '이성'이란 이상적 생각이었으며, 여자는 미덕과 아름다움의 완전한 화신으로 사랑받았다.

이처럼 여인 숭배의 가장 유명한 이야기는 이탈리아 시인인 단테와 페트라르카의 소네트(서양 시가의 한 형식으로, 14행으로 이루어진 짧은 시를 말한다.)다. 그들은 14세기에 각기 젊은 여자에게 사랑의 시를 바쳤는데, 단테의 연인인 베아트리체와 페트라르카의 연인인 라우라였다. 사실 이들 두 여인은 실제 존재했던 운명적인 여인이라기보다는 두 사람이 일생동안 잠시 만난 어느 소녀를 이상화한 경우이다. 단테는 피렌체 출신의 유복한 집안 딸인 아홉 살의 베아트리체 포로티나리를 두 번쯤, 그것도 멀리서 보았을 뿐이었다. 그리고 페트라르카는 그의 연인 라우라를 1327년 4월 6일 아비뇽의 교회에서 처음 보았다고 한다. 하지만 지금까지 그 누구도 라우라가 누구인지 밝혀 내지 못했다. 그러나 이렇게 짧은 만남은 두 시인의 상상력과 이상적인 관념으로 서양문학 사상 가장 유명한 두 명의 여인상을 탄생시키기에 충분했다. 베아트리체와 라우라는 후에 다른 남자와 결혼했는데, 단테와 페트라르카는 자신들의 연인들을 실제로 가까이 가서 만날 생각은 전혀 하지 않았다. 두 사람에게 베아트리체와 라우라는 완전했고, 그 때문에 더욱 도달할 수도 만날 수도 없는 대상이었다. 그리고 두 여인 모두 젊은 나이에 일찍 죽었기 때문에 두 시인이 만들어 낸 그녀들의 모습은 영원히 남게 되었다. 베아트리체와 라우라는 완전한 사랑의 상태로 죽은 셈이다. 피천득의 수필 〈인연〉에서 '첫 사랑을 세 번째는 차라리 만나지 말았어야 했다'는 아쉬움을 표현한 글을 보면 두 시인이 왜 그랬을지 더욱 이해가 간다.

사랑이 일반적인 관념이 되기까지는 꽤 오랜 시간이 걸렸다. 르네상스의 민중문학이나 셰익스피어의 작품에 나타나는 하층계급 출신들의 등장은 익살스러움을 보여 주려는 작가의 의도가 다분히 깔려 있다. 그들이 아는 사랑은 매우 복잡한 일이라서 배우지 않으면 알 수 없는 것, 그러니까 교육을 받은 교양 있는 사람들만 사랑을 제대로 알고 할 수 있다는 걸 표현한 것이다.

사랑이 특정한 계층만이 하는 것이 아니라 인간이라면 누구나 겪는 내적인 특성이라는 사실을 확신하기까지는 18세기 계몽주의의 역할이 컸다. 하지만 지금으로부터 250년 전까지만 해도 어느 누구도 사랑과 혼인을 연관 지어 생각하지 않았다. 사랑을 지속적인 것으로 생각하지 않았기 때문이다. 사랑은 열정적이지만 아주 짧게 끝나는 것으로 여겼다. 즉, 사랑은 거부할 수 없이 스스로를 태우는 불꽃과 같아서, 그 불꽃이 결국 꺼지듯 그 속에서 지속적인 뭔가를 찾을 수 없는 비합리적인 것으로 보았다. 반면에 혼인은 합리적인 결정이었다. 요즘도 명문가에서 행해지는 정략결혼처럼 결혼이란 정치적, 경제적 이해에 따른 것이었다. 상류층에서는 토지 확대나 재산을 늘리는 데 이용되었고, 정치적으로도 유용한 수단이었다. 그래서 결혼을 하기 위해 사랑만큼 방해가 되는 것은 없었다. 결국 사랑은 혼인제도 바깥에 놓이게 되었고, 혼인 이후에 생겨나는 것으로 전락되었다. 따라서 16~17세기 유럽의 귀족사회에서는 혼인관계 외의 연애가 당연한 일로 치부되었다. 특이한 것은 남성과 여성의 차이가 없었다는 점이다. 여자도 남자처럼 혼인 외의 연애를 꿈꾸었다. 사랑이란 유혹이자 유혹당하는 것이었다. 또한 신중하고 기교적인 능력이나 행동이 요구되었다. '세련된 사랑'을 위해서는 많은 것을 요구하는 시대였기에 남자들은 호색한들이 많았고 여자들은 교태를 부리는 것을 당연하게 생각했다.

사랑이 지속되고 영원할 수 있다는 개념이 생겨난 것은 지극히 최근의 일이다. 따라서 남녀가 서로 사랑하기 때문에 관계가 지속될 것이라는 희망은 매우 근대적인 생각인 것이다. 바야흐로 낭만적인 사랑이란 감정에 기초한다는 생각이 생겨나기 시작했다. 이런 생각은 사랑의 모티브를 근본적으로 변화시켰다. 만일 누군가 사랑에 빠진다면 상대가 아름답거나 부자이거나 또는 신분이 높아 유혹한 것이 아니라 상대의 인간적인 모든 면을 사랑한 것으로 받아들이게 되었다. 심지어 결점까지도 받아들이는 것이 진짜 사랑이라고 생각하게 된 것이다. 그러므로 사랑은 지속되는 것이며, 사랑을 통해 혼인과 같은 동반관계가 성립되는 것으로 인정하게 되었다.

사랑의 본질적인 의미를 살펴보았지만, 사랑을 알아가는 것 역시 쉬운 일이 아님을 다시금 실감한다. 누구나 쉽게 말하는 사랑이지만, 과연 사랑은 무엇인가. 덴마크의 철학자 키르케고르가 쓴 《사랑의 역사》란 책에서 조금이나마 도움을 받아 보자.

키르케고르는 자신이 이해한 기독교 진리를 독자들에게 직접 전달하기 위해 쉬운 문장으로 일종의 강화집(講話集)을 내놓았다. 이 책은 철학서나 신학서가 아니라, 구태여 말한다면 기독교 진리를 선포한 선교서라고 할 수 있다. 뛰어난 변증가이자 시인이기도 했던 그는 이 책에서 신약성서에 나오는 '사랑'에 대한 성구를 인용하여 사랑의 의미를 자신의 실존적인 체험을 바탕으로 해명하고자 했다. 즉 키르케고르는 레기네와의 사랑의 체험을 종교적인 사랑으로까지 승화시켰다. 이 책을 읽는 독자들은 자신도 모르게 사랑의 너그러움과 준엄함과 심오함에 빠져들게 된다. 그는 책의 머리말에서 이 책에서 전개되는 내용은 사랑에 대한 이론이 아니라 사랑의 역사라고 말했다. 이 책의 주제가 되는 사랑은 자연발생적인, 자아중심적이고 이기적이고, 에로스적인 사랑이 아니라, 기독교의 아가페적인 사랑이다. 그가 말하는 에로스는 그것이 아무리 고상하고 헌신적인 것이라고 하더라도 결국은 인간의 욕구적인 사랑이고, 그래서 자아중심적인 것이고, 스스로 가치 있다고 인정되는 것에만 기울게 되는 편애이며, 알게 모르게 보상을 요구하는 사랑의 범위를 벗어나지 못한다. 이와는 반대로 아가페는 자기희생과 자기 부정의 터전에 선 하나님의 사랑이고, 자기를 원하는 모든 사람에게 골고루 나누어 주는 사랑이며, 상대방이 가진 가치에 구애됨이 없이 자유롭고, 결코 보상을 바라지 않는 사랑이다. 그는 이 책에서 사랑을 아가페적으로 받아들이며 인간적인 사랑도 사랑으로서의 완성과 영원성이 부여되고 보장된다고 말한다.

키르케고르가 아니라도 인간이라면 대부분 아가페적인 사랑을 꿈꾸며 그런 사랑을 원할 것이다. 그러나 인간 욕망의 여러 모습 가운데 사랑만큼 다양하면서도 복잡한 양상을 보여 주는 것 또한 드물다. 인간은 사랑에 의해 태어나며, 사랑을 먹고 성장하고, 사랑을 통해 인격적 완성에 이른다. 그리고 죽어서조차 사랑의 끈에 의해 기억되는 존재인 걸 보면 사랑이 우리에게 얼마나 중요하고 필요한지 알 수 있다.

하지만 사랑이라는 감정이 불러일으키는 다양하면서도 모순적인 마음의 움직임을 아가페적인 사랑으로만 결론짓기에는 뭔가 표현할 수 없는 답답함이 있다. 누군가는 사랑을 꼭 말로 해야만 아는 것이냐고 말하면서 사랑이란 구태여 말을 하지 않아도 느낄 수 있는 것이라고 한다. 어쩌면 맞는 얘기인지도 모른다. 좋아하는 감정은 얼마든지 말없이도 전달될 수 있고, 또 그것이 가짜인지 진짜인지 구분할 수 있는 의식도 모든 사람에게 존재하기 때문이다. 그런데 중요한 것은 "그럼 사랑이 뭐냐?"고 질문하는 순간 사람들은 대답을 망설인다는 사실이다. 도대체 왜 망설이는 것일까. 조금 전 마치 사랑에 대해 전문가라도 되는 것처럼 사랑을 꼭 말로만 해야 아는 것이냐고 묻던 사람도 이 대목에서는 한 발짝 뒤로 물러난다.

이처럼 대부분의 사람들이 사랑을 막연하게 생각하며 단순하게 어떤 알 수 없는 느낌으로 인식한다면 그건 문제가 있다. 물론 국어사전에도 사랑은 누군가를 좋아하는 감정 정도로 표현되어 있기 때문에 사랑이 뭔지를 정확히 아는 사람은 그리 많지가 않다. 그리고 사실 알 필요도 없이 남녀가 만나고 사람과 사람 사이에서 서로 사랑을 하며 잘 살고 있다고 생각한다. 그래도 만일 내게 사랑을 꼭 말해야 하느냐고 묻는다면 나는 자신 있게 그렇다고 대답할 것이다. 우리는 누구나 말의 능력을 알고 있고, 보이지 않는 우리 내면의 마음과 생각 그리고 행복을 만들어 내는 조건들을 알기 때문이다.

세상에 그 어떠한 것도 그냥 만들어지는 것은 없다. 그 탄생에는 나름의 신비가 숨어 있고 생명력을 가진 그 뭔가가 반드시 존재한다. 하물며 사랑은 어떠할까.

어쩌면 사랑은 인간의 본질이기에 사랑을 이해하지 않고는 삶의 목적은 순식간에 사라져버린다. 누군가 '그냥 좋으니까'라고 사랑의 이유를 말한다면 단언하건대, 그는 사랑하지 않는 사람이다. 모르면서 안다고 하는 것과 같다. 누군가를 사랑하기 위해서는 생물학적인 메커니즘이 작동되어 사랑할 대상에 대한 정보를 수집한다. 그렇게 수집된 정보들은 생각을 만들고 마음을 만들어 내 감정이라는 열정으로 표현된다. 그러나 인간은 그리 완벽한 존재가 아니다. 정보 수집을 하는 동안 잘못된 의식이나 인식이 개입되고 특정한 잠재의식까지 작동하여 잘못된 정보를 수집하거나 생성할 수 있다. 그래서 '그냥' 사랑할 수는 없다. 물론 처음부터 완벽한 사랑은 불가능하다. 사랑이 뭔지를 알아가면서 완벽한 사랑을 위해 '과정'이라는 학습이 필요하다. 좀 더 쉽게 말하면, 사랑은 알아 가는 것이고 만들어 가는 것이다. 그래서 에로스는 살고자 하는 열정을 만들어 내는 용어이다. 다시 말하면 사랑은 사람이 살아야 하는 궁극적인 이유이며 철학적인 접근인 동시에 '그냥'이라는 말로 대신할 수 없는 인간만이 가진 위대한 능력이다.

혹시 지금 누군가를 사랑하고 있다면 '왜 사랑하는 것일까'라고 자신에게 질문을 던져 보라. 그 질문을 통해 사랑이라는 무한 에너지에 비로소 접근할 수 있다. 사랑은 반드시 사랑할 대상이 있어야 한다. 히브리어로 사랑을 '하샤크'라고 한다. 이는 '서로 붙어 있음'을 뜻한다. 형식이나 의식이 아닌 강한 애착으로 붙어 있는 것이다. 이처럼 사랑이란 반드시 사랑할 대상이 있어야 하고, 사랑한다면 함께 있고 싶어야 한다. 강력한 애착으로 달라붙어 있기를 원한다. 사실 사랑하면 함께 있고 싶고 하나로 합하길 원하며 그 대상이 내 것이기를 바란다. 사랑을 해본 사람이라면 그런 행동을 하고 있는 자신을 발견할 것이다. 그런데 만일 그런 내 마음이나 행동이 사랑이라고 믿었는데, 진짜 사랑이 아니라면 그것을 인정할 수 있을까? 반면 진짜라고 해도 그걸 증명할 수 있는 방법이 있을까? 그래서 우리는 사랑을 알아야 한다.

내가 누군가를 정말 사랑하고 있다면 그 사랑이 막연해서는 안 된다. 사랑이 뭔지 모르면서 사랑할 수는 없다. 언제든 자신의 감정 속에 사랑의 진실이 담겨 있어야 한다. 그건 사랑이 뭔지 알기 때문에 가능한 일이다. 만일 사랑이 뭔지 모르는 사람이 자신의 감정 속에 있는 열정만으로 사랑을 한다면 집착으로 변질될 가능성이 크다. 부모들이 자녀를 사랑한다면서 소유물로 생각하는 경우가 많다. 또 남녀가 하룻밤을 보내고 나면 마치 오래 전부터 자신이 가지고 있던 소유물로 착각할 때가 많다. 이는 사랑을 잘못 이해하거나 사랑에 대해 한 번도 배우지 못했기 때문이다. 사랑을 알지 못해서 행해지는 수많은 폭력들이 계속해서 대물림되고 있기도 하다. 부모들이 자신의 아이들과 함께 동반 자살하는 경우 같은 예가 그러하다. 비뚤어진 사랑은 사랑이 아니다. 사랑이라는 이유로 가해하는 것은 상대가 누구이든 정당화될 수 없다. 사랑을 알지 못하면 어떠한 정신적인 문제도, 마음의 상처도 치유되지 않는다. 사랑은 허다한 허물을 덮어 주는 것이다. 그렇기 때문에 사랑을 알게 되면 마음에 평화가 생기고 스트레스가 사라진다.

가슴이 두근거리고 설렘이 있는 그런 사랑을 해본 사람이라면 목숨도 버릴 수 있을 것 같은 순간을 경험했을 것이다. 바로 그 순간이 사랑이다. 그래서 사랑은 짧게 끝난다고 믿었던 옛 사람들은 정(情)이라는 것을 찾아내, 불꽃처럼 열정적이던 사랑이 식고 나면 그 다음엔 정으로 산다고 믿었다. 하지만 정이란 것도 감정에서 시작된다. 어떤 식으로든 좋은 감정의 개입 없이는 정이 존재할 수가 없다. 따라서 사랑이 묻어 있지 않으면 정이란 있을 수 없다. 비록 사랑은 식었지만 그 흔적이 남아 있어 애증 혹은 애틋함이 되어 묘한 감정으로 살아 숨 쉬는 게 바로 정인 것이다. 그래서 정이란 사랑의 연장선상이다. 다시 말해서 정이 있다는 건 사랑하고 있다는 뜻이다. 사람은 사랑하지 않으면 한 집에 살 수 없다. 물론 독립할 수 없는 환경이라든지, 억압이나 두려움 때문에 어쩔 수 없이 사는 사람도 있을 것이고, 자녀들이나 혹은 자신의 명예나 이득 때문에 이혼하지 못하고 각방을 쓰며 사는 사람도 있다. 그러나 대부분의 사람들은 상대를 사랑하기 때문에 아직도 만나고 지금도 한 집에서 함께 사는 것이다.

특히 여성의 인권이 보장되고 사회적 평등이 이루어진 나라에서는

여성 스스로 선택할 수 있는 권리가 보편화되어 있기 때문에 사랑의 가치관도 변하고 있는 게 사실이다. 가부장적인 시대는 갔다. 제도적으로 복종을 강요하던 시대에는 윤리와 도덕마저도 언제나 강자들의 편이었다. 사회적 관습 역시 항상 힘 있고 가진 자들의 편이어서 사랑도 사고파는 것이 가능했다. 그렇다고 지금은 그렇지 않다고 누가 장담할 수 있을까.

인간은 부모로부터 좋은 것도 유전되지만 좋지 않은 질병이나 습관도 유전된다. 그리고 환경적인 요인으로 인해 자라면서 보고 듣고 습득하는 많은 정보를 통해 부모와 닮아간다. 예를 들어 부모 중 어느 한 사람이 알코올중독이었다면, 그걸 보고 자란 자녀는 중독자가 될 가능성이 높다. 아버지가 술에 취해 난동을 부리는 걸 보면서 자신은 절대 저렇게 살지 않겠다고 다짐하던 사람도 결국 그 아버지를 닮아가는 걸 종종 보게 된다. 이렇듯 웬만한 의지나 생각의 전환이 아니면 좋지 않은 유전적 환경에서 벗어나는 길이 쉽지는 않다. 사랑의 환경도 마찬가지이다. 가정이라는 울타리 안에서 그 기초가 만들어진다. 엄마와 아빠가 서로 사랑하는 걸 보고 자란 아이들은 사랑을 가르치지 않아도 사랑할 줄 안다. 사랑을 아는 아이들이 학교와 같은 공동체 생활을 하면 폭력이 있을 수 없다. 요즘 사회적인 문제가 되는 학교 폭력도 모두 사랑의 기초가 만들어지지 않아서이다.

아이들은 그 부모가 재배한 열매이다. 그래서 자식 농사라는 말이 나왔을 것이다. 하지만 실제 농사를 짓는다는 건 결코 만만한 일이 아니다. 하물며 자식 농사를 짓는 게 어디 쉬운 일인가. 부모들은 언제나 자식 걱정에 애가 타는 세월을 보낸다. 그런 부모의 마음을 아는지 모르는지 어떤 자녀들은 효도를 하고 어떤 자녀들은 심지어 부모에게 폭력을 휘두르기도 한다. 세월이 지나면 좋은 열매와 좋지 않은 열매가 확연히 드러난다. 유실수는 농약이나 거름을 통해서 좋은 과일을 만들 수 있다지만 사람은 다르다. 아이들은 부모의 사랑을 먹고 자라기 때문이다. 사랑은 강제로 먹이는 것이 아니다. 그냥 묻어나는 것이다. 밥을 먹을 때나 잠을 잘 때나 또 어떤 말을 할 때에도 부모들의 모든 행동 하나 하나에 사랑이 묻어 있어야 한다. 그렇게 사랑받은 아이들이 세상에 나갈 때 비로소 사랑의 울타리가 확장되어 사회와 국가, 나아가서 전 지구촌이 사랑으로 가득 찰 수 있다. 그래서 젊은 남녀가 만나 가정을 이루기 위해서는 결혼에 앞서 반드시 사랑 교육을 받을 수 있도록 제도적 뒷받침이 필요하다.

만일 사랑의 열매로 자란 사람과 그렇지 못한 사람이 결혼한다면 어느 쪽이 피해를 볼지는 물어보나마나이다. 사랑의 열매로 자란 사람이 피해자가, 그렇지 못한 사람이 가해자가 될 것은 자명하다. 물론 너무 극단적인 논리이고 결과론적인 예측일 수 있다. 항상 예외는 있는 법이고 좋지 않은 열매로 자랐다고 해서 모두가 사랑열매를 파괴하지는 않는다. 부모가 없는 환경에서 자란 사람들이 훌륭하게 성장해서 사회와 인류에 봉사하는 경우도 적지 않다. 그렇지만 그들 역시 부모가 아닌 그 누군가로부터 사랑을 받았을 게 분명하다. 사람이 아니라도 문학이나 위인전, 영화나 드라마 등을 통해서 영향을 받았을지 모른다. 만일 그런 대내외적인 환경이 없었다고 해도 인간은 스스로 사랑을 찾아내는 능력이 있다. 인간에게는 신이 창조한 양심이라는 고귀한 장치가 마련되어 있어 다른 사람의 도움이나 환경 없이도 얼마든지 사랑을 발견할 수 있다.

하지만 사랑은 사람을 통해서만 쉽게 얻을 수 있으며, 그 기초는 젊은 남녀로부터 시작됨을 알아야 한다. 사랑을 스스로 터득하거나 습득하는 데는 그만큼 많은 시간이 소요되고, 그동안 다른 사람이 받아야 하는 고통 역시 너무 크다. 그러므로 사랑을 알지 못하는 남녀가 부모가 되는 것은 너무 큰 사회적 위험 요소를 가질 수 있다. 인생을 살아가는 동안 본인들도 그만큼 고통을 더 받을 것이고, 아이들 또한 사랑받지 못하고 자랄 수 있는 환경에 이미 노출되기 때문이다. 사랑의 기초가 없는 부모가 아이를 사랑하지 않는다는 말이 아니다. 짐승도 자기 새끼를 사랑하는데, 하물며 사람은, 그것도 여자의 모성애는 모든 걸 초월한다. 단지 걱정스러운 것은 사랑의 방식이다. 잘못하면 집착이나 도착, 혹은 아이를 자신의 소유물처럼 착각하며 사랑이라고 합리화시키는 자기애로 변질될 수 있다. 다시 말해 아이를 사랑한다고 생각하지만 그 대상이 아이가 아니라 바로 자기 자신이 되는 것이다. 그러다 보면 아이는 물론이고 남편, 시어머니 등등 모두 자기 자신을 중심으로 잣대를 들이대는 고정관념에서 벗어나지 못할 수 있다. 그런 관념에서 벗어나지 못하면 결국 그 관념은 고착화될 것이고 많은 정신적 부작용을 낳게 된다.

이게 어디 여자만의 문제이겠는가. 여자는 아이를 낳는 과정에서 이전에는 전혀 몰랐던 사랑을 발견하게 된다. 이것이 바로 위대한 모성애이다. 그러나 남자는 다르다. 유전학적으로 보면 종족 번식을 하려는 습성이 수컷 본능을 자극하는 행위로 볼 수 있다. 물론 부성애가 없는 것은 아니다. 아내가 아이를 낳아도 남자들은 처음에는 그 감동을 잘 모른다. 어떤 남자들은 지나치게 감동하는 척 하지만, 사실 알고 보면 뭐가 뭔지 모르는 채로 어안이 벙벙한 느낌으로 아이와 첫 대면을 하게 된다. 그저 아내의 고통을 이해하고 아이의 탄생을 축하하고 감동하는 척할 뿐이다. 이것 역시 실은 자기 감동일 뿐이지, 진짜 애착을 느껴서 하는 것이 아니다. 남자들은 결코 출산의 고통과 행복을 알지 못한다. 여성이 출산 직후 갖게 되는 모성애를 경험할 수도 없다. 어떤 남편이 자신은 그걸 안다고 말한다면 그 말은 대개 거짓이다. 물론 아주 조금은 느끼거나 알 수 있겠지만, 이것 역시도 억지로 우기는 남자들에게 조금 양보해서 말하는 것뿐이다. 앞서 말한 것처럼 남자들에게 부성애가 없는 것은 아니다. 사실 남자의 부성애라는 것은 알고 보면 책임감이 약 90%를 차지한다. 여기서 나머지 10%가 중요한데, 자신의 어머니에게서 받은 모성애가 바로 그것이다. 즉 부성애는 자신의 어머니에게서 물려받은 모성애가 작용해서 자신의 아이를 사랑하는 것이다. 그러니 생각해 보면, 엄마의 모성애가 얼마나 위대하고 중요한지 알 수 있다.

사자들 무리에서 수컷의 위용은 실로 대단하다. 그들은 다른 동물이나 수컷으로부터 자신의 무리를 지키는 일에 목숨을 건다. 암컷을 다루는 데도 냉철함이 묻어 있어 옛날 우리 한국 남자들을 보는 것과 같다. 그런 수컷 사자도 새끼를 바라보는 눈빛은 어딘지 부드러움이 묻어 있다. 어쩌면 그 수사자도 자신을 낳아 준 어미에게서 물려받은 모성애를 느끼고 있을지 모른다. 이처럼 사랑의 기초는 맹수가 자신의 무리를 지켜 나가는 것에도 없어서는 안 되는 본능과 같다. 그런데 만물의 영장이라는 사람에게 사랑의 기초가 없다면, 아니 모른다면 여간 심각한 일이 아니다.

알고 모름의 차이는 하늘과 땅 차이로 그 간격이 크다. 거리가 멀다는 것은 오감을 느끼기 어렵다는 말이다. 모른다는 것은 조금은 과격한 표현이지만 언제든 사람을 폭력으로 대하고 자연을 아무런 가책 없이 파괴할 수 있다는 뜻이다. 그래서 사랑이 없으면 모든 것은 죽는다. 소멸하는 것은 소망으로 태어날 수 있지만, 그냥 죽는다는 것은 사라지는 것이다. 사람이 태어나서 흔적 없이 사라진다는 것은 불멸의 영원성을 믿는 인간으로서는 억울하고 비참하기 이를 데 없다. 한 사람 한 사람의 가치가 천하보다 크다는 것은 반드시 사랑이 전제될 때 가능한 일이다.

어떤 사람들은 사랑은 믿음이라고 말한다. 그러나 사랑은 그 모든 것의 행함이다. 지금 누군가를 사랑한다면 말부터 행해야 한다. "사랑합니다." 또 그 말을 행했다면 행동을 함으로써 비로소 사랑이 성립된다. 어떤 수학적 이론도 공식이 성립되지 않으면 아무것도 아니다. 사랑의 성립은 수학 이론처럼 어려운 것이 아니다. 너무도 쉬운 것이기에 하지 않거나 관심 밖으로 밀려나고 있는 게 아닌가 싶다.

다시 강조하지만, 사랑을 이해하지 않고는 어떠한 힐링도 불가능하다. 이 세상 모든 스토리에는 사랑의 기초가 있고, 사랑이 빠진 이야기에는 감동이 있을 수 없다. 사람이 감동할 수 있다는 것은 그 어떤 위험으로부터 벗어날 수 있음을 의미한다. 감동은 누구라도 공감할 수 있으며, 질병도 감동 앞에는 삶의 과정이나 일부로 받아들일 수 있다. 이처럼 어떠한 고통과 고난이 와도 사랑은 모든 걸 극복할 수 있는 희망으로 작용되는 엄청난 치유의 힘을 내포하고 있다.

그렇다면 사랑의 기초가 어떻게 작동할 수 있는지 조금 더 이해할 필요가 있다. 사랑은 이성과 감성이 하나로 합하여 만들어진 감정의 작용이다. 물론 감정이란 그때그때마다 변화무쌍하므로 신뢰할 수 없다. 감정을 만들어 내는 것이 꼭 이성과 감성의 작용만은 아니기 때문이다. 감정은 생각이나 마음처럼 내적인 자기 변화에도 행동하려고 움직이지만 외적인 충격에도 쉽게 반응한다.

인지심리와 행동심리학적인 측면에서 보면 사람은 지극히 단순한 존재이다. 자극을 가하면 반응하는 존재. 그러니까 누군가에게 안 좋은 욕을 하면 그는 금방 화를 내며 분노하게 된다. 반면에 사랑한다는 말을 하거나 듣기 좋은 칭찬을 하면 곧바로 좋은 반응, 그러니까 상대에게 호감을 보이는 반응이 나타난다. 그 자극이 가짜라고 할지라도 좋은 반응을 보이는 것을 볼 때 사람의 감정이라는 것은 별로 믿을게 못 된다는 사실을 알 수 있다. 그래서 '칭찬은 고래도 춤을 추게 한다'는 말도 따지고 보면 동전의 한쪽 면만을 보는 것처럼 위험한 말이기도 하다. 무조건 칭찬한다고 사람들의 감정이 언제까지나 좋은 쪽으로 머무는 것이 아니기 때문이다. 앞서 말했다시피 감정이란 변화가 심해서 때로는 누군가의 칭찬이 마치 비아냥거리는 것처럼 받아들여지거나 반응하게 되기도 한다.

철학적으로 인간은 그리 단순하지 않다. 좋은 자극이든 나쁜 자극이든 한두 번은 통하지만 그 자극에 따른 이해할 만한 합당한 스토리가 없으면 더 이상 반응하지 않는다. 반응한다고 해도 기대했던 반응과는 상반된 결과가 나올 확률이 크다. 따라서 누군가를 사랑하려면 그 대상을 향한 자신의 감정을 분석할 줄 알아야 한다. 또한 그 감정에 합당한 이야기가 있는지 책을 펴듯이 자신의 마음을 읽어 내려가야만 한다. 왜냐하면 사랑은 마음에 적어 놓은 나와 너 그리고 우리들의 이야기이기 때문이다.

생각하는 대로 이루어진다.

    인간은 생각한다. 고로 존재한다. 조금은 난해한 말이다. 생각한다
고 해서 꼭 존재하는가. 생각하지 않는 존재는 존재하지 않는 것인가.
존재하면서도 생각하지 않는 존재는 없는 것인가. 아니면, 생각을 해
야만 존재로 인정한단 말인가. 인간이 동물과 다른 점이 생각하기 때
문이라는 말은 현대인이라면 누구나 알고 있다. 그렇다면 생각이란
무엇이기에 생각하지 않으면 존재의 가치가 상실되는가, 그리고 실제
로 사람들은 생각하고 있는가. 생각하지 않는 인간은 과연 있을까. 아
니 인간은 정말 생각하며 사는 것일까. 그리고 생각을 한다면 누가 생
각한단 말인가. '내가 생각한다'고 할 때 내가 누구이기에 생각을 한
단 말인가. 내가 생각하고 있는 것을 알고 있는 또 다른 생각은 누구
란 말인가. 내 안에 또 다른 내가 있는 것인가. 있다. 분명 있다.

    인간은 생각한다. 고로 존재한다. 인간은 생각하는 나와 존재하는

나, 둘이 존재한다. 그렇다면 이 둘 중 누가 나인가. 생각하는 나는 에고이고, 존재하는 나는 본성이다. 에고는 자신이 본성인줄 착각하고 본성은 에고에 가려져 있다. 조금 난해한 시작이지만 사람이 생각한다는 것은 실로 위대한 것이기에 조금은 철학적으로 의문을 던져 본다. 생각이란 도대체 무엇이기에 지금 이 순간 전 지구촌 사람들은 온통 생각 속에 살고 있을까.

모든 생각은 에고로부터 시작된다. 에고는 자아의식이지만 자기가 아닌 자기에 대한 애착이며, 자기 자신에 대한 사랑이다. 하지만 진정한 참모습을 모르는 어리석음을 동반한다. 자기에 대한 교만으로, 이것은 자기 자신을 모르면서 거짓 자기에 애착을 느끼고 한술 더 떠서 교만한 마음까지 품는 것을 말한다. 어디 그뿐인가. 자기 생각이란 소견인데, 소견은 주의, 주장, 관점 등을 뜻하는 말이지만 에고는 자기에 대한 그릇된 견해와 주장을 갖고 그것을 내세운다.

그렇다면 모든 생각은 정말 에고로부터 시작되는가. 물론 그렇다. 하지만 인간은 지식과 도덕 혹은 양심을 통해서 에고를 숨기기도 하고 바꾸기도 하는 능력을 가진다. 이를테면 관념을 만들어 내는 과정에서 어떤 물리적인 외부 힘이나 내면의 변화에서 에고가 소멸하기도 한다. 그래서 착하다는 것과 진실은 다르다. 착하다는 것은 뭔가를 잘 참는다는 의미이다. 다르게 말하면 자신의 에고를 잘 드러내지 않는 사람이다. 그렇지만 가장 진실한 인간은 아기이다. 아기는 관념이 생기기 이전이기 때문에 사탕이나 우유를 줬다가 뺐으면 곧바로 운다. 그러나 어른은 바로 그런 반응을 하지 않고 그 이유를 생각한다. 여기서 생각한다는 것은 진실이 한번 왜곡된 상태를 보인다는 뜻이다. 그래서 에고는 가짜인 나를 말한다. 내면이 아닌 자기 밖에 치중하여 나타내려 한다. 에고가 강하고 자기관념이 강한 사람은 밖으로 돈다.

에고의 가장 힘든 점은 밖을 보지 못하게 하는 것이다. 에고는 자기를 보는 순간 소멸하기 때문에 두려워한다. 자기 자신을 보게 되면 속내가 들킨 것에 대한 수치심 같은 에고의 저항성이 나타난다. 심리학에서는 그것을 자기방어 저항성이라고 말한다. 에고는 사회적 지위나 명성 혹은 돈과 학벌을 바로 자신이라고 착각한다. 에고를 포장하는 것이다. 그래서 원래 생각이 많으면 괴로운 것처럼 에고가 만들어 내는 수많은 관념들 때문에 사람은 몸과 마음이 동시에 괴로움을 느낀다. 그와 반대로 자기 성찰을 통해 에고의 저항성을 이겨 낸 사람들은 마음이 평안해지고 행복과 안락함을 느끼게 된다. 그래서 에고로부터 시작된 생각을 얼마든지 바꿀 수 있는 것이 본성이며 내적 성찰이다. 자기 자신이 어떤 존재이며 무슨 생각을 하고 있는지, 그 생각들이 혹 에고이즘에 빠진 것은 아닌지 돌아보아야 한다. 그리고 잘못된 자신의 생각이 가족은 물론이고 자신이 속한 공동체에 해를 끼치지는 않을지 고심해봐야 한다. 그 이유는 생각은 생각만으로 끝나지 않기 때문이다. 잘못된 생각은 기회만 주어진다면 잘못된 행동을 하려는 속성을 가진다. 왜냐하면 생각은 인간을 움직이는 뇌의 영향력 안에 있고 뇌는 과거와 현재를 구분하지 못하며 생각의 진실을 확인할 수 없기 때문이다.

그와는 반대로 우리 인간은 생각이라는 범주 안에 모든 육체, 즉 뇌까지도 조정할 수 있다. 과학자들의 실험에서 증명된 것처럼 생각을 손가락 끝에 집중시켜 보면 뇌는 실제로 그 손가락을 건드리는 것처럼 활성화된다. 그리고 생각만으로 근력이나 근육을 발달하게 하는 것도 가능하다는 게 입증되었다. 그러므로 생각의 힘, 즉 상상의 힘은 그 무엇도 가능하다. 많은 운동선수들이 이미지트레이닝을 하는데, 그것은 상상을 통해 실제 경기와 똑같은 훈련을 재현하는 방법이다. 다시 말해서 운동은 하지 않고 그냥 가만히 앉아 생각을 통해 실전 연습을 하는 것이다. 다른 말로 명상이라고도 하지만, 어쨌든 생각하는 것이다. 이것이 가능한 이유는 우리 뇌가 실제 경험과 상상을 구분하지 못하기 때문이다. 한마디로 생각이 달라지면 우리의 뇌파도 달라진다. 플라시보(Placebo) 효과가 바로 그것이다. 통증 환자에게 진통제 대신 비타민C 주사를 주면 대부분의 환자들은 약의 효과에 대한 믿음, 즉 생각 때문에 통증이 줄어든다. 이처럼 생각을 바꿈으로 몸까지도 영향을 줄 수 있는 것이 생각의 힘이다. 하지만 생각의 힘은 그것으로 끝나지 않는다.

모든 사람은 예외 없이 두 종류의 생각을 한다. 하나는 긍정적인 생각이고, 다른 하나는 부정적인 생각이다. 물론 대부분의 사람들이 두 가지 생각을 함께 가지고 있는 경우가 많다. 자신에게 이롭다고 생각하면 긍정적으로 생각할 것이고, 해롭다면 부정적으로 생각하는 게 어쩌면 당연하다. 모든 인간은 이기적인 존재이기에 자신을 방어하는 차원에서 충분히 그럴 수 있다. 그러나 여기서 말하려는 것은 보호 본능 차원이 아니다. 언제나 불신하고 모든 상황을 비뚤게 보고 반드시 단점을 찾아내어 지적하는 사람, 즉 매사에 부정적인 사람이 있다. 그리고 뭐든 믿어주고 어떤 상황이라도 인정하며 항상 장점만을 말하는 긍정적인 사람. 두 사람 중 어떤 사람과 함께 살고 싶은지 물어보나 마나일 것이다.

그렇다면 지금 이 글을 읽는 당신은 어떤 사람인지 자문해 보라. 아마도 십중팔구는 부정적인 사람일 확률이 높다. 그렇지 않고 만일 자신이 긍정적인 사람이라고 말하는 사람이 있다면 미안하지만 에고이스트이거나 관념에 사로잡힌 사람일 것이다. 아니면 에고를 숨겼거나 무슨 일에도 잘 참는 착한 사람 정도일지 모른다. 왜냐하면 인간의 생각이란 본래 긍정과 부정이 동시에 상대적으로 작동하는 메커니즘으로 되어 있기 때문이다. 쉽게 설명하면 기쁨이 한없이 지속되지도 않고 슬픔이 연속되지도 않으며 미움과 분노와 사랑과 행복 역시 이랬다가 저랬다가 반복되기 때문이다. 생각 역시도 부정에서 긍정으로, 긍정에서 부정으로 시간차를 두고 왔다 갔다 할 뿐, 언제나 긍정적인 생각만을 할 수도 없고, 또 계속해서 부정적인 생각에 사로잡힐 수도 없다. 그런데도 정말 매사에 부정적인 사람이 있다면 그는 환자이다. 그리고 매사에 긍정적인 사람이 있다면 그는 훈련받은 사람이다.

실제로 내 주변에는 매사에 부정적인 사람들이 몇 있다. 그들과 대화를 하면서 정말 해도 해도 너무할 정도로 매사가 부정적인 면을 보고 화가 날 지경이었다. 화나는 이유가 함께 있으면 그들의 안 좋은 생각이 내 뇌파까지 혼란을 주었기 때문임을 알 수 있다. 명상하는 사람들은 그것을 파동이라고 말하지만 나는 이야기로 말하고 싶다. 그들의 이야기가 내 기분을 상하게 한 것이다. 부정적인 생각으로 만들어 내는 이야기를 듣고 있으면 마음이 불안해지고 우울해지는 것을 경험한다. 그런데도 그들을 자주 만나는 것은 그들이 내 가족이고 친구이며 이웃이기 때문이다. 그들이 만일 생면부지이면 절대로 함께할 이유가 없다. 아마 이런 생각은 다른 사람도 마찬가지일 것이다. 모르는 사람이 아니라 대부분 가까운 사람이기에 어쩔 수 없이 봐야 하고 이해해야 하는 상황일 것이다. 그리고 그들을 이해할 수 있는 것은 그들이 부정적인 사람이 되기까지는 어떤 과정이 있었음을 잘 알기 때문이다. 그런 사람들은 대부분 아픈 상처가 있다. 그래서일까, 지나친 부정은 긍정이라는 말이 있듯이 부정을 통해 긍정을 보상받으려는 심리가 깔려 있다. 이 책을 쓰는 이유도 사실은 그런 사람들을 위해서이다.

의사는 아픈 사람에게 필요한 것이고, 힐링 또한 상처받은 사람을 위해서 필요하다. 물론 건강하다고 해서 의사가 필요 없는 것은 아니다. 이제 우리나라도 치료의학에서 예방의학으로 바뀌어가고 있다. 아프기 전에 병을 예방하듯이 정신적으로 건강한 사람이라도 항상 자신의 현재를 점검해 볼 필요가 있다. 지금 내가 어떤 생각을 하고 있는지, 그 생각이 부정적인지 긍정적인지 체크하는 습관만 있다면 훈련받은 사람으로 살 수 있다. 백화점에서 아내가 "이 옷 어때?"하고 물어봤을 때는 곧바로 "응, 예쁘네."하면 된다. 긍정은 머리 굴려 생각하는 것이 아니기 때문이다. 긍정은 시간을 끌 필요가 없다. 언제든 곧바로 대답할 수 있는 쿨한 것이다. 그래서 긍정적인 생각이나 대답은 스트레스가 쌓이지 않는다. 마음에 담아두지 않기 때문이다. 항상 새롭게 기쁨을 만들어 내는 것이기에 구태여 담아둘 이유가 없다. 그에 비교하면 부정은 순식간에 상대의 생각은 물론이고 분위기까지 파괴한다. 그리고 단점을 찾으려고 머리 굴려 생각하기 때문에 상대는 물론 자기 자신까지도 스트레스가 쌓인다. 부정적인 생각을 하면 심장이 빨라지고 혈압도 상승한다. 실제로 욕설을 하거나 다른 사람을 원망하고 저주하면 상대에게도 악영향을 끼치지만 상대보다는 자기 자신에게 엄청난 피해를 준다.

흔히들 관념이라 하면 기존에 가지고 있던 어떤 고정된 생각이나 생각의 틀 정도를 떠올린다. 맞는 말이다. 하지만 이 잘못된 관념이 인간의 몸과 마음 그리고 주변 환경에 미치는 해악을 안다면 경악을 금치 않을 수 없다. 그러므로 인간의 적은 어떤 원수 같은 사람이나 우연한 불행이 아니라 바로 내부에 있는 자기 관념이다. 더 심각한 것은 이처럼 잘못된 관념, 부정적인 생각은 자기만으로 끝나지 않는다는 것이다. 대대로 유전되어 자식은 물론 손자에 손자까지도 전해질 수 있는 무서운 질병이다. 잘못된 생각이 유전된다는 말은 처음 들어본 사람들도 있겠지만 그건 사실이다. 가난하다고 생각하면 가난이 대물림된다. 나는 부자라고 생각하고 부자가 된 것을 상상하며 그것을 믿고 말을 하면 현실이 된다. 믿음은 바라는 것의 실상이다. 믿음이란 계란으로 바위를 치는 것이다. 상식적으로는 이해가 가지 않겠지만 바로 그것이 믿음이다. 불가능한 생각을 가능한 생각으로 바꾸는 것이 믿음인 것이다.

많은 사람들이 기도를 한다. 기도는 긍정의 훈련이다. 기도는 자신의 생각을 말하는 것이고, 소원을 말하는 것이며, 희망을 선포하는 것이다. 희망이란 무엇인가. 바로 믿음과 기대이다.

그래서 희망은 인간 경험의 중심이다. 실제로 희망의 생리학적 효과는 우리 뇌에서 면역기능을 강화시키는 화학물질을 만들어 낸다. 백혈구의 일종인 호중구는 유해 세균들을 먹어치운다. 세균을 많이 잡아먹은 호중구는 고름이 되어 상처를 아물게 한다. 대식세포 역시 세균을 잡아먹는다. 그리고 T세포는 적군인지 아군인지를 구분해서 적군이면 물리친다. 이처럼 긍정적인 생각은 우리 몸을 건강하게 바꾸는 것은 물론이고 유전자까지 그 고리가 연결된다. 당신의 부정적인 생각은 어쩌면 먼 옛날 할아버지에 그 할아버지 그리고 또 그 할아버지에게서 전해 내려왔는지도 모를 일이다. 하지만 부정적인 생각을 긍정적인 생각으로 바꾸는 순간 모든 것은 달라진다. 단지 생각을 바꾸는 약간의 훈련이 필요하고, 그 훈련이 습관이 될 수 있도록 지속적인 반복이 필요하다.

바람은 항상 분다. 꼭 비바람이나 거센 폭풍이 아니라 해도 우리가 느끼지 못할 뿐이지, 미세한 바람은 항상 불고 있다. 공기 역시 존재하지만 우리는 느끼지 못한다. 그건 생각도 마찬가지이다. 의식하지 못하는 무의식의 생각들이 우리를 지배하려고 한다. 그러나 대부분 그런 무의식의 생각은 우리가 스스로 생각하는 것이 아니라 외부의 악한 힘이 만들어 냄을 알아야 한다. 성경에서 이를 증명할 만한 유명한 구절이 있다. 사탄은 유다에게 3년 동안 동고동락한 자기 스승이며 메시아를 팔아넘길 생각을 불어넣었다. 유다는 실제로 돈을 받고 예수를 넘겨주고, 예수는 십자가에 매달려 처형된다. 하지만 유다는 오래지 않아 정신을 차리게 되고, 양심의 가책을 견디지 못해 목을 매어 자살한다.

놀라운 사실은 현대인의 15%, 그러니까 100명중 15명은 한번쯤 자살을 생각해 본 적이 있다는 사실이다. 단언컨대, 여기서 자살을 생각했다는 것은 분명 정상적인 자신의 생각이 아닐 것이다. 어떤 악한 초자연적인 힘이 집어넣은 생각이 분명하다. 그 생각에 넘어가 실제로 자살한 사람도 많을 것이다. 술이라도 취한 상태라면 생각대로 할 확률이 그만큼 높아진다. 자살한 연예인 대부분이 당시에 술을 마신 상태였다는 사실을 보면 가능성은 더 크다.

성경 속 유다가 아니라도 누구나 문득 나쁜 생각이 들 때가 있다. 자신도 모르게 누군가를 향해 욕을 하기도 하고 불만과 저주를 퍼붓고 죽이고 싶은 상상을 하기도 한다. 그런 자신의 생각을 인식한 사람들은 깜짝 놀라 원래 자신의 생각으로 돌아가지만 그러지 못하고 계속해서 그런 생각에 사로잡혀 있는 사람도 적지 않다. 누군가에게 해를 입히는 생각에 집착하면 앞에서도 언급했듯이 자기 자신에게 치명적인 결과를 초래한다. 정신적으로 미칠 수도 있다. 물론 대부분의 사람들은 자신이 나쁜 생각을 하는 걸 내면으로 안다. 나쁜 생각인지 아닌지 볼 수 있는 능력, 그리고 그걸 바로 잡을 수 있는 힘이 양심 안에 있다. 만일 선악을 구별하지 못해 악한 생각을 하는 사람이 있다면 그

는 처음부터 사이코패스로 태어났거나 악한 힘에 지배당하고 있는 것이다.

사실 생각을 아는 건 간단하다. 나쁜 생각은 악령이 주는 것이고 좋은 생각은 내 안의 성령이 주는 것이다. 성령은 착한 사랑의 영으로서 언제나 긍정적인 생각을 하게 한다. 그리고 불안, 초조, 근심, 걱정, 염려, 절망, 이 모든 것들은 생각이 만들어 마음에게 전해 주는 잘못된 정보이자 명령이다. 마음은 그걸 사실로 인식하여 그림을 그리기 때문에 마음의 병이 생기는 것이다. 그러므로 가능한 적극적이고 창조적인 생각을 해야 한다. 물론 우리 몸은 고통을 경험해야 연약한 걸 깨닫고 고통을 감당할 만큼 그릇이 커지고 인격이 성장한다. 생각에도 초등학교 생각, 고등학교 생각, 대학교 생각이 있다. 생각도 고통을 겪은 만큼 변화한다. 고통 없이 변하는 사람은 없다. 그래서 고통이 꼭 나쁜 것만은 아니다. 우리는 그 고통을 통해서 다른 사람과 생각을 공유하거나 키 높이를 맞추듯이 생각을 맞추는 연습을 해야 한다.

사랑할 수 있는 대상은 인격이 동등해야 한다. 상대를 나와 같은 인격으로 생각할 때 비로소 내가 다른 사람을 만날 준비가 된 것이다. 부부로 산다는 것도 같은 생각을 하지 않으면 여간 힘든 것이 아니다. 같은 생각을 하지 않으면 대화가 어렵다. 물론 생각의 다양성을 배제하라는 말이 아니다. 서로에게 공감대를 이루려면 먼저 생각을 공유해야 한다. 생각의 공유란 꼭 같은 생각을 말하는 것이 아니다. 단어적인 해석이 아니라 공간적인 해석이다. 즉 같은 생각이란 글자 그대로 똑같은 생각이 아니라 같은 공간에서 함께 생각하는 걸 말한다. 예를 들어 편의점 안에서 어떤 물건을 어떻게 고르든지 그걸 인정하고 바라봐 주는 생각이 바로 공간적인 생각이다. 물론 지불까지 해주면 금상첨화이다. 이렇듯 공간적인 생각을 서로 공유하면 대화가 잘 통할 수 있다. 그러나 복잡한 현대사회를 살아가면서 사람들과의 관계에는 대화에 어려움이 많다. 소통에 문제가 있는 것이다.

대부분의 사람들은 스스로가 이성적으로 행동하고 있다고 생각하지만, 실제로 사람의 마음을 움직이는 가장 큰 동기는 이성이 아닌 '감성'이다. 감성에 의해 움직인다는 사실을 망각하고 이성으로만 접근하기 때문에 상대는 그걸 거부한다. 그건 우리 뇌중 가장 안쪽에 있는 파충류의 뇌(후뇌) 때문에 일어나는 현상이다. 파충류의 뇌는 뇌간(뇌줄기)과 소뇌로 이루어져 있는데, 척추속의 신경인 척수가 고생대 시대인 약 5억 년 전, 윗부분으로 확대 팽창되면서 형성된 가장 원시적인 뇌 줄기이다. 다윈 진화론자들의 논리에 의하면, 말 그대로 포유류가 생기기 이전인 파충류 시대에 만들어진 뇌라고 할 수 있다. 그래서 그들은 '파충류의 뇌'라는 이름을 붙였다. 이 뇌는 생명체의 기본적인 기능을 담당하는 생명 중추의 구실을 하고 있다. 한마디로 인간을 조정하는 핵심 타워인 셈이다. 정말 놀라운 것은 우리가 무의식적으로 행하는 어떤 행동이나 말이 모두 이 파충류의 뇌에 의해 조종당할 때가 많다는 사실이다. 또한 세 개의 뇌 중 가장 안쪽에 존재하며 인간의 생명과 직결된 원시적인 부분인 파충류의 뇌는 인간의 의사결정은 물론이고 모든 생각에 영향을 미칠 만큼 중요하다.

실제로 동물원의 동물도 사육사와는 친밀한 관계를 유지한다. 사나운 맹수라 해도 다르지 않다. 파충류의 뇌는 인간과 동물 또는 파충류까지 오로지 '생존'을 위해 존재해 왔으므로 어떤 논리나 이성적 생각과 판단을 우선시하지 않는다. 그 대신에 자신에게 얼마나 우호적인가, 자신의 말을 잘 들어주고 공감해 주는가를 우선적인 판단기준으로 삼는다. 따라서 감성적인 접근, 감정적인 호소나 공감이 인간의 마음을 움직일 수 있다. 파충류의 뇌는 그럴 때 우호적으로 반응하여 그에 합당한 적절한 생각을 만들어 낸다. 맹수도 자신을 예뻐해 주고 먹이를 주고 공감해 주면 인간을 따르듯이, 가장 깊은 곳에 자리하고 있는 파충류의 뇌도 생각의 공유와 공감을 통해 온순하게 말을 듣게 된다.

만일 누군가와 대화가 통하지 않거나 화를 내게 했다면 혹시라도 파충류의 뇌를 건드린 것은 아닌지 살펴보아야 한다. 상대의 파충류의 뇌가 작동했다는 것은 극도로 흥분했다는 것을 뜻한다. 그건 어떤 동물도 마찬가지이다. 우리 두뇌의 편도핵은 공포나 충격 같은 사건이나 자극이 들어오면 곧바로 흥분 호르몬인 스트레스 호르몬을 분비하도록 촉진한다. 또한 혈당과 혈압이 올라가며 심장박동을 급격히 빠르게 한다. 이럴 때 파충류는 공격적이거나 재빨리 도망치는 반응을 보이는데, 그건 사람도 마찬가지이다. 이런 상황에서는 소통은 불가능하며, 생각은 공황상태에 빠진다. 인간만이 할 수 있는 고등 생각도 할 수 없다. 그런 상황이다 보니 이성적인 대화는 사실상 물 건너가고 만다. 상대가 어떤 말을 해도 들리지 않는다.

따라서 생각하는 방법에도 순서가 있다. 지금 내 생각이 아무리 옳고, 가치 있는 생각이라 해도 상대에게 감성적으로 접근할 수 없다면 말로 전하는 것은 아무리 달변이라 해도 감동을 줄 수도, 이해를 시킬 수도 없다. 물론 파충류의 뇌와 아무리 친교가 있다 해도 우리 뇌의 가장 바깥에 위치한 뇌를 적절히 활용하지 않으면 안 된다. 이 뇌는 우리 뇌중에 가장 나중에 진화한 것으로 이성과 추상적인 사고 등을 관장한다. 우리 인간이 학습하고 기억할 수 있는 능력은 모두 이 뇌 부분이 발달했기 때문이다. 문명과 과학은 모두 이 뇌가 이룬 성과물이라 해도 과언이 아니다. 결국 좋은 생각이나 말의 원천은 파충류의 뇌가 감동하는 것으로 시작하지만, 그 끝은 가장 바깥에 있는 뇌로 자연스럽게 연결되어야 함을 알 수 있다.

세상을 바꾸는 생각의 시작은 화려한 수식어나 환상적인 약속이 아니라 어쩌면 가장 원시적인 파충류의 뇌를 감동시키는 것에 있는지 모른다. 사람과 사람 사이에서는 이성적인 근거와 논리는 고작해야 10% 밖에 영향을 주지 못한다. 영국의 심리학자 제이하드필드 박사는 '난 할 수 없어. 난 틀렸어. 이제 끝났어'와 같이 자신감 없는 생각을 하는 사람은 자기가 가진 능력의 30% 밖에 사용하지 못하고 결국 페인이 되고 만다고 했다. 반대로 긍정적인 생각을 하는 사람은 자기 능력의 150%를 사용하여 반드시 성공한다는 것이다. 이처럼 성공과 실패도 그 사람이 어떤 생각을 하는지에 따른 결과이고, 어쩌면 이 역시도 파충류의 뇌에서 만들어 내는 생존에 관한 본능적 역할에 따라 달라지는 현상일지 모른다.

물론 인간의 생각을 뇌 과학자들이 말하는 것처럼 그렇게 단정 짓는 것은 무리이다. 뇌는 인간에게 있어 아직도 미지의 세계이기 때문이다. 기껏해야 5% 정도 아는 것을 가지고 인간 내면의 신비를 함부로 단정할 수는 없다. 그래서 어떤 이론이나 탁월한 논리도 그 시대에 잠깐 존재할 뿐, 인간을 완벽히 증명할 수는 없다. 과학이나 철학도 창조적인 생각과 발상에서 나오는 걸 보면 우리가 생각으로 그림을 그리고 집을 짓고 꿈을 꾸는 것은 확실한 사실이다.

생각의 그림은 소원이다. 생각하면 뇌가 그 생각을 알아차리고 그 생각의 정보를 분석해서 마음으로 전달한다. 그렇게 되면 마음은 꿈을 만들고 그 꿈은 믿음과 확신이 되어 현실로 실현된다. 이처럼 생각은 자신이 상상하는 그 어떠한 것도 미리 바라볼 수 있으며, 바라보는 것은 꼭 이루어진다. 그러나 잘못된 생각이 만들어 내는 문제점 또한 많다. 그 한 예가 정신질환이다. 정신과 의사들은 모든 정신질환의 시작은 자기를 지나치게 사랑하는 자기애에서 비롯된다고 했다. 자기애가 강할수록, 자기를 너무 사랑해서 자기 생각이나 말이 옳다고 믿고, 자기주장만 강하게 할 때 정신질환에 걸릴 가능성이 많아진다는 것이다.

특히 우리나라는 다른 나라에 비하여 인격 장애가 높은 편이다. 전문가들에 의하면 우리 사회에 나타나는 인격 장애 중 첫 번째 형태가 망상성 인격 장애라고 한다. 이는 다른 사람의 생각이나 행동이 악의에 찬 동기가 있다고 여기는 피해의식이다. 망상성 인격 장애가 되면 극도의 피해의식에 사로잡히게 되는데, 자기는 공격당하고 있으며, 오해를 받고, 누군가 자신을 향해 손가락질한다는 망상을 한다. 즉 잘못된 생각을 하고 있는 상태가 망상성 인격 장애 형태로 나타나게 된다. 이 장애를 앓고 있는 사람은 매사에 공격적으로 행동하기 때문에 자신에게는 물론 다른 사람에게도 심각한 악영향을 미친다.

서울대 의대 교수팀이 20대 한국 남성을 연구한 결과 10명 중 4~5명이 미성숙 어른으로 나타났다. 이는 조사받은 청년들 과반수가 '어린아이 성인'이라는 뜻이다. 또한 4명 중 1명은 성격이 원만하지 않아서 대인관계와 사회생활에 어려움을 겪고 있다고 했다. 대한불안증 장애학회에서 개최한 학술대회에서는 서울 등 5대 광역시에 살고 있는 20~60세 1천 명의 불안지수를 조사한 결과 약 25%가 불안 증세를 보였다고 발표했다. 이는 4명 중 1명은 전반적으로 불안 증세가 있고 우울증에 걸려 있는 것을 말한다. 또한 세계보건기구가 발표한 자료를 보면, 2020년에는 우울증으로 죽는 사람이 심장병으로 죽는 사람을 초월할 것이라고 했다. 또 세계보건기구와 하버드대 보건대학원 공동연구팀에서 발표한 자료를 보면 질병의 27%가 우울증에서 출발한다는 것이다.

우울증은 평소에 자기가 의지하는 대상을 잃을 때 나타난다. 이를테면 돈, 지위, 명예는 물론이고 부모나 남편 혹은 아내를 의지하고 있다가 그 대상이 사라지게 되면 의지할 곳을 잃은 마음이 불안해져서 부정적인 상실감을 느끼게 되고, 그런 생각들이 지나치면 우울증에 걸리게 된다. 이렇게 우울증에 걸린 사람들은 자신의 삶을 진지하게 성찰해 봐야 한다. 지금 자신의 생각이 어디에 가 있는지, 무엇에 사로잡혀 있는지 돌아보아야 한다. 특히 자신이 과거에 의지했던 그 무엇인가를 계속해서 생각하고 있다면 이미 우울증에 걸려 있거나 걸릴 확률이 높다는 자가진단을 내릴 필요가 있다. 자가진단이란, 집착의 함정에 빠져있는 잘못된 현재의 생각을 인식하는 것이다. 자신이 그런 생각을 하고 있다는 것을 깨닫지 못하면 결코 긍정적인 생각으로 바꿀 수가 없기 때문에 깊은 성찰이 필요하다. 이렇게 자기 성찰을 하다 보면 잘한 일은 물론 못한 일까지 떠오르고, 진정 소중한 것이 무엇인지 깨닫게 된다.

생각을 한다는 것은 피사체와 같이 빠르게 사라지는 것이 아니다. 생각 뒤편에는 그 생각을 만들게 된 많은 이야기들이 숨겨져 있다. 자신이 기억하지 못한다 해도 잠재의식 속에 존재하는 것이 어느 순간 생각으로 나타난다. 그러므로 그 생각을 만들게 한 원인을 찾게 되면 생각의 원천을 바꾸어 우울증과 같은 심인성 질환에서 벗어날 수가 있다.

사랑의 대상이 있어야 사랑할 수 있듯이 생각에도 생각하게 만드는 대상이 반드시 있게 마련이다. 그 대상이 내게 상처를 주거나 잘못된 생각을 하게 만든다면 대상을 바꾸면 되고 대상이 나를 행복하게 하고 아름다운 생각을 하게 만든다면 관계를 형성하면 된다. 여기서 관계란 긍정적인 생각을 통해 이야기를 만들어 내라는 뜻이다. 나 혼자만의 생각 속에 있는 나를 다른 사람들과 연계시켜 혼자만의 생각에서 벗어나야 한다.

우리는 혼자서는 살 수 없는, 다른 사람과 함께 사는 존재이다. 내 생각 속에도 다른 사람들이 함께 살고 있는 것을 깨달을 때 긍정적인 생각이 만들어진다. 긍정적인 생각들은 생각대로 이루어진다. 부정적인 생각들 역시 생각대로 이루어진다. 선택은 여러분의 몫이다. 이 두 갈래 길에서 누가 과연 부정적인 생각의 길을 가는지를 아는 건 간단하다. 우리 주변을 한번 돌아보면 금방 알 수 있다. 아마도 그는 앉으나 서나 남을 쉽게 욕하거나 비방하는 사람일 것이다. 이기주의자, 중독자, 정신병자, 실패한 자들의 공통점을 분석한 자료에 의하면 그들은 항상 부정적인 생각을 하며 남을 비난한 사람들이다. 그 좋지 않은 파장이 자기 자신에게 미쳐 몸을 망치고 인생을 망치는 결과를 불러오게 된 것은 어쩌면 당연한 일이다.

미국 위스콘신대 문학 전공자들 모임에서 남자들은 비평을 하는 모임을 만들어 다른 사람의 작품들을 가차 없이 비난하거나 비판하고, 반대로 여자들은 칭찬과 긍정으로 살을 붙이는 모임을 만들어서 활동하게 했다. 10년이 지난 결과, 남자들은 단 한 명도 문학가가 되지 않았지만 여자들은 모두 훌륭한 문학가로 성장해 활동하고 있는 것으로 조사되었다. 그들은 단지 공부라고 생각하며 열심히 했을 뿐인데, 그 결과는 정반대로 나타난 것이다. 이처럼 생각이란 몸과 인생의 설계도를 그리는 데 필요한 창조적인 능력이며, 영혼을 소생시키는 원동력이다.

올바른 생각은 희망을 만든다. 잭 캔필드가 쓴 《가장 절망적일 때 가장 큰 희망이 온다》는 책을 보면 두 사람의 암 전문의가 주고받는 대화 기록이 나온다. 의사들은 암환자들에게 똑같은 약을 똑같은 양으로 같은 스케줄로 처방했지만, 결과는 엄청난 차이가 나타났다. 그냥 평소와 똑같이 약을 처방한 의사의 환자들은 22%만 살아남은 반면, 약을 주면서 살 수 있다는 희망과 함께 그 약이 생명이라고 말한 의사의 환자는 무려 77%가 살아남았다. 전자는 자신이 죽을지도 모른다는 절망 속에 있는 환자에게 그냥 약만 준 것이고, 후자는 살 수 있다는 희망이란 스토리를 약에 담아 준 것이다. 이처럼 절망적인 생각을 꿈과 희망이 담긴 긍정적인 생각으로 바꿀 수 있는 사람은 꺼져 가는 자신의 생명까지 살릴 수 있다는 걸 알아야 한다.

젊은이는 꿈을 꾸고 노인은 희망의 환상을 볼 때 생각은 창조를 시작한다. 이제 당신과 당신이 사랑하는 모든 사람들을 생각대로 이룰 수 있는 세상으로 초대한다. 언제나 가능성이 열려 있는 그 세상으로 말이다.

말의 능력

지구상에는 국가라고 말할 수 있는 나라가 240여 개국이 있으며, 또 42,000족속, 그러니까 나라 속에 포함되어 살고 있는 수많은 종족들이 있다. 그런데 특이한 것은 이들이 저마다의 고유한 말을 가지고 있다는 사실이다. 물론 라틴어와 헬라어(그리스어), 영어와 같은 현대 문명을 이끈 대표적인 언어들이 있지만, 그 수가 얼마 되지 않는 소수 민족들이 각기 다른 언어를 사용하고 있다는 건 신기하다.

도대체 말이란 우리 인류와 어떤 연관성이 있어 지속적으로 존재하며 발전하고 있는지 궁금하다. 또한 어떻게 지금까지 하나로 통합되지 못하고 각 족속들마다 자기들만의 고유 언어로 살고 있는지, 그 배경에는 무슨 일이 있었는지 알고 싶다. 많은 자료를 검토하고 찾아보아도 기록이 별로 많지 않은 걸 보고 인류 기원의 신비를 다시금 경험한다. 하지만 바벨탑 사건이라는 기록을 보면서 수많은 종족들과 그들이 사용하는 말에 대해 이처럼 확실한 상황 설명이 있는 것에 새삼 놀라게 된다. 바벨탑 사건 이전에는 세상의 언어가 하나였다. 그러나 하늘에 닿고자 하는 인간의 끝없는 욕망이 바벨탑을 쌓았고, 그 탑을 통하여 신처럼 되고자 했던 인간들의 자만이 결국 신의 노여움을 받게 되었다. 언어가 하나이기에 인간의 협잡과 도전이 있었음을 간과한 신은 하나이던 그들의 언어를 족속들마다 다르게 만들고 말았다. 하늘 높은 줄 모르고 치솟던 인간의 욕망은 말이 통하지 않는다는 이유로 단번에 붕괴된 것이다.

바벨탑 사건은 인류에게 있어 언어의 중요성이 얼마나 큰지를 보여준다. 그 사건이 가진 상징과 의미는 너무 많아 글로 나열하기는 힘들겠지만 핵심은 바벨탑이라는 거대 문명과 욕망도 소통의 부재를 통해 단번에 붕괴될 수 있다는 것이다. 인류 기원의 신화 같은 이야기라고 가볍게 생각하기에는 오늘날 현대문명의 행태와 너무도 흡사하다. 두바이를 비롯하여 전 세계가 마치 경쟁이라도 하듯이 하늘을 향해 치솟는 고층 빌딩이 그러하고, 마치 신이라도 된 것처럼 착각하며 살고 있는 개개인의 배타적 이기심이 그러하다. 더욱 신기한 것은 영어를 통해 언어가 점점 하나로 합쳐지고 있다는 사실이다. 전 세계가 영어로 하나가 되면서 문명의 진보도 빨라졌으며 하늘에 대한 도전도 거침없이 행해지고 있다.

어디 그뿐일까. 인간은 신은 죽었다고 말한다. 급기야는 자신이 신이라고 말하는 지경까지 이르렀다. 바벨탑이 무너진 그때와 상황이나 행태가 비슷한 걸 보면서 우리 인류가 또다시 그때로 돌아가지나 않을까 심히 두렵고 떨린다. 아니 어쩌면 바벨탑의 붕괴는 이미 시작되었는지도 모른다. 세상의 여기저기서 소리 없이 가정이 무너지고 사회가 무너지고 있다.

서로가 말은 하면서도 소통이 되지 않는 이유는 왜일까. 그건 이야기가 사라지고 이야기가 없다는 것을 의미한다. 공동체 구성의 필수적인 이야기가 사라지면서 그 동력을 잃고 말았다. 이렇게 말하면 어떤 사람들은 커뮤니케이션이 얼마나 발달되었는데 그런 소릴 하느냐며 이해를 잘 못한다. 그러나 통신과 대화는 다르다. 그리고 대화를 한다고 해서 꼭 소통이 되는 것은 아니다. 통신은 전달하는 데 그 목적이 있고, 대화는 일방적일 때가 많다. 하지만 소통은 양쪽 모두가 이해하는 것을 전제로 하기 때문에 소통 없이는 가정은 물론이고 어떠한 공동체라고 해도 장기간 존속하기 어렵다. 그만큼 소통은 중요하고 어려운 것이다. 아무리 말을 잘하고 상대를 배려해 준다고 해서 소통이 되는 것은 아니다.

인간은 생각이나 가치관, 배움처럼 환경적인 조건들이 서로 다르기 때문에 상대를 이해한다는 건 결코 쉬운 일이 아니다. 인간은 상대적인 존재라고 생각할지 모르지만 절대적인 존재이다. 오직 자기 자신으로부터 모든 것이 출발하는 철저히 이기적이고 배타적인 존재이다. 그런 사람들이 서로 소통할 수 있으려면 그 속에는 반드시 이야기가 있어야 한다. 사실 알고 보면 이야기가 없는 것이 아니다. 그 어떠한 사람이라 해도 알고 보면 출생에서 현재, 그리고 어떻게 죽었는지까지 저마다 이야기가 있다. 물론 한 사람의 이야기는 그렇게 단순하지 않다. 일생을 살면서 반드시 겪어야만 하는 수많은 경험과 사연들이 나와 가정, 나아가서는 국가라는 거대한 공동체를 만들어 간다. 영화나 드라마 혹은 소설 속 행복과 불행한 이야기가 우리에게 많은 영향을 주듯이 한 사람의 성장에 관한 이야기는 인류에게 행복도 줄 수 있고 히틀러처럼 엄청난 비극을 안겨다 줄 수도 있다.

그렇다면 이야기가 운명처럼 그냥 주어지는 것인지, 소설이나 드라마 대본처럼 인위적으로 꾸며 낼 수 있는지 궁금할 것이다. 또 작가가 쓰는 작품처럼 인생을 비극이나 희극으로 연출하는 건 불가능하다고 말할 지도 모른다. 사실 작가가 글을 쓰는 것도 자기 마음대로 되지 않는데, 하물며 하루 앞을 알 수 없는 인생을 마음대로 쓰고 연출할 수 있다고 누가 장담할 수 있겠는가. 하지만 적어도 책을 읽고 드라마를 보면서는 그 이야기의 주인공이 마치 자신인양 공감하며, 울고 웃지는 않았던가. 또한 드라마를 보면서 "말도 안 돼."라고 비평하면서 "나 같으면 저렇게 하지 않아."라는 말을 한 번쯤 중얼거렸을 것이다. 그처럼 조금만 우리 자신을 객관적으로 바라보면 우리 자신의 이야기를 들여다볼 수 있다.

나 자신에게 관심을 가지면 드라마처럼 내 인생도 하나둘 보이기 시작한다. 내가 주인공으로 살고 있는 인생이라는 삶속에서 수많은 조연들과 행인들이 보일 것이고, 그 속에서 내 삶이 희극인지 비극인지, 내가 누군가의 조연으로 살고 있는 것은 아닌지도 알게 될 것이다. 어디 그뿐인가. 내 가족들은 별 볼일 없는 나를 주인공으로 여기며 살고 있음도 발견하게 된다. 그러므로 드라마 주인공처럼 내가 내

가족들을 행복하게 해주고 있는지, 아니면 나로 인하여 그들이 고통을 받으며 비극적인 인생을 살고 있지는 않은지 볼 수 있어야 한다. 내 이야기를 객관적으로 볼 수 있는 사람이야말로 지성인이다. 내 인생을 보지 못하고 다른 사람의 인생만을 들여다보는 것은 자신의 삶을 포기한 것과 같다.

책을 많이 읽은 사람은 작가가 되는 데 도움이 된다. 그리고 드라마를 많이 보면 다음에 어떤 상황이 전개될지 예측할 수 있다. 마찬가지로 내 이야기를 들여다 볼 줄 아는 사람은 지금 내 삶이 행복인지 불행인지 알 수 있고, 나로 인하여 가족들이 행복해 하는지 불행해 하는지 금방 느낄 수 있다. 뭔가를 안다는 건 바꿀 수 있는 기회가 있는 걸 말한다. 모르면 절대 바꾸지 못한다. 보지 않고 드라마의 줄거리를 말할 수 없듯이 내 이야기를 읽지 않으면 지금 내가 어떻게 살고 있는지 알 수가 없다. 그런 사람이 다른 사람과 소통하는 말을 할 수는 없다.

소통은 한 사람의 이야기를 담은 마음 상자이다. 그 마음 상자는 인간이라면 누구나 가진 이야기보따리이다. 그러므로 누군가 진정으로 소통하고 싶다면 먼저 내 이야기를 들여다보아야 한다. 그리고 나 자신부터 다른 사람에게 소통이라는 마음 상자를 전달하고, 다른 사람의 이야기를 조용히 경청하면 상대의 마음 상자가 내게 전달되는 것을 알 수 있다. 무엇보다 소통이 가능한 이야기를 할 수 있으려면 우리는 먼저 언어, 즉 말에 대해 알아야 한다.

사람에게 있어 말이란 무엇인가. 진화론자들은 초기 인류가 말을 하지 못하는 현생 동물과 같은 포유류이며, 포유류 중에서도 침팬지나 고릴라 같은 영장류였다고 한다. 그들에 의하면, 손짓과 발짓에서 언어가 차츰 발달했다는 것이다. 그런데 그들은 원시 인류와 현생 인류 사이에 반드시 있어야 하는 연결고리를 아직까지도 발견하지 못하고 있다. 고고학자들이 전 지구를 다 뒤져보아도 화석이 발견되지 않았다. 한편 창조론자들은 현생 인류 자체가 인간 종의 기원이라고 말한다. 그러므로 창조된 그때부터 언어를 구사했다고 믿는다. 어느 쪽이 정확한지는 알 수 없지만, 우리 인간은 언어창조 능력, 그러니까 말을 만들어 내는 능력만큼은 확실히 대단하다.

전 세계 모든 부족이 자신들만의 고유 언어를 가지고 있다는 것에 새삼 놀라지 않을 수 없다. 지극히 개인적인 생각이지만, 태초에 인간이 사용한 언어는 입술이 아닌 마음으로 말하는 마음 언어가 아니었나 싶다. 그래서 사람과 동물 그리고 그 어떠한 자연과도 소통이 가능한 시대였을 것이다. 그러다가 어떤 계기로 마음의 언어가 상실되는 사건이 있었고, 유독 인간만이 그 언어를 잃어버렸을 가능성이 매우 크다. 지진과 같은 자연재해가 발생할 경우 동물이나 작은 파충류까지도 그 사실을 미리 아는 걸 보면 그들에게는 아직도 원시의 마음 언어가 남아 있음을 알 수 있다. 인간만이 모든 삼라만상에 통하는 말을 잃어버리고 새로운 입술 언어를 만들어 낸 게 아닐까.

어쨌든 말은 인간에게 있어 꼭 필요한 것이고, 말이 없는 세상은 생각만 해도 끔찍하다. 말은 인간에게 있어 가장 위대한 능력이며 힘이다. 성경에서는 말씀으로 세상을 창조했다고 말한다. 그 내용이 진실이든 아니든 말의 능력을 가장 잘 내타낸 표현이다. 실제로 우리가 사용하는 말은 모두 능력을 가지고 있다. 세상은 말을 통해서 돌아간다. 세상의 그 어떠한 것도 이름을 불러주지 않으면 바로 그 순간 그 존재 가치가 상실된다. 당신의 이름을 아무도 불러주지 않는다면 당신은 이미 죽은 사람인지 모른다.

무엇으로 이름을 부를 수 있는가. 당연히 말이다. 그런데 여기서 우리가 한 가지 알고 가야하는 것이 있다. 말의 능력은 이야기를 통해 만들어진다는 사실이다. 문장 전체가 하나의 이야기로 구성되어 있지 않으면 제 아무리 멋진 단어라고 해도 아무런 능력도 힘도 발휘하지 못한다. 언제부터인가 사람들은 이야기가 빠진 단어나 짧은 문장을 말하며 살고 있다. 이야기가 없는 말은 그냥 단어의 나열에 불과하다. 그러다 보니 소통은 안 되고, 전달하고자 하는 메시지는 사라져 버렸다. 결국 사람들은 자신을 전달할 방법을 잃고 말았다. 짧은 단어로 욕설을 만들고 짧은 단어로 사랑을 만들어 내지만, 이야기가 빠진 말은 앵무새가 말하듯 그저 습관처럼 사용하는 말일 뿐이다. 다행히 사람들은 그걸 깨닫기 시작했다. 이야기가 필요하다는 걸 인식하고 스토리텔링을 시작한 것이다. 하지만 그 의미를 잘못 이해하고 있다. 그냥 단순히 이야기를 말하는 정도로 알고 있거나, 아니면 말 잘하는 데 도움이 되는 상식적인 것, 그러니까 배우면 좋고 아니어도 사는 데 전혀 지장 없는 것으로 알고 있다. 그러나 스토리텔링은 그렇게 가벼운 게 아니다. 우리가 잃어버린 말의 어원이며, 붕괴되어 가고 있는 가정의 위상을 회복시킬 수 있는 키워드이다. 또한 파괴되어 가는 자연계와 문명이 충돌하지 않고 화해할 수 있는 힘과 능력이 스토리텔링 안에 있다고 확신한다.

지금 우리는 아무도 내 이야기를 들어줄 사람이 없는 고독한 세상에 살고 있다. 그래도 누군가에게 해줄 자신만의 이야기가 있는 사람은 행복하다. 어떤 이들은 내 안에 무슨 이야기가 있는지조차 모르는 허무한 삶을 살고 있지나 않은지 걱정스럽다. 말은 자신의 능력이 얼마나 큰지를 사람들이 알아주기를 바란다. 그래야만 스토리텔링으로 치유할 수 있기 때문이다.

미국의 존스홉킨스 대학 병원의 벤 카슨이라는 의사는 다른 의사들이 살 수 없다고 확신한 네 살짜리 불치병 아이를 완치시켜서 전 세계 의학계를 놀라게 했다. 또한 그는 세계 최초로 머리가 붙은 샴쌍둥이를 분리하는 데 성공해 '신의 손'이라는 명성을 얻었다. 그러나 그는 가난한 흑인 빈민가에서 태어나 여덟 살 되던 해 부모가 이혼하면서 불우한 환경에서 성장했다. 왕따에 성적도 꼴찌였던 그가 세계적인 의사가 된 걸 보면서 기자가 물었다.

"당신은 가난한 흑인으로 열등생이었고 깡패였는데 어떻게 이렇게 위대한 의사가 되었나요?"

그러자 그는 단번에 자기 어머니 덕분이라고 말했다. 그의 어머니는 마음만 먹고 노력하면, 넌 무엇이든지 할 수 있다는 긍정적인 말로 항상 용기와 희망을 주었다고 한다. 그가 부랑아에서 세계적인 의사가 될 수 있었던 것은 어머니의 긍정적인 말 때문이었다. 이처럼 말한마디의 힘은 우리의 상상을 초월한다.

어린 시절 부모님이나 선생님이 던지는 말은 평생을 두고 변화를 가져온다. 뿐만 아니라 말은 삶의 방향을 결정한다. 인생은 말하는 대로 만들어진다는 것을 명심해야 한다. 프랑스의 천재 수학자이자 물리학자 그리고 신학자였던 파스칼은 따뜻한 말은 비용이 많이 들지 않지만 많은 것을 이룬다고 했다. 그런데도 사람들은 둘, 셋만 모이면 여기서 수군 저기서 수군 남을 헐뜯고 비난하는 데 말을 사용하고 있다. 그렇게 사용하는 말이 남의 인생은 물론이고 자기 자신까지 파괴하고 있다는 사실을 알면 깜짝 놀랄 것이다.

일본의 과학자 에모토 마사루는 그의 저서 《물은 답을 알고 있다》에서 놀라운 사실을 발표했다. 컵 두 개에 똑같은 물을 넣고 한쪽은 "예쁘다, 고맙다, 감사하다, 참 좋다."처럼 긍정적인 말을 하고 다른 한쪽은 "망할 놈, 죽어 버려라."처럼 저주의 말을 퍼붓는 실험을 했다. 결과는 실로 놀라웠다. 긍정의 말을 해준 컵 속의 물은 너무나 아름다운 육각형의 결정체가 만들어진 반면, 부정의 말로 저주를 퍼부은 컵의 물은 조직이 파괴되어 보기만 해도 흉측한 결정으로 변해 있음을 발견한 것이다. 우리 인간의 몸은 60%가 물이다. 누군가 당신에게 욕을 하고 저주를 퍼부으면 몸속의 물 분자가 파괴되어 몸 상태가 안 좋아질 수 있다는 것을 이 실험을 통해 증명한 것이다. 중요한 것은 물은 상대방에게만 있는 것이 아니란 사실이다. 우리 자신 역시 60%가 물로 이루어진 인간이라는 걸 알아야 한다. 남에게 욕을 먹고 저주를 받아도 좋지 않겠지만, 자기 자신이 남을 욕하고 저주하면 그 말의 안 좋은 영향이 자기 몸 안에 있는 물 분자를 파괴한다는 걸 알아야 한

다. 다른 사람에게 욕먹는 건 자주 있는 일이 아니지만, 자신이 남을 흉보고 욕하는 경우는 거의 매일 있는 일은 아닌지 돌아보아야 한다. 반대로 사랑하고 감사하며 긍정하는 말은 우리 몸속의 물 분자를 아름다운 육각수로 바꾸어 면역체를 강화하고 얼굴 또한 아름답게 만드는 능력을 발휘한다. 여러분도 실험을 해보길 바란다. 거울을 보면서 매일 하루에 한 번 자신을 향해 욕설을 하고 흉을 보며 저주를 해보라. 점차 얼굴에 잡티가 생기면서 피부가 검게 변하게 될 것이다. 반대로 아름다워지려면 매일 사랑과 감사의 말을 하고 긍정적인 말로 당신을 칭찬해 보라. 검었던 얼굴의 혈색이 밝게 돌아오고 얼굴이 달라지는 것을 알 수 있다. 지금 당신 얼굴을 보면서 당신이 어떻게 살고 있는지를 확인해 보길 바란다. 금방 알 수 있을 것이다.

이처럼 말의 능력은 금세 확인할 수가 있다. '고아들의 아버지'라 불리던 죠지 뮬러는 벤 카슨처럼 청소년 시절에 깡패이자 반항아였다. 그런 그에게 동네 목사님의 말 한마디는 인생을 바꾸는 계기가 되었다. 수많은 고아들을 돌보았던 그는 5만 번 기도를 해서 5만 번 응답을 받은 사람으로도 유명하다. 목사님의 긍정적인 한마디가 불량배를 선한 사람으로 바꾸어 인류사에 남는 훌륭한 인물로 만든 것이다. 구태여 외국의 예를 들지 않아도 위대한 스승을 둔 선한 우리 한국인의 이야기도 많다. 반대로 부모와 선생님 혹은 동네 어른들의 부정적인 말 한마디로 비뚤어진 길을 가게 되어 실패한 인생을 살게 된 사람들도 적지 않다. 이처럼 말에 의해 행복과 불행을 넘나드는 일상이 우리 인생이라고 해도 과언은 아니다. 실제로 많은 사람들이 가정에서는 물론이고 직장과 거리에서 실랑이를 하며 폭언을 일삼고 있다. 아이들 역시도 상급생이나 동급생으로부터 언어폭력을 당하는 게 일반화된 현실이다.

많은 심리학자들은 현실 때문에 고통을 받는 것이 아니라고 말한다. 단지 그 현실을 바라보는 부정적인 해석이나 관점 때문에 고통을 받는다는 것이다. 사람들은 긍정적인 말이라고 하면 어떤 상황이든지 좋게 해석하는 것으로 생각한다. 이를 테면, 안 좋은 상황이라 해도 그냥 좋은 게 좋은 거라고 넘어가는 것을 긍정이라고 오해한다. 그러나 긍정은 역경과 좌절을 이겨 내는 힘을 말한다. 긍정적인 말 역시 고통과 고난을 이겨 낼 수 있는 힘에 그 의미가 있는 것이지, 적당한 타협을 하는 의미의 인정이 아니다.

좌절이나 절망에서 돌이켜 성공한 사람들은 누군가의 긍정적인 말 한마디를 어떻게 받아들였는지 궁금하다. 왜냐하면 절망적인 상황에서 아무리 긍정적인 말로 위로를 한다고 해서 생각이 쉽게 긍정적으로 바뀌는 것은 아니기 때문이다. 오히려 그렇게 말하는 사람에게 자신의 일이 아니기 때문에 가볍게 이야기할 수 있는 것이라며 분노를 느끼는 것이 일반적인 사람들의 생각일 것이다. 그렇다면 죠지 뮬러나 벤 카슨 같은 사람들은 도대체 어떻게 받아들인 걸까. 아마도 그들 역시 두 개의 갈림길에서 고통을 안고 역경을 이기려고 노력했을 것이다. 그 어떠한 긍정도 그에 따른 노력 없이는 실패와 고통만이 주어졌을 테니까. 긍정을 통해 역경과 좌절을 이겨 내는 힘을 얻어 그에 따른 처절한 노력을 한 사람은 성공과 발전의 길로 들어설 수 있다.

물론 노력 이외에도 그들은 막을 수 없는 역경과 실패가 왔을 때 긍정을 통해 다른 관점을 보았을 게 분명하다. 여기서 다른 관점이라는 말은 긍정적인 생각을 말한다.

긍정적인 생각을 다른 사람에게 가르쳐 줄 수는 없다. 단지 생각을 바꿀 수 있는 가장 손쉬운 방법이 바로 '말'이다. 말은 생각을 바꾸게 만들고 생각은 말로 표현한다. 누구라도 말하지 않고는 생각할 수 없다. 사람이 말을 할 때는 속으로 어떤 사건이나 상황을 떠올리며 그에 따른 말을 한다. 즉 생각하는 것과 말하는 것은 동시에 작용한다. 물론 생각과 말이 다르게 작용하는 사람도 있겠지만, 대체로 생각과 말은 동일하고도 밀접하다. 그러므로 말을 고치면 생각이 바뀔 수 있다.

사람의 언어 습관은 어린 시절에서 비롯된다. 부모들의 생각이나 말이 아이들의 생각과 잠재의식 속에 하나하나 쌓인다. 언어 습관은 대부분 그렇게 만들어진다. 그래서 가능하다면 아이들을 제대로 교육시키려면 먼저 부모의 언어 습관부터 바꾸어야 한다. 특히 부모의 과장된 표현은 아이들에게 심각한 영향을 끼친다. 엄마가 흔히 사용하는 "큰일 났어."와 같은 과장된 표현들은 부정적인 상황을 나타낼 때 하는 말이다. 부모들의 그런 과장된 표현들이 아이들에게는 경험하지 않은 사실적 체험으로 오해되어 나타나기도 한다. 예를 들어 집안에 바퀴벌레 한 마리가 보였을 때 엄마가 지나치게 놀라는 말과 과장된 행동을 보이면 아이는 바퀴벌레만 보면 엄마가 했던 과장된 행동을 보이게 된다. 이처럼 부모들의 과장된 말과 행동은 아이들에게 직접적인 영향을 끼친다.

요즘 천국에서 유행하는 말이 있다고 한다. 미안해요, 괜찮아요, 좋아요, 잘했어요, 훌륭해요, 고마워요, 사랑해요. 참 쉬운 말이지만 우리는 이 말들을 얼마나 사용하고 있는지 생각해 봐야 한다. 이런 말만 사용할 수 있다면 우리가 살고 있는 이 땅이 바로 천국일 것이다. 행복을 만드는 것은 물질이 아니라 말이다. 불행을 만드는 것 역시 말이다. 무심코 내뱉은 당신의 말 한마디에 누군가 상처를 받는다면, 당신 역시도 당신이 뱉은 그 말 때문에 상처를 받게 된다. 말은 메아리의 원리를 가지고 있기 때문이다. 언제나 제자리로 돌아오는 원리가 메아리이다. 말은 절대 멀리 가지 않는다. 발 없는 말이 천리 간다는 말은 틀린 말이다. 소문에 대해 과장되게 표현한 것이다. 말은 절대 멀리가지 않고 내 주변에서 맴돈다. 내가 무심히 내뱉었던 나쁜 말들은 내 이웃의 가정을 파괴하고 내 친구의 가슴에 멍을 남긴다. 그리고 사랑하는 내 가족들에게 돌아와 그들을 슬픔 속에 잠기게 한다. 그뿐만이 아니다. 그렇게 다른 사람들에게 상처를 주었던 말들은 어느 순간 날카롭고 뾰족한 가시 바늘이 되어 내 가슴을 향해 날아오게 된다. 결국 내 입에서 나간 좋지 않은 말들은 나를 아프게 만들고 내 몸을 망가뜨린다.

일본 과학자가《물은 답을 알고 있다》에서 보여 준 것처럼 얼마 전 모방송사에서 진행한 프로에서도 말의 위력을 증명한 바 있다. 빈 유리병에 밥풀을 각각 넣고 한 쪽은 '감사합니다'를, 다른 한 쪽은 '짜증나'라는 글을 붙이고 사람들에게 나누어 주었다. 4주간 '감사합니다'

쪽의 사람들은 긍정적인 말을, '짜증나' 쪽은 부정적인 말을 했는데 놀라운 일이 벌어졌다. 긍정적인 말을 한 쪽의 밥풀은 하얀 곰팡이가 피고 부정적인 말을 한 쪽의 밥풀은 시커멓게 썩은 것을 알 수 있었다. 사람들은 그 방송을 보면서 '말'이라는 것이 얼마나 강력한 능력을 가지고 있는지 놀랐을 것이다. 그런데도 그때뿐이다. 말의 위력을 똑똑히 확인했는데도 세상은 여전히 안 좋은 말들이 판을 치고 있다. 과학을 맹신하는 사람들이 과학적으로 증명을 해도, 방송을 진실이라고 믿으면서도 그냥 마술처럼 가볍게 여기고 만다. 이상한 것은 스쳐지나가는 광고 문구에 지배당하고 무심코 듣게 된 말에 깊은 상처를 받으면서도 그 심각성을 인식하지 못한다는 것이다.

말은 관계 속에서 존재하고 그 의미를 갖는다. 그러므로 사람과 사람 사이에서 더욱 놀라운 위력을 발휘한다. 생각과 마음을 연결해 주는 특별한 소통의 도구가 때로는 우리를 외로운 섬으로 날려 보낼 때가 있음을 깨달아야 한다. 데이 C. 세퍼드는 《세 가지 황금문》이라는 책에서 '말을 할 때는 반드시 세 가지 황금문을 지나라'고 썼다. 말을 할 때, 첫째는 자신이 하려는 말이 참말인가를 생각하고, 둘째는 정말 필요한 말인가를 떠올리고, 셋째는 지금 하려는 말이 친절한 말인가를 알아야 한다는 것이다. 만일 세 가지 황금문을 지났다면 그 결과는 걱정하지 말라고 했다. 또 낙관적인 심리학의 체계를 세운 마틴 셀리그만 박사는 언어습관과 우울증에 대해 연구를 하면서 우울증에 걸린 사람들은 대부분 부정적인 말을 사용하는 언어 습관을 가졌음을 알아냈다. 또한 그는 능력이나 재능보다는 말을 긍정적으로 하는 사람들이 성공할 확률이 훨씬 높다고 말했다. 이처럼 말하는 법만 바꾸어도 누구나 인생을 바꿀 수가 있다.

인생은 우연히 가는 길을 만드는 것이 아니다. 생각과 꿈이 말을 통해 만들어지는 걸 알아야 한다. 그런 의미에서 미국의 기업가 리치 디보스의 긍정의 말 열 가지를 소개하고자 한다.

1. 내 잘못입니다.
자신의 잘못을 인정할 수 있다면 실수를 바로잡고 해결책을 모색할 수 있습니다.

2. 미안합니다.
"미안합니다."라고 말할 때 상대방의 입장을 이해할 수 있고 관계를 개선할 수 있으며 상대의 장점을 볼 수 있습니다.

3. 할 수 있습니다.
실패에 대한 두려움, 비난과 웃음이 걱정이겠지만 목표를 가지고 도전하십시오. 당신은 할 수 있습니다.

4. 당신을 믿습니다.
세상에서 가장 강력한 힘 중 하나는 자신감을 가지고 더 큰 목표를 향해 나가는 인간의 의지입니다.

5. 당신을 신뢰합니다.
우리 사회의 성공은 상대가 잘할 수 있을 것이라는 믿음, 서로에게 보여 주는 믿음, 사람들이 약속을 지킬 것이라는 믿음에 달려 있습니다.

6. 당신이 자랑스럽습니다.

새롭게 일을 시작하는 사람들, 자신감이 필요한 사람들, 성공한 사람들, 어느 누구에게든 삶의 매순간마다 대화와 메모 또는 행동으로 "당신이 자랑스럽습니다."라는 격려가 필요합니다.

7. 고맙습니다.

"고맙습니다."라는 말은 배려에 대한 감사를 보이는 일이며 사려 깊은 생각에 대한 인정입니다.

8. 당신이 필요합니다.

자신이 필요한 사람이라고 인식할 때 긍정적이며 더 잘할 수 있게 됩니다. 더 많은 일을 하게 됩니다.

9. 사랑합니다.

사랑은 항상 우리 주변에 있습니다. 배우자, 가족과 친구 또는 커뮤니티를 위해 사랑을 찾고 또 사랑을 키워 나가야 합니다.

10. 존경합니다.

존경받고자 한다면 먼저 상대를 존중하십시오. 상대방의 가치를 인정하고 존중하는 사람은 존중받습니다.

나는 긍정적인 생각과 격려가 리더십과 성장의 핵심이라 생각합니다. 어느 누구에게도 어느 것에도 긍정을 찾지 못할 때 우리 국가와 사회는 고통스럽습니다. 우리가 긍정적인 태도로 살고자 결심한다면 우리 자신과 사회, 국가와 세계까지도 변화시킬 수 있습니다.

나는 이 글을 읽으면서 너무도 감동하여 한동안 아무것도 할 수 없었다. 오로지 리치 디보스에게 경의를 표하면서 수백 번 이 글을 읽고 또 읽었다. 말의 능력에 대해 쓰고 긍정에 대해 전달하고자 하면서 이렇게 함축적인 말을 통해 긍정이 얼마나 아름다운 것인지 알게 해준 그에게 다시 한 번 박수를 보낸다. 그리고 어느 누구에게도 어느 것에서도 긍정을 찾지 못할 때 우리 국가와 사회는 고통스럽다는 그의 글에 큰 공감을 하였다. 이미 전 세계가 고통에 직면해 있음을 알기 때문이다. 거대한 세계가 그러할진대 가정은 오죽할까 싶다.

오늘날 우리 가정은 숨을 쉬기에도 어려운 지경에 놓여 있다. 아버지는 아버지대로 가장으로서의 가치를 상실한 채 방황하고 있다. 가부장적으로 권위만 내세우며 큰소리를 치던 우리들의 아버지는 더 이상 존재하지 않는다. 어쩌면 이미 죽었거나 죽어가고 있는지 모른다. 조금은 극단적인지 모르겠지만, 긍정을 깨닫지 못한 아버지는 갈 곳을 잃고 방황하며 거리를 헤매고 있다. 그건 어머니 역시 마찬가지이다. 가족으로부터 소외당한 할머니의 모습이 오늘날의 어머니를 대변한다. '신이 바빠서 이 세상에 엄마라는 존재를 보내주었다'는 말은 어디에도 없다. 어머니는 실종 상태이다. 긍정을 배우지 못한 어머니는 '시어머니'라는 새로운 어머니의 모습으로 변질되어 지탄의 대상이 되고 말았다. 어머니는 사라지고 갈 곳 잃은 시어머니들만 그 옛날 아름다웠던 기억을 떠올리며 허공을 향해 한숨짓고 있다.

어디 부모들만 그러할까. 아이들은 아빠와 엄마는 없고 감독관만 있는 가정에서 살고 있다. 학교에서 집으로, 집에서 학원으로, 학원에서 학원으로 이어지는 아이들의 고단한 삶은 이미 오래 전에 비극으로 변했다. 부모와 사회는 아이들에게 도대체 무엇을 배우라고 강요하는가. 단 한 번뿐인 이 위대하고 아름다운 삶에서 자신의 열정을 발견하는 것만큼 소중한 일이 없는데 그것과는 거리가 먼 길을 달려가고 있다. 열정은 좋아하는 것을 찾을 때 생겨난다. 배우면 배울수록 오히려 혼란스러움만 가중되는 것을 알면서도 배우고 또 배워야 하는 이유는 무엇인가. 이제 아이들은 부모가 배우지 못한 것을 너무 많이 습득하고 말았다. 아이들을 통해 대리만족하기에는 부모가 너무 모르는 지경에 이른 것이다. 더 이상 아이들은 부모를 올려다보지 않는다. 아직은 힘이 약하다는 걸 잘 알고 있으니까 어른이 될 때까지는 참고 또 참는다. 아이들은 기회만 엿보고 있다. 그러다가 부모가 늙고 병들었을 때, 드디어 기회를 잡았다고 판단했을 때는 부모를 양로원이나 요양원으로 보낸다. 오늘날 당신의 모습은 아닌지 자문해 보아야 한다. 만일 지금 당신이 그런 사람이라면 당장 바꾸어야 한다.

긍정이 무엇이고 사랑이 무엇인지 아는 부모와 함께 사는 아이들은 순수하고 행복하다. 그러나 감독관과 함께 사는 아이들은 더 이상 행복하지도, 순수하지도 않다. 후회는 아무리 빨리 발견해도 이미 늦은 거라는 말이 있지만, 만일 후회하고 있다면 지금 곧 시작해야 한다. 새로운 이야기를 만들어야 한다.

말은 생각을 바꿀 수 있고 생각은 마음을 변화시킬 수 있으며, 변화된 마음은 새로운 이야기를 받아들일 준비가 되어 있다. 세상의 모든 것은 이야기로 실존한다는 것을 다시 한 번 강조한다. 자신에 대한 긍정적인 이야기를 만들어 내는 사람은 어떠한 고통도 저절로 치유할 수 있다. 배우자는 물론이고 부모와 자식 간에 그리고 친구와 직장 동료, 나아가서는 전 지구에 사는 모든 인류는 이야기를 통해 소통할 수 있다. 누군가의 가슴 아픈 이야기는 서로 위로하고 공감해 주고, 누군가 행복한 이야기가 있다면 함께 기쁨을 나눔으로써 더불어 행복해지는 세상으로 바뀔 수 있다. 말의 위대한 능력을 통해 스토리텔링으로 힐링하는 사람들은 반드시 아름다운 삶을 누릴 수 있다.

시간이 아닌 공간으로 살라

　우리는 모두 인생이라는 시간 속에 살며 많은 사람들을 만나고 헤어짐을 반복한다. 나는 그대로 있는데 다른 사람들이 떠나가는 것 같은 느낌이 들지만 나 역시도 다른 사람을 떠나는 것이 시간의 법칙이다.

　사람들은 모두 어디로 갔을까. 같은 시간 속에 살지만 만나지 않아야 할 인연으로 끝나 버린 사람들과 이별해도, 같은 시간 속에 한때 나의 전부였던 소중한 사람들이 그렇게 어딘가에서 살다가 아무런 흔적 없이 사라져도 우리는 그들을 금방 잊는다. 우리는 그렇게 나 아닌 다른 누군가를 쉽게 잊지만, 내가 누군가에게 잊히는 것은 못내 아쉬워한다. 물론 소중한 사람들을 잃어 슬픔에 견디지 못하는 사람들도 많다. 어쩔 수 없는 이별 앞에 가슴아파하며 살고 있는 사람들은 이별한 사람들을 다시 만날 수 있기를 소망한다. 같은 시간 속에 살고 있는 사람들은 어쩌다 우연이라도 만날 수 있겠지만 영원으로 떠난 사람들은 현재의 시간 안에서는 결코 만날 수 없다.

누군가 신이 우리에게 준 최고의 선물은 망각이라고 했던가. 우리는 정말 고통과 슬픔을 잊을 수 있거나 지울 수 있을까. 이별의 괴로움에 몸부림칠 때 '시간이 지나면 자연적으로 잊혀진다'는 말이 시간이 지나고 나면 사실이라는 걸 알게 된다. 죽을 것처럼 아픈 지금도 모두 지나간다는 시간의 법칙을 안다면 그 고통을 참아 내는 데 도움이 될 것이다. 하지만 누구나 시간의 법칙과 망각이 적용되는 것은 아니다. 누군가에게는 혼자서 이겨 낼 수 없는 고통으로 시간이 멈추어 버린다. 그리고 또 누군가에게는 오히려 그 순간이 반복되며 기억된다. 그런데도 역시 지나간다. 본인이 원하지 않아도 시간은 법칙대로 흘러간다.

우리에게 시간이란 무엇일까. 우리는 왜 태어나서 시간이라는 굴레 속에 살게 되었는지, 하루가 지날 때마다 허무함이 거친 파도처럼 밀려온다. 시간은 무한한 것 같지만, 시간의 흐름에 따라 사람들이 하나둘 죽는 것을 보면서 새삼 시간을 깨닫게 된다. 물론 여기서 내가 깨달았다는 것은 남들이 말하는 것과는 조금 다르다. 벤자민 프랭클린이 말한 것처럼 "인생을 사랑하는가. 그렇다면 시간을 허비하지 마라. 인생은 시간에서 만들어진다."라든지, 또는 경제학자들이 말하는 시테크가 어떻고, 초테크가 어떻다는 말은 하고 싶지 않다. 인간을 생산성이라는 노동력에 맞추어 시간관리 차원으로 말하거나 목표와 성취를 위해 시간을 현명하게 사용해야 한다는 원론적인 말은 더더욱 하고 싶지 않다. 그런 말들은 결국 자본주의 경제논리가 만들어 내는 노동력 착취를 위한 수단이기 때문이다.

사실 산업사회가 발달하면서 우리는 누군가 만들어 낸 시간관리법 속에서 그렇게 일하며 살아왔다. 물론 지금도 예외는 아니다. 하지만 중요한 것은 이제는 그렇게만 살 수 없다는 사실이다. 첨단 기계라고 해도 오래 쓰면 부품을 교환해야 하고 심지어 생산라인 전체를 교체해야만 한다. 현대인에게 필수적인 자동차만 해도 언젠가는 고철이되어 폐차장을 거쳐 재생의 길을 가게 된다. 망가진다는 것은 비단 기계에만 해당되는 것은 아니다. 우리는 기계처럼 일하며 살았고 아직도 그렇게 살고 있다. 망가지면서, 고쳐지면서, 교체되면서 삶을 살고있다. 새로운 자본가가 나타나고 새로운 경제원리가 목을 조이면서 시간을 아끼라고 떠든다. 어디 그뿐인가. 시간은 돈이라며, 시간 활용의 정의를 황금만능으로 바꿔치기하면서 젊은이들을 유혹한다.

시간은 아낀다고 해서 아껴지는 것이 아니다. 그리고 시간은 절대 돈으로 바꿀 수 없다. 어떠한 경제 원리도 시간을 멈추게 하거나 늘릴 수는 없다. 단지 사람에게 착각만 일으킬 뿐, 시간은 결코 인간에게 지배당하지 않는다. 어떤 사람들은 시간이 유한하다고 생각한다. 그건 자신에게 주어진 시간을 말하는 것일 뿐, 시간 자체는 무한하다. 그러므로 그 어떠한 인간도 시간의 주인이 될 수는 없다. 그렇다고 우리 자신을 시간의 노예라고 말하기에는 인간이 너무 전락해 버리는 것 같다.

아침에 출근하는 사람들은 누구나 할 것 없이 시간을 본다. 마치 약속이라도 한 듯이 말이다. "약속이잖아. 몇 시까지 출근해야 한다는 규칙 같은 약속……" 정말 약속을 했을까. 정말 규칙을 정했을까. 누가 정했단 말인가. 아주 오래 전에 어떤 한 사람이 우리는 이렇게 하자고 정해 놓은 것일까. 그게 사실이라면, 그래서 지금 사회가 모두 그렇게 돌아가고 있다면 바꿀 수도 있는 것 아닐까. 누군가 최초에 이 세상을 그렇게 바꾸어 놓았듯이, 또 누군가가 바꿀 수 있는 것은 아닐까. 예를 들면 내일부터는 시간을 아예 보지 않고 출근하는 것이다. 그냥 자기 마음이 내키는 그때에 출근하고, 또 자기가 일하고 싶은 만큼만 일하고, 어느 때고 집에 가거나 다른 생활을 할 수 있는 자유로운 직장. 만일 누군가 그런 세상을 만들면 지금 받고 있는 스트레스는 단번에 해소될 것이다. 지금 세상에서는 말도 안 될 이야기 같지만 사실 말이 되는 이야기이다. 그런 직장을 만드는 것은 얼마든지 가능하다. 자본가가 생각을 바꾸거나 오너가 시간의 개념을 산업사회에서 철학이나 인문학으로 바꾸면 현재에도 얼마든지 가능한 일이다. 그리고 실제로 그런 회사들이 생겨나고, 시간에서 벗어나려는 공동체들이 하나둘 생겨나고 있다. 그건 생각을 바꾸려는 사람들이 많아지고 있다는 뜻이다. 또한 산업사회를 살면서 물질과 시간에 쫓겨 정신과 몸이 망가진 사람들이 마침내 깨달았다는 것을 의미한다. 이제 그렇게 살 수는 없다고 스스로 자가진단 한 것이다.

　사람들은 빠른 비행기, 고속열차가 개발되어 먼 거리를 빠른 시간에 이동할 수 있는 편리성에 비싼 요금을 아낌없이 투자한다. 하지만 조금만 그 속성에 접근해 보면 시간의 단축을 의미한다. 공간이 좁혀진 것처럼 착각하지만 시간이 단축된 것에 지나지 않는다. 다시 말하면 시간의 가속화 현상에 맞는 기계가 개발된 것뿐이다. 사람 역시 단축된 시간과 가속화된 시간만큼 더 바빠졌다. 좀 더 쉽게 말하면 여유는 사라지고 동에 번쩍 서에 번쩍, 오늘은 미국, 내일은 한국, 또 그 다음날은 프랑스, 또 그 다음날에는 중국에 있는 것을 의미한다. 그렇게 사는 것이 행복하고 멋진 일이라고 생각하게 하는 것, 바로 그것이 자본주의가 끝없이 만들어 내고 있는 생산성이다.

우리가 기계처럼 그렇게 빠르게 움직이면 그만큼 우리 몸 역시 빨리 망가진다. 이제 사람들은 '100세 시대'에 살게 되었다고 말한다. 어찌 보면, 오래 사는 것처럼 느껴진다. "그렇게 오래 살아서 뭐해."라고 말들 하지만 시간이 길어진 것처럼 생각이 들고, 죽음으로부터 멀어진 느낌에 속으로는 좋아한다. 병들고 늙은 몸으로 오래 살면 좋은 것일까. 만일 길어진 생명만큼 고독해서 견딜 수 없는 시간도 길어졌다면 어떤 일이 벌어질까. 치매라도 걸렸다면 몰라도 올바른 정신에 건장한 육체를 가진 노인이 매일 외롭고 고독한 시간을 보내야 한다면, 그것도 약 40년을 그렇게 보내야 한다면 그래도 참고 살 수 있을까. 노인 자살이 계속 늘고 있는 것과 늘어난 수명의 관계는 불가분의 관계임이 분명하다. 아무리 수명이 늘었다고 해도 시간의 관념을 바꾸지 않고는 우리는 결코 행복한 삶을 영위할 수 없다.

생로병사로 이어지는 인생이라는 시간 속에서 우리는 어떻게 해야 행복할 수 있을지 끝없이 질문해야 한다. 자신에 대해서 혹은 타인에 대해서 질문하지 않는 사람은 가장 게으른 사람이다. 그건 앞으로 나

가지 않고 지금 서 있는 자리에 계속 머물며 살고 있다는 뜻이기 때문이다. 시간에 대한 질문 역시도 바로 나에 대한 질문이다. 내가 왜 살고 있는지, 어떻게 살아야 하는지에 대한 질문이다. 그래서 시간과 나와의 관계는 무엇이고 그 관계 속에서 내 삶의 의미는 무엇인지를 발견해야 한다.

시간은 우리에게 많은 걸 가르쳐 주지만 그걸 알았을 때는 모든 걸 잃었을 때인 경우가 많다. 그러므로 시간이 가르쳐 주기 전에 우리는 시간 속에 숨겨진 비밀들을 찾아내지 않으면 안 된다. 적을 알아야 이길 수 있듯이, 시간을 알지 못하고는 왜 사는지, 어떻게 살아야 하는지를 발견할 수 없다. 시간 앞에 어느 누가 강자일까. 물질의 힘도, 세상의 권력도, 시간은 세상 모든 걸 원점으로 되돌린다. 처음부터 아무것도 없었던 그 순간으로 말이다. 그런 시간 앞에 우리가 과연 무엇을 할 수 있을까.

그렇다고 나는 절망을 말하려는 것이 아니다. 시간이 모든 걸 원점으로 되돌리는 엄청난 힘을 가진 존재라는 걸 깨달았다는 사실에 오히려 만족한다. 시간이 가면 세상의 모든 것이 저절로 원점으로 돌아간다면 뭘 해도 밑져야 본전이라는 뜻 아닌가. 그렇다면 곧바로 자유가 떠오른다. 그리고 무한 도전이 생각난다. 해보고 싶은 그 무엇이 있다면 과감히 해보는 것도 괜찮을 것 같고, 무한한 자유를 즐기는 것도 나쁘지는 않을 것 같다. 그러나 자유와 도전이 오직 나만을 위한 것이라면 시간의 비밀을 잘못 인식한 것이다. 왜냐하면, 인간에게 있어 시간은 유한한 것이기에 그렇다.

시간의 비밀을 아는 사람들은 반드시 타인을 소중하게 생각해야 한다. 인간은 혼자서만은 살 수 없는 존재이고, 시간 속에는 나와 다른 사람들이 밀접하게 하나로 연결되어 있다. 그건 우리들 가족 구성원만 살펴봐도 알 수 있다. 모두가 다른 시간대에 태어나 같은 시간을 공유하며 혈연으로 하나가 된 작은 공동체를 이루고 있기 때문이다. 다시 말하면 우리는 태어나는 순간, 시간 속에 들어선다. 누구는 아빠와 엄마가 되고, 누군가는 자녀가 되어 가정이라는 기차를 타고 인생이라는 시간 여행을 떠나는 것이다. 그런데 어느 날 그 기차가 너무 빨리 달리기 시작했다. 사람들은 흔들리고 목적지마저 상실할 지경에 이르렀다. 그뿐이 아니다. 어떤 사람들은 너무 포악해지고, 또 어떤 이들은 우울한 인생을 살고 있으며, 급기야 '치매'라는 요상한 병이 인간을 어둠속으로 몰아넣고 있다. 다른 이유도 많겠지만, 지금 우리를 힘들게 하는 원인을 찾다 보면 세상이 너무 빨리 돌아가기 때문임을 알게 된다. 조금은 천천히 나를 들여다볼 작은 틈조차 없이 우리는 너무 시간의 가속화 속에 시달리며 살고 있다.

여기서 잠깐, 시간이 사라진 세상을 상상해 보자. 사람들은 어떻게 약속 시간을 잡을까. 옛날 사람들처럼 해, 달, 별을 통해? 혹은 날씨나 꽃이 피고 지는 것처럼 자연현상에 의지해서? 아니면 그냥 약속 없이 사는 것이다. 그러다가 그 사람이 생각나고 만나고 싶다면 내가 좋아하거나 그가 좋아할 만한 적당한 장소를 찾아간다. 꼭 만날 수 있으리라는 확신이나 기대감 없이 그냥 편안한 마음으로 산책을 하듯이 말이다. 처음에는 전혀 만날 수 없는 우연성의 한계에 부딪히게 될 것이다. 모든 사람들이 그렇게 산다면 처음에는 혼란스럽고 엇갈린 만남들이 지속되겠지만, 점점 새로운 법칙이 만들어지기 시작할 것이다. 사람들이 모르는 사이 자연스럽게 공유하면서 서로 교감하게 되고, 그렇게 되면 구태여 약속을 정하지 않아도 어디가면 만날 수 있는지 직감적으로 알게 될지 모른다.

조금은 황당한 이야기일지 모르지만, 시간이 사라진다면 사람이 죽고 싶어도 죽지 못할 수 있다. 아직은 사람이 죽는 이유를 정확히 밝혀내지 못했지만 시간과 관련 있는 것은 확실하다. 시간이 간다는 것은 우리가 죽어가는 것을 의미하고, 시간이 사라졌다는 것은 그 이유가 사라진 것이다. 시간이 사라진 세상은 영원이기 때문이다.

잠깐, 여기서 멈추어야 할 것 같다. 시간이 사라지고 없는 세상을 너무 깊게 파고들다가는 철학적인 접근까지 확장되어 더욱 난해해질 것이다.

우리가 시간이라고 말하는 것은 과거이며 현재이고 미래이다. 그러나 신은 과거, 현재, 미래의 구분이 없다. 우리가 유한하기 때문에 시간의 구분이 필요한 것이지, 무한의 존재에게는 시간을 구분할 이유가 없다. 그래서 영원은 새로운 세계인 동시에 시간과 함께 공존하고 있다. 시간이 멈추면 곧 영원인 것이다. 누군가가 죽었다면 그에게 주어진 시간이 멈추었다는 것을 말하며, 그가 영원 속에 있음을 의미한다. 그것은 영원의 지금은 현재이고, 지금은 언제나 영원을 담고 있기 때문이다. 그래서 오스트리아의 정신분석학자인 프로이트는 "모든 생

명체는 물질로 안착하고 싶어 한다."고 말했다. 물질로 안착한다는 것은 영원 속에 산다는 것이다. 역설적이게도 죽음 또한 영원으로 보기 때문이다. 다시 말해 삶 속에 죽음이 있고 죽음 속에 영원이 있는 것이다. 강이 흐르다가 호수에 멈추는 것, 그것이 바로 삶과 죽음이다. 물이 호수에 멈추었다고 해서 물의 생명이 다한 것으로 볼 수는 없다.

　에로스는 살려고 하는 것이고, 타라토스는 죽으려 하는 것이지만, 본래 둘은 하나에서 출발한다고 볼 수 있다. 에로스는 죽기 싫어 살기 위한 열정이라면, 타라토스는 죽음의 역동이다. 사는 게 힘이 드니까 물질로 편안하게 안착하고 싶은 선택이다. 그 둘의 속성 속에는 '죽어야 산다'라는 말처럼, 다르지만 본래 하나의 속성, 그러니까 분리의 관계가 아니라 죽음과 삶이 합해진 영원의 세계가 있음을 알 수 있다. 원래는 주관과 객관이 따로 없다. 양자와 분자가 함께 붙어 있다가 '나는 나다, 나는 내가 아니다'로 반립을 할 때 양자운동이 일어나지만, 결국은 서로 다른 것이 아니라 같은 것임을 확인하는 것이다. 이처럼 시간의 비밀 속에는 죽음과 삶이 하나이다. 그래서 독일의 철학자 헤겔은 유한과 무한을 동일성으로 보았다. 뫼비우스의 띠처럼 유한과 무한은 단절과 분열 없이 완벽하게 서로의 꼬리를 물고 있는 하나의 동일성이다. 그러므로 시간 하나에만 얽매여 사는 것은 지극히 낮은 차원의 삶을 사는 것이다. 이제 시간의 관념으로부터 벗어날 때가 되었다.

　사실 많은 철학자들이 시간을 다루었지만, 그들 역시 시간을 벗어난 삶은 살지 못했다. 유한한 인간은 결코 시간을 정복할 수 없기 때문이다. 그런데도 내가 시간을 알고 싶었던 것은 스토리텔링을 하기 위해서이다. 또한 힐링은 시간과 밀접한 관계가 있다. 모든 사람에게는 자신만의 이야기가 있고, 그 모든 이야기가 시간 속에서 일어난 사건인 것이다. 이야기의 구성 요소인 등장인물, 사건, 배경, 줄거리 역시 시간을 통해 만들어지는 것을 알 수 있다.

시간을 다룬다는 건 결코 쉬운 일이 아니다. 그래서 어떤 사람들은 무슨 말인지 잘 이해가 가지 않을 수도 있다. 솔직히 이 글을 쓰는 나 자신도 시간의 비밀을 아는 건 불가능하다고 생각한다. 그런데도 시간을 다루고 있는 것은 그만큼 시간이 우리에게 미치는 영향이 크기 때문이다. 인생을 말하고 내면을 치유하기 위해서는 모든 이들의 삶에 직접적인 관계가 있는 시간과 공간을 알아야 한다. 물론 전문적으로 공부한 사람이 아니고서는 많이 알 수도 없고, 다루어 봤자 일반적인 상식선을 넘지 못할 수도 있다. 사실 많이 알고 못 알고는 별로 중요하지 않다. 어차피 우리는 전능한 신이 아니기에 어느 누구도 인간의 한계를 벗어나 정확히 알 수 없기 때문이다.

사람이 인생을 살아가는 데 있어 분명히 짚고 가야 하는 세 가지 문제가 있다.

첫째는 '나는 누구인가'의 문제이다. 다시 말해 자기 정체성에 관한 질문이다. 이 한 가지만 정확히 알고 있어도 인생에서 부닥치는 많은 어려움이 해결된다.

둘째는 '나는 무엇을 해야 하는가'의 문제이다. 자기 사명에 대한 궁극적인 대답을 할 수 있어야 한다.

그리고 셋째는 '나는 어떻게 살아야 하는가'의 문제이다. 인생을 살아가는 방법이 어떠냐에 따라 자신의 미래가 달라지기 때문이다.

이 세 가지 문제에 대해 분명히 답을 할 수 있다면, 낭비와 혼란과 방황으로 고민하는 인생을 살지 않을 수 있다. 시간의 비밀 역시도 이와 비슷하다. 비록 우리가 정답을 말할 수는 없다고 해도 질문을 통해서 조금은 깨달을 수 있다. 조금이나마 시간을 안다면 인간이 유한한 존재라는 것을 알게 될 것이고, 또 그것을 통해서 영원을 알 수 있다.

사람이 죽음과 영원을 마주하면 체면과 가식이 없는 진실한 말을 하게 된다. 그래서 유언을 가짜로 남기는 사람은 없다. 프로이트는 사람의 마음속에는 두 가지 자아가 있다고 했다. 하나는 '수퍼 에고(super ego)'이고, 다른 하나는 '트루 에고(true ego)'이다. 즉 '높은 차원의 나'라고 하는 존재가 있고, '진실이라고 하는 사실 그대로의 나 자신'이 있다는 말이다. 내가 추앙해서 생각하고 지향하는 높은 자아와 있는 그대로의 자아 사이의 간격이 멀면 멀수록 그 사람은 고민이 많다는 것이다.

시간 역시도 마찬가지이다. 자기 자신이 정말 좋아하는 것을 하면서 사는 사람과 다른 사람의 인생을 사는 사람 사이에는 허황되고 과장된 시간과 자신을 위한 정직한 시간이 존재한다. 여기서 정직한 시간이란 바로 공간적인 삶을 의미한다. 그동안 우리가 강물처럼 흘러가는 시간 속에 살았다면 이제는 호수처럼 공간적인 삶을 살아야 한다는 뜻이다.

현대문명을 둘로 구분한다면 아날로그와 디지털이라 할 수 있다. 아날로그의 대표적 문명 구조를 10진법이라고 한다면 디지털의 문명 구조는 2진법이다. 겉보기에는 단순히 계산법의 차이 정도로 생각할 수 있지만 이건 개념이 완전히 다른 차이이다. 10진법이란 1에서 10까지 모든 것이 순서대로 진행한다. 쉽게 말하면 질서 정연한 합리주의적 사고 체계이다. 그러나 2진법은 0과 1이라는 단 두 개의 부호로 모든 것을 표시한다. 좀 더 쉬운 비유를 하자면 손목시계를 떠올려 보면 알 수 있다. 태엽시계는 0에서 12까지 움직이기 위해 초침, 분침, 시침이 순차적으로 진행된다. 그에 비하여 전자시계는 0에서 12까지 순차적으로 진행하지 않고 순간적으로 전환된다. 태엽을 감아 작동하던 시계처럼 질서와 합리성의 문명이 바로 아날로그 세계였다면 디지털의 세계는 질서나 순서를 뛰어넘어 고전적이고 모더니즘적인 사고를 모두 초월해 버린다. 시간의 개념이나 관념이 우리를 10진법 틀에 가두었다면 2진법은 그 틀을 깨는 공간적 의미를 부여한다. 아날로그 시간 입장에서 보면 모든 것들은 순간적이고 혁명적이다. 따라서 아날로그적 사고는 권위적이고 수직적이고 시간적이지만 디지털 사고는 순간적이고 수평적이고 공간적이다. 달리 표현하자면 논리적 사고와 창조적 사고로 비교할 수 있다. 그러니까 만사를 하나둘 따지고 드는 삶의 방식이 아니라 언제든 어떤 상황을 뛰어넘을 수 있고 낯선 세계를 경험할 수 있는 것이다.

아날로그에서 급속한 디지털 세계로의 이동은 부르주아 문화와 자본주의 사회와 경제에 대한 전반적인 사회문화적 경고이며 위기이다.

과거 이성과 진보의 신념이 되었던 해방적 가능성은 이제는 문명 비판으로 방향성이 바뀌어 가고, 이러한 철학적인 해체나 재구성은 새로운 패러다임을 만들고 있다. 한마디로 서구문화의 몰락을 통해 포스트모더니즘이 확대 팽창하고 있는 것이다. 물론 포스트모더니즘을 모더니즘의 연속성으로 보는 견해도 있고, 모더니즘의 극복, 그러니까 탈(脫) 모더니즘으로 보는 경우도 있다. 그러나 과거 모더니즘이나 리얼리즘과는 너무도 다른 차별성을 지니고 있기에 포스트모더니즘을 한 마디로 정의할 수는 없다.

그럼에도 이집트 학자인 이합 핫산은 포스트모더니즘의 몇 가지 특징을 제시했는데, 그 첫 번째 특징은 불확정성(indeterminacy)이다. 이것은 우리 시대의 다양한 목소리와 원리들이 포용되고 통합되는 문화현상으로 지구상의 어떤 것도 확정적일 수 없다는 인식 방식이다.

둘째는 파편화(fragmentation)이다. 이는 모더니즘이나 리얼리즘 등 각종 이데올로기가 제시하는 총합이나 총체를 우상으로 생각하는 것을 거부한다. 다시 말해 '전체' 혹은 '우리'를 가장한 이데올로기의 우상을 깨트리는 것을 말한다.

셋째로 탈경전화(decannonization)이다. 현대사회에서 지배적인 권위의 붕괴를 주장하고, 그 대신에 사소한 이야기들을 내세운다. 프랑스 철학자 미셸 푸코나 롤랑 바르트는 서구의 전통적인 형이상학 세계인 진리, 주체, 초월적 이성 등을 거부하며 신의 죽음에서 아버지의 죽음, 작가의 죽음을 선언하고, 권위에 대한 야유와 전통적 커리큘럼의 개정을 요구하고 나섰다. 이들의 사회적 반영으로 기득권 세력이 아닌 소시민들에 대한 관심이 늘어난 것도 특기할 만하다. 이처럼 포스트모더니즘은 사회적 약자들의 중요성을 높이고 있다.

넷째는 혼성 모방이다. 이것은 풍자적·조롱적인 모방(parody), 우스꽝스러운 모방(traversty), 혼성 모방(pastiche)을 포함한 것으로, 즉 장르 의식의 붕괴와 장르의 혼합과 절충이 자유롭게 확산됨을 의미한다. 그 대표적인 실천가가 롤랑 바르트이다. 그는 작가, 비평가, 언어학자, 기호학자, 철학자, 사회학자의 어떤 범주에도 집어넣을 수 없을 정도로 다양하고 복잡한 인물이다.

이처럼 아날로그적인 시간의 개념에서 이탈해 디지털적 사고의 공간으로 이동하면 무한한 가능성을 가질 수 있다. 시간의 한계나 사회적인 문화의 한계를 뛰어넘는 세계를 넘나들 수가 있다. 문학 분야에서 살펴보면 그 두드러진 특징을 더 잘 이해할 수 있다. 뉴저널리즘 (new journalism) 논픽션 소설, 주변부 문학(paraliterature), 한계 문학 (threshold literature) 등이 그것이다. 이들의 특징은 모두 허구와 사실의 배합이다. 문학에서와 같이 현대사회에서도 사실과 허구는 서로 밀고 당기며 혼합된다. 이러한 것들은 전통에 대한 서로 다른 개념들을 보완해 준다. 지속과 단절, 고급문화와 저급문화가 혼합되고, 현재 속에서 과거를 모방하는 것이 아니라 과거를 확장시킨다. 이러한 혼성 모방을 통해 현재와 과거를 연결하는 변증법적인 동시성과 공간 상호성, 즉 병렬적, 수평적, 평등적인 공간의 확산을 통한 공동체 의식이 확산된다. 이제는 소설의 한 장르로 자리 잡은, '사실(fact)'과 '허구 (fiction)'의 합성어인 '팩션(faction)'이나, 멀티형 인간, 다중형 인간 또한 이에 해당한다.

다섯째는 대중주의와 퍼포먼스이다. 대중주의(populism)는 포스트모더니즘의 또 다른 특징이다. 시간이 자본가와 권력가들에 의해 재창조되어 일반 대중을 구속한 것처럼 고급문화와 모더니즘 역시 특정한 계층의 사람들을 위한 행태였다. 포스트모더니즘은 그것들을 거부하고 대중문화(pop culture)에 관심을 보인다. 미술에서도 예외는 아니다. 프랑스의 예술가 마르셀 뒤샹은 기성품(ready-made) 이론에서 예술의 기본 관념을 깨트려 버리고 이미 만들어진, 즉 우리 주변에 흔한 대상물을 하나의 예술품으로 창조하였다.

포스트모더니즘의 또 다른 특징으로는 퍼포먼스(perfomance)와 참여(participation)에 대한 강조이다. 그러니까 포스트모던한 텍스트는 언어적이건 비언어적이건 간에 퍼포먼스와 참여를 유도하며, 텍스트와 행위자(배우), 텍스트와 독자(관객), 행위자와 청중 사이의 간격을 메우고 수정한다. 예술은 시간, 죽음, 청중 또는 다른 사람들에 의해 변화된다. 따라서 예술은 행위이고 놀이(play)이다. 그래서 예술에서도 구조보다 과정이 더 중요하게 되었다. 또한 '존재'하고 '의미를 부여'하기보다는 '작용'하고 '공유'하게 된다고 볼 수 있다. 시간의 개념 속에서는 과정보다는 결과를 중요시 여기고 그 결과에 따라 엄청난 차별성이 주어졌다. 따라서 사람들은 한 가지 일에 매달리는 삶을 살고, 시간에 쫓긴다는 이유로 다른 것은 엄두조차 내지 못할 지경에 이르렀다. 그러나 공간적인 삶은, 여러 가지 일을 동시에 할 수 있으며, 인생도 지극히 제한적인 주관에서 벗어나 객관적인 선택을 확장시킬 수 있다.

여섯째로 재현 불가능성(unrepresentable)이다. 플라톤과 아리스토 텔레스 이래 문학 이론, 특히 서구의 경우 가장 오래되고 자명한 명제 중 하나는 문학이 삶의 재현(representation of life)이라는 것이다. 우리 는 문학을 통해 삶을 바라보며 새로운 시각을 통해 혹은 거울을 보는 것처럼 우리 자신을 들여다보며 살아왔다. 소위 모방론이니 반영론이 니 역사주의니 하는 것들의 공통점이 바로 재현 가능성에 있었다. 그 러나 수전 손택이나 조지 스타이너, 이합 핫산 같은 이론가들은 최근 문학에서 모방과 리얼리즘의 한계와 소진을 비판하고, 차라리 일부 작가들은 침묵의 전략을 채택한다고 지적했다. 또 프랑스의 철학자인 료타르는 불확실한 것과 재현할 수 없는 것을 받아들여 다원주의적, 상대주의적인 차이들의 세계를 우리가 인정해야 한다고 주장한다.

일곱째로 보편내재성(immanence)이다. 앞에서 지적한 불확실성 의 분산은 거대한 확산을 가져온다. 그런데 보편내재성의 경향은 정 보, 지식, 상호작용, 소통, 상호 의존, 상호 침투 등의 잡다한 개념들 에 의해 드러난다. 이러한 점에서 볼 때 계몽주의 이후 형성된 근대성 (modernity)을 통해 이룩된 것들이 붕괴 혹은 해체되어 가고 있다. 그 래서 현대사회가 포스트모던 사회로 전환되면서 대표적인 화두로 등 장한 것이 다원주의다.

현재 우리가 다원화된 사회에 살고 있다는 것은 부정할 수 없는 사 실이다. 과거의 사람들은 아주 제한되고 한정된 세계에서 살았다. 그 런 환경 속에서 사람들의 선택은 언제나 제한적이었으며, 다른 나라,

다른 도시에 누가 살고 있는지 모르던 시대에는 선택할 수 있는 가능성보다는 모든 것을 운명적으로 받아들였다. 사람들은 다른 대안이나 나와는 다른 삶의 방식이 존재한다고 생각하지 못하고 살았다. 어쩌면 우리 부모들은 물론이고 우리들 자신까지도 그렇게 살았는지도 모를 일이다. 그러나 모든 경계를 넘나드는 글로벌 시대에서 사회의 변화는 다양성을 가져왔으며, 다원화된 사회로 치닫게 되었다. 특히 정보통신의 발달, 인터넷의 발달은 공간을 확장시키기에 충분했다. 물론 우리나라처럼 산업화와 정보화가 급속히 진행된 사회는 그렇지 못한 나라보다 훨씬 더 혼란을 겪고 있는 것이 사실이다. 자살이 급증하고 정신병원이 포화 상태가 되어가고 있는 실정이다. 과도기적인 현상이겠지만 여기서 바로잡지 않으면 안 된다.

이제 사람들은 서로 다르게 생각하며, 다르게 보며, 다르게 행동한다는 사실을 확실히 알게 되었다. 따라서 모든 가치와 기준을 일시적이고 순간적인(volatile) 것으로 여기면서 모든 것을 상대화시키는 경향이 강해졌다. 각자의 개성이 강화된 것처럼 착각하기도 하지만 이 역시도 시간의 가속화가 만들어 낸 산물들이다. 아직 공간적 개념을 인식하지 못한 상태로 포스트모던 사회로 이동한 상황에서 발생하는 옛것과 새것의 충돌인 것이다. 특정한 사람들이 지배하던 시간 사회에서 공간이라는 사회로 삶의 방식이 옮겨 가는 중에 저항이나 다툼이 없을 수는 없다. 공간 사회에서 적응하지 못하는 사람들도 있게 마련이다. 그러나 크게 보면 꼭 충돌이나 저항으로 볼 수만은 없다. 다원화된 사회에서 발생할 수 있는 상생을 위한 의견교환 정도로 보는 것도 나쁘지 않다.

　과거 시간에 쫓기던 사람들은 남녀가 데이트 할 때에도 시간을 보며 데이트 시간을 연장해야 할지 말지를 결정해야 했다. 집에서 기다리는 부모들도 다른 이유를 떠나 자녀가 몇 시까지 귀가하는가에만 집중했다. 지금도 그런 가정이 있겠지만, 요즘 젊은이들은 시간보다는 공간에 더 비중을 둔다. 몇 시까지 함께 있는가가 중요한 게 아니라 어떤 공간에 함께 있는가가 중요하다는 식으로, 생각의 패턴이 달라지기 시작한 것이다. 직장 문화도 많이 변화하고 있다. 캠퍼스 문화 역시 공간의 개념으로 확대되어 가고, 그에 따른 생각들도 다양한 공간 능력을 지향하는 방향으로 바뀌어 가고 있다.

　시간이 아니라 공간으로 살아야 한다고는 했지만, 시간은 무엇이고 공간은 무엇인지 알 수 없는 질문을 던진 것 같다. 그러나 주제가 있고 질문을 했다면, 그리고 관심을 가진다면 언젠가 누군가 정답에 가까운 걸 찾아 다른 사람들에게 나누어 줄 수 있으리라 확신한다. 글을 쓰는 중간 중간 그냥 중단할까도 여러 번 생각했지만 포기할 수 없었던 것은, 스토리텔링으로 힐링하기 위해서는 선택이 아닌 필수처럼 느껴졌기 때문이다. 그만큼 우리 삶에 시간과 공간이 차지하는 비중은 크다. 그렇다고 난해한 이 글을 읽으며 복잡한 시간의 해석을 할 필요는 없다. 공간 역시도 우리가 만날 수 있는 어느 장소 정도로 가볍게 생각하자. 정독하지 않고 그냥 한 번만 스쳐 지나가듯이 읽어도 우리 뇌는 나도 모르게 정보를 습득해서 잠재의식 속에 저장한다. 그 정보가 난해하고 어렵다 해도 아무런 문제가 되지 않는다. 우리 뇌는 배우지 않아도 알고, 인식하지 않아도 느낄 수 있는 탁월한 능력을 가졌기 때문이다. 그러나 중요한 것은 아무것도 보지 않고 생각하지 않으면 습득할 정보 또한 없다는 사실이다. 그래서 우리는 책을 읽어야 하고, 다른 사람과 교감해야 하며, 인류의 보편적인 가치를 위한 생각을 찾아야 한다. 공간적인 생각이란 모든 인류가 행복하게 함께 사는 세상을 만들어야 하는 사명감을 뜻한다.

스토리텔링으로 힐링하라

사람은 어디서 와서 어디로 가는 것일까.

빅뱅이론에 따르면 아메바가 사람이 되었다는 설과 하나님이 천지를 창조하고 천하 만물을 다스릴 수 있는 사람을 만들었다는 이야기가 있다. 또한 자연주의를 신봉하는 사람들은 세상의 모든 것은 우연히 생겨나 다시 자연으로 돌아간다고 말한다. 어떤 종교에서는 생명은 죽어 다시 다른 존재로 환생한다 하고, 하나님을 믿는 사람들은 예수를 믿으면 구원을 받아 영생을 얻어 천국으로 간다고 한다.

여기서 중요한 핵심은 다른 게 아니다. 만일 누군가가 '사람은 어디서 왔을까?'하고 의문을 가졌다면 다른 누군가는 반드시 그에 따른 답을 줘야 한다. 이때 대답하는 사람은 인간이든 신이든, 인간이 어떻게 존재하게 되었으며 또 어디로 가는지를 스토리를 통해 말해줘야 한다. 이처럼 인간 존재의 근원적인 문제는 물론이고 이 세상 어느 것 하나 이야기로 이루어지지 않은 것은 없다.

역사적으로 거대 제국들의 파란만장한 사실적 스토리가 있는가 하면, 삼국지나 위인전처럼 사실과 허구가 뒤섞인 스토리도 있다. 지금 시대에는 애플이나 삼성처럼 글로벌 기업들이 디지털문명을 이끌어가는 스토리가 있는가 하면, 중소기업에서 만들어내는 제품 하나가 전 세계로 팔려나가는 신화적인 스토리가 있다. 가정이나 학교처럼 인간의 수많은 공동체 또한 모두 스토리로 이루어져 있다. 즉, 모든 사람은 스토리 안에서 살고 있으며, 얼굴이 각자 다르듯이 저마다 고유하고 독특한 자신만의 스토리를 지니고 산다.

한마디로 세상의 모든 진리와 이치는 거대한 스토리 안에서 끝없이 진행됨을 알 수 있다. 드라마나 영화 혹은 소설처럼 작가는 반드시 존재하며 우리 모두는 위대한 작가이다. 그러므로 모든 인간은 크게 보면 신의 거대한 스토리 안에서 살고 있으며, 작게는 내 스토리 안에서 살아간다.

오늘을 살아가고 있는 많은 사람들은 마음이 아프다, 우울하다, 죽고 싶다고 말한다. 도대체 그들은 왜 아프고 우울하며 죽고 싶을까. 어떤 사연 때문에 그런 상황까지 처하게 되었을까.

그들의 내면세계로 들어가면 다른 사람들은 이해할 수 없는 그들만의 스토리가 있다. 그래서 정신과 의사는 그들의 숨겨져 있는 무의식의 스토리를 잘 찾아내어 거기에 적합한 심리치료나 약물을 처방해야 한다.

자살하려다가 실패한 사람들 얘기를 들어보면, 한 사람이라도 자신의 이야기를 들어주었다면 이미 자살한 사람들도 죽지 않았을 것이라고 말한다. 사람들은 모두 자신의 스토리를 말하고 싶어 한다. 그렇지만 대부분의 사람들은 정보를 전달하는 말과 스토리를 구분하지 않는다. 사실 꼭 구분해서 말할 필요는 없다. 다만 정보의 전달이든 대화이든 스토리텔링 형식을 사용할 때 교감은 더욱 잘 이루어질 수 있다.

인간은 말을 통해 감정을 전달하기 때문에 말을 통해 감동을 받을 수도, 상처를 받을 수도 있다. 따라서 말하는 사람이나 듣는 사람 모두 굳이 인식하려하지 않아도 말을 통해 위로나 치유받길 바란다. 그런 무의식적인 심정에서 내 스토리를 다른 사람에게 들려주고 싶은 욕구를 가진다. 그래서 인간은 근본적으로 스토리 속에서 태어나 스토리를 만들며 살다가 스토리를 남기고 죽는 존재이다. 살아가면서 쌓이고 얽힌 스토리들을 풀어내지 않고는 서로를 이해할 수도 소통할 수도 없다.

흔히 세상을 조금 살았다는 사람들은 저마다 "내 스토리를 말하면 책 한권은 충분히 쓰고도 남는다."고들 말한다. 하지만 막상 써보라고 A4 용지를 들이밀면 겨우 두세 줄 정도 쓰고 손을 들고 만다. 많은 스토리가 머릿속에서는 빙빙 도는 것 같은데, 막상 말하려면 두서가 없고 글을 쓰려고 하면 좀처럼 문장이 만들어지지 않는다. 그건 스토리텔링을 하지 않아서이다. 오랜 세월, 동양 사람들은 서양 사람들에 비해 자신의 스토리를 말하지 않는 것을 미덕으로 여기며 살아왔다. 뭐든지 드러내지 않고 속으로 삭히며 참는 것을 덕으로 알고 살아온 만큼 내면의 병도 깊다.

　누군가 말을 유창하게 잘한다고 해서 스토리텔링이라 말할 수는 없다. 진실한 스토리가 들어 있지 않은 말은 아무리 잘해도 감동을 줄수 없다. 사람은 본래 이야기를 통해 서로 공감할 수 있도록 설계되어있는 존재이다. 특히 스토리텔링으로 힐링을 하기 위해서는 내 이야기를 숨김없이 쏟아낼 줄 알아야 한다. 내 안에 비밀이 있는 한, 치유는 불가능하다. 나 자신으로부터 진실해질 때 비로소 치유가 되고 다른 이들로부터 공감을 얻어낼 수 있다.

　스토리텔링은 일차적으로 부모로부터 배워 가족끼리 소통의 수단으로 사용되어야 한다. 그런데 언제부터인지 사람들은 오히려 가까운 사람들에게는 자신의 스토리를 잘 말하지 않는다. 이유는 간단하다. 가까운 사람들은 나에 대해 이미 잘 안다고 여기기 때문이다. 하지만 가까운 사람들이 나를 더 모르는 경우가 많다. 또한 처음 보는 사람에게는 상대를 경계하다 보니 대화의 시작부터 진실을 말하지 않는다. 의식적으로 거짓을 보태 말하는 습관이 있는 것이다. 하지만 진실 없이 서로 공감하기는 어렵다. 처음 보는 사람들에게 군이 내 신분이나 스토리를 공개할 필요는 없지만, 그렇다고 거짓을 보태 말할 필요도 없다.

　다른 사람에게 거짓을 말하다 보면 결국 자기 자신에게도 진실하지 못한 상황으로 발전한다. 지나친 자기보호 본능이 습관화되면 진실을 상실한 삶을 살게 된다. 스토리텔링으로 힐링을 하기 위해서는 진실을 가로막고 있는 많은 모순들을 제거해야 한다. 그렇다고 미리 걱정할 필요는 없다. 스토리텔링을 하다 보면 어차피 우리는 진실에 다가가게 된다. 내가 살아온 스토리 자체가 진실이기 때문이다. 물론 내 이야기를 하면서 배경을 꾸며 말하는 것이 꼭 거짓이라고 볼 수는 없다. 얼마든지 아름답게 형상화할 수 있다. 예를 들면, 내가 얼굴이 예쁘지 않아도 얼마든지 아름답게 표현할 수 있다. 세상에 오직 하나뿐인 존재인 나는 얼굴이 예쁘지 않아도 엄청난 존재 가치를 가질 수 있다.

사람이 태어나 단 한 번뿐인 인생을 산다는 것은 세상의 어떤 보물과도 바꿀 수 없을 만큼 절대적이다. 나와 비교할 수 있는 대상이 없는, 소중한 삶이 바로 내 인생이기에 그렇다. 그런 내가 괴롭거나 꿈과 희망을 잃은 채 우울하게 살고 있는 건 정말 심각한 문제이다. 더 늦기 전에 아픈 몸과 마음 그리고 영혼을 치유하지 않으면 안 된다. 100세 시대가 왔다는 건 인생을 다시 시작할 수 있는 기회가 주어졌다는 뜻이다. 다시 말해 거듭나야 한다. 거듭난다는 건 가던 길에서 방향을 완전히 바꾸는 걸 말한다. 스티브 잡스가 세상을 바꾸었다고 말할 수 있는 건, 그가 없었다면 오른쪽으로 갈 수밖에 없었던 디지털 문명을 왼쪽 방향으로 바꾸었기 때문이다. 물론 내 인생도 그렇게 바꿀 수 있다.

스토리텔링으로 힐링한다는 것은 내가 어떻게 살아왔는지, 살아온 내 인생을 말하는 것이다. 그리고 내 인생이 소중했던 만큼 다른 사람들의 인생이야기도 소중하다는 걸 발견해야 한다. 알고 보면 내 이야기는 다른 사람들의 이야기와 분리되어 있는 것이 아니라 하나로 연결되어 있다. 그래서 가정을 이루며, 사회를 이루고 나아가서는 세계 역사를 만드는 밑바탕이 된다. 이처럼 한 사람의 이야기는 거대한 인류사와 무관하지 않다.

그러나 우리들 인생사는 행복한 순간들보다는 아프고 슬픈 일들이 많다. 한 편의 연극처럼 생로병사로 이어지는 인생 스토리의 허무를 무엇으로 달랠 수 있을까. 죽음을 직면하는 깨달음을 통해 우리는 다시 한 번 삶의 가치를 되새기며 새로운 인생을 살 수 있어야 한다. 인생의 허무를 통탄하며 절망하기도 하고 떠난 사람들과 떠나보내야 하는 사람들을 그리워할 수 있는 사람이 되어야 한다. 산다는 것이 얼마나 허무한 것인지를 느끼는 사람은 그래도 생각하는 사람이다. 어느 정도 삶의 지혜를 터득한 인간적인 사람이다. 반면에 혼자서만 천년 만년 살 것처럼 죽음을 애써 외면하는 사람들과, 오직 돈만을 위해 악을 쓰며 사는 사람들의 미소를 보았는가. 그들은 살아 있지만 사실 죽은 자들이다.

영혼이 없는 빈껍데기 육신만을 가진 사람들의 공통적인 특징은 자신의 스토리가 없다는 점이다. 혹시 있다고 해도 그들의 역겨운 이야기를 들어줄 사람은 어디에도 없다. 어쩌면 자녀들까지도 훗날 그런 부모의 이야기를 부끄럽게 생각할지 모른다. 행여 내 인생도 그처럼 스토리 없는 인생은 아닌지 가끔 돌아보아야 한다.

인생이 비록 짧은 여정이며, 행복보다는 슬픔과 괴로움이 많은 연극과 같을지라도 스토리가 있다는 것은 한 사람이 살았다는 확증이다. 인생을 산 흔적이 바로 내 스토리에 남아 있기에 우리는 표현하고 싶어 한다. 내 이야기를 통해 살아온 목적과 살아야 할 이유를 알고 싶은 것이다. 그래서 내 인생을 다른 사람들이 들어주기만 해도 아프고 상처받은 내면이 치유될 수 있는 것이다.

사람은 태어나면서부터 보고, 듣고, 말하면서 성장한다. 부모는 이세 가지를 아이들에게 전해준다. 부모가 만들어내는 이야기 속에는 아이들이 보고 듣고 말하는 이미지트레이닝이 폭넓게 각인되어 삽입된다. 그렇게 성장한 아이들은 어느 순간 스스로 생각하게 되고 자신만의 상상이 극대화되면서 창조적인 무한의 세계를 발견하게 된다.

우리는 어떤 일이 있어도 착한 인간으로 살아야 한다. 착하다는 말이야말로 인간을 인간답게 하는 가장 기본적인 언어이다. 하지만 대부분의 사람들은 착하다는 기준이 뭔지를 잘 이해하지 못한다. 자신의 삶에서 적당한 자기합리화의 가치를 정해 행동하는 것을 말하는 것으로 생각한다. 즉 적당한 삶의 의무를 행하는 것이 착하다는 가치기준을 달성하는 일로 믿는다. 어떤 사람들은 가족을 위해 참 열심히 살았다고 자신 있게 말한다. 자신의 존재는 상실한 채 오로지 가족들을 위해 희생했다고 항변한다. 그렇게 산 것이 착하게 산 것이라고 믿는다.

그러나 착하다는 것은 어떤 의무나 행함을 통해 발견되는 것이 아니다. 나 자신을 돌아볼 줄 아는 자기성찰이 있어야 한다. 거울을 보며 미소 짓는 인생이 아니라 지금 내가 어떻게 살고 있는지, 다른 이들에게 비친 내 모습은 어떠한지를 발견해야만 한다. 그리고 조용히 상념에 잠겨 자서전 한 권을 읽듯이 내가 주인공으로 살아온 이야기들을 스스로 읽어 내려가야 한다. 그때 비로소 '착함'이 우리 내면에서 알 수 없는 슬픔으로 솟아난다. 가족만을 위해 열심히 살고 있다는 이유를 내세워 자신의 이기주의를 포장하고 있다면 그 껍데기를 벗겨내야 한다. 정말 가정을 위한다면 자신만의 아름다운 스토리를 만들어내는 인생을 살아야 한다.

열심히 직장생활을 했지만 다른 사람들에게 들려줄 인간적인 이야기가 없는 사람이라면 언제든 고독에 빠질 수 있다. 한평생 욕심으로 살아온 사람들처럼 불쌍한 이들은 없다. 그들에게는 들려줄 이야기도, 들어줄 사람도 없는 게 현실이다. 어쩌면 우울한 마음으로 죽고 싶은 생각까지 들 수 있다. 오늘을 사는 우리는 물질만능의 시대를 더 이상 견디지 못하고 절망의 늪으로 빠져들고 있다.

청소년이라고 해서 절망이 없을까. 아름다운 인간으로 인성을 갖추어야 할 가장 중요한 때에 오직 입시를 위한 전쟁터에 내몰려야 한다는 것은 슬픈 일이다. 서로를 경쟁자로 바라봐야 하는 입시 위주의 교육 속에서는 사실 좋은 친구를 사귀는 것 자체가 원천적으로 차단된 셈이다. 학교폭력은 바로 그런 잘못된 구조에서 출발한다. 경쟁에서 뒤쳐진 아이들이 경쟁을 버리고 적개심을 가진 집단의식으로 뭉칠 때 폭력이 발생한다. 이처럼 약육강식의 교육이나 그런 사회구조 속에서 소위 인재로 만들어진 사람들이 다시 권력과 경제력을 손에 쥐었을 때 올바른 미래는 보장받을 수 없다. 지금 우리 사회를 자세히 들여다보면 이미 그렇게 교육받은 사람들로 빠르게 세대가 교체되어 가고 있음을 알 수 있다. 돈과 권력의 속성에는 배신이라는 음모가 항상 도사리고 있기에 신뢰는 결코 있을 수 없다. 그런 사람들이 속해 있는 정치, 경제, 사회에 어떻게 아름다운 스토리가 존재할 수 있을까.

청춘의 꽃이라고 불리는 이십대 삶은 또 어떠한가. 수많은 젊은이들이 대학을 졸업하기도 전에 신용불량자가 되어 빚쟁이 인생을 살아간다. 캠퍼스의 낭만은 이미 오래 전에 사라졌고, 순수와 열정으로 대변되던 청춘의 꽃이 이제 더 이상 피지 않는다. 순수한 열정을 지닌 대학생은 점점 사라지고 입시경쟁에서 겨우 살아남은 젊은이들이 다시 취업전쟁으로 내몰리는 불행한 현실이 되풀이된다. 수많은 우여곡절을 겪으면서 자신만의 신화를 만들어내던 그 무궁무진한 청춘의 이야기들은 이제 사라지고 없다. 이런 상황에서 과연 무엇을 공감할 수 있단 말인가. 젊은 남녀가 서로를 이해하고 공감하며 사랑이라는 위대한 열정을 피우려면, 그들만의 스토리가 있어야 한다. 그래야 행복한 가정을 만들 수 있다. 또 그 속에서 태어난 아이들은 부모가 만들어 내는 이야기를 통해 어떻게 살아야 하는지 배워 나간다.

시대적인 아픔이 어디 청소년과 젊은이들에게만 국한된 것일까. 산업사회를 지나 디지털 문명 속에 살고 있는 현대인은 모두가 아프다. 특히 우리나라처럼 급속한 산업성장을 이룬 나라들은 많은 혼돈과 모순 속에서 새로운 난제들을 풀지 않으면 안 된다. 그 중 가장 시급한 세대가 부모세대이다. 어려운 환경 속에서도 자녀들을 훌륭히 키워낸 그들이 처한 현실은 고독하고 불행하다. 가족이라는 공동체가 파괴된 것은 물론이고, 정으로 주고받던 지역 공동체도 사라지고만 현실 앞에서 그들은 외롭고 쓸쓸하다. 어떻게 살아야 하는지 앞날은 막막하고 지난날의 향수는 현실을 달래기에는 역부족이다. 요양원을 '현대판 고려장'이라 말할 정도로 그곳에 들어가는 걸 공포로 여기는 시대인 것을 보면 어쩌다 이런 세상이 왔는지 가슴 아프다.

특히나 우리나라처럼 고학력 사회는 해가 갈수록 노인 자살률이 늘어날 것이다. 불행한 현실을 받아들이기에는 높은 교육수준이 용납하지 않는다. 이렇게 살 바에는 차라리 죽는 게 편하다는 생각은 과거에도 있었다. 하지만 우리 조상들은 힘든 삶을 살아가는 것을 당연한 것으로 받아들였다. 그러나 고등교육을 받은 사람들은 반대로 해석한다. 삶이 고통이라면 끝내는 것이 올바른 선택이라 믿는다. 물론 판단과 선택은 개개인이 처한 상황에 따라 다르지만 오늘날은 그런 선택과 판단이 보편적이라는 데에 문제가 있다.

더욱 심각한 것은 자살이나 우울증 같은 좋지 않은 문제들이 사회적 현상이 되고 있다는 것이다. 그런데도 국가는 그런 사회문제를 바꿀 계획도, 능력도 없는 것 같다. 그렇다고 수수방관할 문제는 아니기에 이제는 개인들이 나서야 한다. 의식이 깨어 있는 사람들이 새로운 공동체를 만들어 위기에 처한 사람들을 구하고 세상의 변화를 이끌 필요가 있다. 그 대안 중 하나가 바로 스토리텔링을 통해 힐링할 수 있는 프로그램이다.

스토리텔링으로 힐링하기 위해서는 먼저 우리 내면의 배경을 살펴볼 필요가 있다. 내면의 배경이란 일상 중에 일어나는 수많은 사건들을 말한다. 그렇다고 꼭 외부적인 사건만을 말하는 것은 아니다. 인간은 망상을 통해서도 얼마든지 내부적인 사건을 만들어낼 수 있다. 어떤 일이 일어나지 않았는데도 스스로 사건화해서 불안증상을 만들어낸다.

누구나 살아가면서 안 좋은 일들을 경험하게 된다. 그런 기억들은 각인이 되어 무의식의 지배를 받게 되고, 그로 인해 마음이 불안하거나 심한 우울증 혹은 스트레스에 시달리게 된다. 그래도 사람이 살 수 있는 건 망각이라는 지우개가 있기 때문이지만, 어떤 기억들은 잘 지워지지 않고 자신도 모르게 순간순간 떠올라 괴로움으로 남는다. 하지만 그 역시도 훈련을 통하여 생각을 바꿀 수도 있고 기억에서 지울 수도 있다. 그 훈련이 바로 이미지트레이닝이다. 물론 이미지트레이닝이 근본적인 해결책은 아니다. 단지 착각을 현실화해 대안을 만들 뿐이다. 그러므로 이미지트레이닝은 스토리텔링으로 힐링하는 하나의 방법일 뿐이다.

안 좋은 상황이나 사람 그리고 기억들이 지워지기를 기다릴 것이 아니라 차라리 내면의 휴지통을 만들어내야 한다. 휴대전화나 컴퓨터를 사용하는 사람은 언제든 삭제를 할 수 있다. 쓰레기통 그림이 그려져 있는 곳에 사용하지 않는 정보를 버리면 화면에서 사라진다. 이처럼 디지털 세계에서는 불필요한 정보를 얼마든지 삭제할 수 있다. 사람의 뇌 역시도 컴퓨터와 다르지 않다. 인간은 얼마든지 스스로 생각해내고 지울 수 있는 능력이 있다. 하지만 컴퓨터를 배우지 않으면 그 기능을 사용할 수 없는 것처럼 우리도 많은 것을 배워야 한다. 사람들은 스스로를 완벽한 자동화 정도로 생각하지만, 사실 알고 보면 인간

은 습득하고 사용하지 않으면 녹슨 기계로 전락하고 만다.

　이미지트레이닝도 우리가 습득해야 하는 하나의 기술 정도로 생각하면 쉽고 편해진다. 사실 우리는 늘 이미지트레이닝을 하며 산다고 해도 과언이 아니다. 꼭 디지털 환경이 아니라도 진짜 쓰레기통을 연상해 이미지트레이닝을 하면 된다. 안 좋은 생각 한 가지를 반복해서 상상으로 떠올린 후 쓰레기통에 버리는 연습을 하거나 디지털 기기처럼 삭제시키는 이미지트레이닝을 하루 15분씩 반복 연습한다. 그렇게 되면 자연스럽게 떠오르는 생각을 버릴 수 있다. 생각하기도 싫은 미운 사람이 있다면 흥분하거나 화를 낼 필요 없이 삭제시켜 쓰레기통에 버리면 된다. 처음에는 오히려 상대의 얼굴이 더 떠오르고 잡념까지 뒤섞여 혼란스러울 수도 있다. 하지만 반복연습을 하다 보면 차차 생각이 단순해지면서 쉽게 버릴 수 있는 상황까지 발전한다.

　이미지트레이닝을 통해 휴지통 만들기를 성공한 사람이라면 다음 단계로 좋은 생각과 나쁜 생각을 나누는 훈련을 해야 한다. 생각을 나누는 일은 결코 쉬운 일이 아니다. 좋은 생각은 우뇌로, 안 좋은 생각은 좌뇌로 나누는 연습을 반복한다. 쉽게 말해 '오른쪽은 좋은 생각, 왼쪽은 안 좋은 생각'이라고 스스로 약속을 정하면 좀 더 쉽게 이미지트레이닝을 할 수 있다. 1단계 이미지트레이닝에 성공한 사람도 자칫 잘못하면 아무 생각이나 지울 수 있기 때문에, 이처럼 생각 나누는 법을 습관화해야 한다. 마치 시험문제를 암기하듯이 "안 좋은 생각은 왼쪽에, 좋은 생각은 오른쪽에"라고 중얼거리면 어느 순간 자동으로 생각이 나누어지는 걸 체험하게 된다.

2단계 훈련을 가장 쉽게 할 수 있는 방법은 책상 앞에 오른쪽은 내가 좋아하는 것을 두고 왼쪽은 싫어하는 것을 놓고 눈을 감았다 떴다 하며 시각적인 효과를 얻는 것이다. 이때 눈을 감았을 때의 이미지를 반복 훈련하면 좀 더 빠르게 습득할 수 있다. 이미지트레이닝은 집중력이 필요하고 끊임없이 반복훈련 해야 하지만 습관이 들면 쉬워진다.

3단계에서는 생각을 나누고 생각을 버릴 수 있는 사람이라면 마음이 어디 있는지를 알아야 한다. 추상적 혹은 형이상학적으로 마음은 생각이 가 있는 곳에 가있다고 말할 수 있지만 이런 표현을 이해할 수 있는 사람은 그리 많지 않다. 그래서 스토리텔링으로 힐링하기 위해서는 마음이 있는 곳을 인위적으로 만들어 정해야 한다. 내 마음이 어디 있는지 그 장소를 확실히 알고 있다면 그 느낌에서 오는 세세한 현상들을 쉽게 이해할 수 있고 강제로 제어할 수도 있다.

인생을 조금 아는 사람들은 마음이 아프다는 걸 안다. 뭐라고 표현할 수는 없지만 분명 내 안 어딘가에 있는 마음이 아프다는 걸 느낄 수 있다. 그런데 도대체 어디에 있는지 만질 수도, 볼 수도 없는 형체 없는 마음을 진정시키거나 위로할 수 있는 방법은 쉽지 않다. 마음이란 바로 자아이며 인간을 움직이는 핵이기에 그 존재 자체를 고정하거나 축소할 수 없는 것이다. 마음을 안다는 것은 이처럼 심오한 영적인 문제이므로 일반 사람들이 깨닫기에 결코 쉬운 일이 아니다. 그렇다고 마음을 더 이상 방치할 수도 없는 노릇이다. 현대인은 누구라도 마음의 병 때문에 힘들어 하고 있기 때문이다.

그러므로 스토리텔링으로 힐링하기 위해서는 마음의 위치부터 정해야 한다. 이제부터는 왼쪽 심장이 있는 장소가 바로 마음이 있는 곳이라고 믿어야 한다. 오른손 바닥을 심장에 대어보면 심장 뛰는 소리가 느껴진다. 바로 그곳이 마음이 있는 장소이고 심장 뛰는 소리가 마음이 내는 소리라고 생각한다. 마음이 불안하다고 생각되면 심장에 손을 대고 부드럽게 어루만지며, "괜찮아, 괜찮아."라고 말해보자. 정말 거짓말처럼 금방 괜찮아지는 걸 느낄 것이다. 이처럼 마음의 위치를 인위적으로 선택했지만 그 효과는 탁월하다. 손가락에 가시가 찔리면 우리는 어느 손가락이 아픈지 금방 찾아내 치료할 수 있다. 마음은 아프면서도 어디 있는지 몰라서 치유를 못하고, 그러다보니 너무 막연해서 방치하고 살아왔다. 단지 추상적으로만 이해하려고 하다 보니 접근방법이 불가능하였던 것이다. 신비하게도 우리 뇌는 각인만 되면 사실로 받아들인다. 마음이 있는 위치가 심장이 뛰는 곳에 있다고 각인되면 실제로 뇌는 그렇게 인식한다. 아픈 곳을 알게 되면 치료할 수 있듯이 마음의 위치를 알게 되면 마음의 병을 치유하는 것은 어렵지 않다.

다시 말하지만 이제부터 마음은 왼쪽 심장에 있다는 걸 당연하게 생각해야 한다. 심장이 빨라지면 마음이 불안해하고 있는 것이다. 그럴 때는 아무리 기분 좋은 일로 심장이 빨리 뛴다고 해도 마음이 불안해하고 있는 걸로 인식하자. 또 안 좋은 일로 심장이 빨리 뛰면 오른손을 대어 "괜찮아, 괜찮아."라고 반복하여 위로하면 금방 효과를 보는 기적을 체험할 수 있다.

4단계는 내 몸에 감사하기 과정이다. 사람의 몸도 스토리의 지배를 받는다. 선천적으로 건강하게 태어난 사람이 있는 반면, 어떤 사람은 병약하게 태어나 일생을 사는 동안 고통을 받기도 한다. 어디 그뿐인가. 사람에 따라 신체가 모두 다르고 저마다 특색이 있다. 그러나 어느 누구라도 소중하지 않은 몸을 가진 사람은 없다. 발가락 하나, 머리카락 한 올까지 나를 구성하는 하나가 될 때 얼마나 귀하고 감사한지 깊이 이해해야 한다.

말의 능력에서 밝혔지만, 말에는 엄청난 능력이 존재함을 알아야 한다. 아침에 일어나, 혹은 잠자기 전에든 언제라도 상관없다. 하루에 한 번이라도 자신의 신체 부위를 부르며 감사함을 표현해보자. 예를 들면 "눈아, 볼 수 있게 해줘서 고마워. 귀야, 잘 듣게 해줘서 감사해." 라고 말해보자. 또한 배가 아프다면 "배야, 아프지 않게 해줘서 고마워."라고 해보자. 심리치료라고 생각하는 사람도 있겠지만 전혀 차원이 다르다. 이것은 스토리텔링이다. 내 몸과의 대화를 통해 그리고 감사함을 통해 서로가 하나임을 확인함으로써 일체감이 만들어지고 건강해지는 것이다. 다른 사람들은 걱정하면서 정작 자기 신체는 관심조차 갖지 않는 것은 자녀들에게 사랑을 주지 않는 것과 같다.

나는 하나가 아니다. 수많은 생물학적인 존재들이 디자인되어 나를 구성하고 있는 것이다. 우리 몸 세포 하나하나에도 저마다 독특하고 고유한 생명력이 있다. 그런 엄청난 생명력이 합하여 바로 내가 되는 것이기에 우리는 나를 구성하고 있는 그 하나하나의 존재들에게 감사하지 않으면 안 된다. 3개월만 내 몸과 스토리텔링을 해보면 스스로 엄청난 변화를 실감하게 될 것이다.

5단계는 내 어린 시절부터 현재까지의 기억 더듬기이다. 쉽게 이해할 수 있도록 '기억 더듬기'라고 했지만, 좀 더 깊이 들어가면 과거로의 여행이다. 인간의 위대함은 시간과 공간을 초월할 수 있는 능력이 있다는 사실이다. 타임머신을 타고 과거로 여행을 하고 미래로 갈 수 있다는 만화 같은 이야기가 현실로 와 닿지 않는 것은 모든 의식이 육체로부터 시작하기 때문이다. 그러나 인간의 정신세계에서는 생각과 의식을 바꾸는 바로 그 순간, 얼마든지 무한의 세계를 넘나들 수 있다. 사실 인간의 육체는 정신세계로부터 출발한다. 좀 더 쉽게 말한다면 '뇌'는 인간의 육체를 관장한다. 또한 뇌는 하나의 정신세계이다. 그러므로 뇌는 육체를 관장하기도 하지만 정신세계라는 무한한 에너지의 세계이기에 육체를 향하고 있는 집중된 의식을 그 출발점인 정신세계, 그러니까 우주의 세계와 신의 세계로 전환한다면 시간과 공간을 초월할 수 있다. 무한 상상의 세계가 바로 그것이요, 생각만으로도 곧바로 어린 시절로 돌아갈 수 있는 공간 이동이 바로 그것이다. 그런데도 사람들은 '나'라는 관념의 틀과 늙어가는 육체에만 집착하기에 시간과 공간을 초월하는 세계를 경험하지 못한다. 하지만 분명히 말하지만 불가능은 없다. 피아노를 배우지 않으면 칠 수 없지만, 배우면 가능하다. 사람은 누구라도 습득 능력을 가지고 태어나기 때문이다.

　　스토리텔링으로 힐링하기 위해서는 이 5단계가 가장 중요하다. 어쩌면 가장 고통스러운 단계일지도 모른다. 물론 행복한 순간들도 있다. 어린 시절부터 현재까지 기억을 더듬다보면 아프고 상처로 얼룩진 나를 발견하게 되고 그 상처들이 지금의 나를 아프게 하고 있다는 사실을 발견하게 된다. 그러나 우리 의식이 그렇듯이 대부분은 무의식 속에 갇혀버리거나 숨어있는 경우가 많아 좀처럼 정체성을 드러내지 않으려는 경향이 있다. 쉽게 말해, 기억마저도 솔직하지 않고 조작되어질 가능성이 있다는 것이다. 그건 의식과 무의식이 서로 숨바꼭질 하듯이 어린 시절의 기억을 애써 감추려고 노력하기 때문이다. 어린 시절 상처가 없이 자라온 사람들은 행복했던 기억들이 주마등처럼 스쳐 지나가지만, 상처가 있는 사람들은 그 사건 하나에 멈추어있는 경우가 많다.

어린 시절의 기억 더듬기는 비밀처럼 숨어있는 그 놈을 찾아내 없애기 위한 과정이다. 과거의 나와 현재의 나가 전혀 상관없는 것처럼 느끼지만 사실은 과거와 현재는 영원 앞에선 동일한 것이기에 그 아픔은 여전히 지금의 나를 아프게 하고 있는 것이다. 그러므로 스토리텔링을 통해서 치유를 하지 않으면 갑자기 찾아오는 우울증과 같은 정신질환에 노출될 수 있다. 모든 육체적인 병은 마음에서 시작된다는 말처럼 정신적인 병 역시 마음에서 시작되는 것을 알아야 한다. 내 마음에 비밀이 없다면 바로 그 순간이 세상에서 가장 평화로운 순간일 것이고, 그 평화는 내 마음에 평안을 가져와 몸과 마음을 가볍게 할 것이다.

6단계는 싫은 사람 사진 삭제와 좋은 사람 앨범 만들기이다. 세상을 살다보면 고통을 겪게 만드는 세 가지가 있는데, 물질, 사람, 병이다. 그 중에서도 사람이 주는 고통이 제일 크다. 사람은 혼자 살 수 없는 공동체적인 존재이지만, 사람이 주는 상처는 너무 커서 이루 말할 수가 없다. 현대인이 앓고 있는 정신적인 질병의 대부분은 사람이 사람에게 주는 상처 때문에 생겨난 병들이다. 물론 사람에게서 받은 상처는 또 다른 사람을 통해서 치유되기도 한다. 그러나 사람이란 본래 타인을 위한 존재이기보다는 자신의 가치가 우선인 존재이기에 언제든 상처를 또 줄 수 있다. 지금 나를 치유한 사람이 시간이 지나면 또 나를 아프게 할 가능성이 있다는 뜻이다.

그래서 1단계에서 만든 휴지통에 싫은 사람을 과감히 버리는 삭제 트레이닝을 해야 한다. 물론 그와 동시에 좋은 사람 앨범 만들기를 해야 한다. 그 이유는 이미지트레이닝은 훈련이기도 하지만 뇌를 각인시키는 작업이기 때문이다. 싫은 사람만 삭제하는 이미지트레이닝을 하다보면 허무주의에 빠질 수 있다. 그리고 마음이 고독해지고 외로워지는 우울증으로 발전할 수도 있기에 좋은 사람 앨범 만들기가 함께 병행되어야 한다.

참고할 것은 싫은 사람을 삭제하는 일은 스토리와 상관없이 과감히 지우거나 버려야 하지만, 좋은 사람 앨범 만들기는 반드시 스토리와 함께 해야 한다는 것이다. 예를 들면 '이 사람은 나에게 뭘 선물해 줬지?', 또 '이 사람은 내게 이런 말을 해줬어.'와 같은 스토리를 만들어 함께 우뇌에 저장한다. 처음에는 단편적으로 앨범 속에 저장되지만 나중에는 저절로 스토리가 만들어 지는 것을 경험한다. 내 머릿속에 좋은 스토리가 많을수록 행복지수가 높아져 건강한 삶을 살 수 있고 원만한 대인관계는 물론이고 자신의 좋은 스토리를 통하여 타인을 행복하게 하는 영향력을 행사할 수 있다.

7단계는 사랑하는 사람 만들기이다. 여기서 사랑이란 에로스와 아가페를 구분하지 않은 통합적인 사랑을 의미한다. 이 글을 읽은 독자들은 이제 사랑이 뭔지를 이미 조금은 알게 된 사람들이며, 여기서 굳이 사랑을 다시 설명할 필요는 없을 것 같다. 단지 지금까지 내가 알고 있던 사랑이 잘못 알고 있었던 것이라면 이 과정에서 새롭게 재정립할 필요가 있다.

만일 사랑하는 사람이 없다면 이미지트레이닝을 통해서 만들어야 한다. 상대가 가족이든 연인이든 친구이든 새로운 스토리를 통해 사랑으로 만들어질 수 있도록 해야 한다. 사랑하는 사람이 있는 사람과 없는 사람의 차이는 삶의 조건 면에서 엄청난 차이가 난다. 혹자는 사랑하는 사람을 어떻게 인위적으로 만들 수 있는지 반문할 수 있겠지만, 사랑이라는 것도 알고 보면 큐피드의 화살처럼 지나가다가 우연히 발생하는 현상이 아니다. 모두가 스토리텔링으로 태어나는 것이다. 누군가를 사랑한다면 가슴속에서 이미 스토리를 만들어내고 이미지트레이닝을 시작했기에 가능한 것이다. 그러므로 스토리가 없는 사랑은 있을 수 없다. 스토리를 통해 상대의 이미지를 자신의 마음속으로 끌어당기지 않고는 누군가를 사랑할 수 없다.

8단계는 자연과 인사하기이다. 여기서 자연이라 함은 세상의 모든 것을 말한다. 꼭 새, 나무와 꽃이 아니어도 내 주변에 있는 그 어떠한 것도 상관없다. 그렇다고 닥치는 대로 아무것이나 붙잡고 "안녕"하라는 것이 아니라 내가 좋아하는 그 무엇이면 족하다는 것이다. 눈에 띄는 돌멩이 하나와도 반가움을 나누는 인사야말로 자신을 변화시키는 힘으로 작용한다.

9단계는 자연과 대화하기이다. 자연과 인사를 하다보면 유난히 정이 드는 사물이 나타난다. 그 대상하고 마치 오랜 친구처럼 아니면 새로 사귄 친구처럼 이야기를 하는 것이다. 사람에게는 터놓을 수 없는 고민거리를 불쑥 던져보기도 하고 칭찬이나 농담도 건네면서 대화를 해야 한다. 처음에는 일방적으로 혼자 떠들기 때문에 누가 보면 미친 사람 취급받을 것 같아 조심하지만 시간이 조금 지나보면 그 대상으로부터 미세한 소리가 마음에 들리는 게 느껴진다. 이제 만물의 영장인 사람은 그 어떠한 것과도 소통이 가능하다는 걸 알게 될 것이다. 자연과의 대화가 가능한 사람만이 10단계인 다른 사람 얘기를 들어줄 수 있는 자격이 있다.

경청이 중요한 이유는 다른 사람 이야기를 듣는 과정을 통해 결국 내 이야기를 들어주는 사람을 만들어가는 과정이기 때문이다. 경청을 하다보면 다른 사람의 마음속에 있는 아픔과 행복을 함께 공감할 수 있는 공감인지 능력이 활성화된다.

11단계는 내 이야기 말하기이다. 어쩌면 스토리텔링의 절정이라고 할 수 있는 과정이다. 우리 모두는 자신만의 이야기를 가지고 있으며 그 이야기를 통해 자신이 지금 살아있음을 증명하려고 한다. 내 이야기를 함께 공감할 수 있는 사람이 단 한 사람만 있어도 고통은 반으로 줄어들고 행복은 배가된다. 가슴속에 할 이야기는 많은데, 아무도 들어줄 사람이 없는 사람처럼 불행한 사람은 없다. 스토리텔링은 결국 나를 말하는 것이고 내 이야기를 통해 다른 사람과 하나가 되는 출발점이다. 결국 공감이라는 목적지를 향해 가는 동반자들이야말로 진정한 스토리텔링 공동체의 주역이라 확신한다.

스토리텔링의 마지막 단계인 12단계는 새로운 이야기 만들기이다. 새로운 이야기는 꿈이며, 거대한 언어이다. 또한 함께 사는 사랑의 공동체이다. 지금까지 혼자 외롭게 자신의 이야기를 써왔다면 이제는 스토리텔링으로 힐링하는 사람들끼리 모여 함께 나눌 수 있는 스토리를 만들어 내자.

열정이 하나로 모인 거대한 스토리 앞에 많은 사람들이 모여 행복한 세상을 만들 수 있는 날까지 '스토리텔링으로 힐링하라!'는 계속될 것이다.

힐링은 나눔이다

얼마 전 일이다. 운전 중에 우연히 라디오 방송을 듣게 되었는데 힐링을 주제로 다루고 있었다. 패널 중 한 사람이 최근의 힐링 열풍이 과장된 느낌이라며 마치 온 국민이 아픈 것처럼 지나치게 과장되어 힐링이 유행하고 있다고 말했다. 순간 나도 모르게 중얼거렸다. "이 사람도 아픈 사람이구나." 자신은 부정할지 모르지만 지금 대한민국은 누구 하나 빼놓지 않고 모두가 아픈 것이 사실이기 때문이다.

유행은 어떤 한 사람이 주도한다고 해서 만들어지지 않는다. 시대적인 배경은 물론이고 국민적인 정서가 뒷받침 해줘야 가능하다. 힐링 열풍 역시 우연히 우리에게 다가온 것이 아니다. 원래 '치유'라는 말은 기독교에서는 아주 오래전부터 사용해 오던 말이다. 그런데도 최근에서야 '힐링'이라는 원어로 우리에게 다가선 것은 그만큼 국민 정서가 힐링을 필요로 하고 있다는 의미일 것이다.

일제 강점과 동족간의 전쟁으로 모든 걸 잃은 나라가 이렇게 빨리 눈부신 성장을 했다는 것은 실로 엄청난 일이다. 물론 얻은 만큼 잃어 버린 것 역시 많다. 그런데 문제는 우리가 꼭 지켜야 할 것들을 잃어버린 것이다. 그 중에서도 가장 중요한 것은 결코 사라지면 안 되는 공동체가 사라졌다는 것이다. 우리사회는 오랫동안 '가족'과 '마을'이라는 공동체를 통해 인간다운 정서를 유지해왔다. 그런데, 급속한 산업사회와 물질문명 그리고 서양의 개인주의가 들어오면서 문제가 생기기 시작했다. 수천 년 이어지던 공동체가 갑자기 사라지고 만 것이다. 본래 가난과 공동체는 떼려야 뗄 수 없는 불가분의 관계였다. 먹을 것이 없는 그 시절에도 우리들 공동체는 무엇이든지 함께 나눠먹었다.

지금 생각하면 도저히 이해할 수 없는 공식이며 인간관계가 아닐 수 없다. 그 많은 식구들이 어떻게 먹고 살았는지 좀처럼 이해가 가질 않는다. 어디 한 가족의 이야기뿐일까. 한 동네에 많은 사람들이 마을을 이루고 살았지만 굶어 죽는 사람이 없었다. 밥이 없으면 라면 먹으면 된다고 말하는 시대에 먹을 것이 전혀 없는 가난을 현실로 받아들인다는 것은 실로 어려운 일이다. 아이러니한 것은 먹고 싶어도 먹을 것이 없던 시대에 그래도 많은 사람들이 살아남아 오늘의 이 풍요를 만들었다는 사실이다.

다른 나라 사람들은 우리나라가 이렇게 잘 사는 걸 기적이라고 말한다. 기적이라는 것은 흔한 말로 현실로는 불가능한 초자연적인 현상을 이르는 말이다. 그렇다면 정말 기적일까? 우리가 이렇게 발전한 것이 초자연적으로 발생한 정말 불가능한 사건이란 말인가? 물론 비유이겠지만, 기적이라는 비유는 왠지 적절치 않은 것 같다. 우리를 이렇게 잘사는 나라로 발전시킨 이유를 찾는 것은 그리 어려운 일이 아니기 때문이다. 가족과 마을이라는 공동체가 바로 그 이유이다.

우리에게는 한때 가족이 있었다. 이 대목에서 혹자는 지금도 가족이 있지 않느냐고 반문할지 모른다. 물론 당연히 지금 이 순간에도 많은 사람들에게 사랑하는 가족이 존재한다. 그러나 지금 가족관계를 살펴보면 어딘지 어색하다. 온 가족이 밥상에 둘러앉아 함께 밥을 먹는 가족이 얼마나 될까. 같은 공간에 저마다 따로 사는 사람들이라고 표현해도 될 정도로 우리는 각자 살고 있다. 돌아보면 공동체 조건의 필수적인 요소가 공동우물이다. 물은 우리 인간에게 생명을 보존할 수 있는 가장 소중한 것이다. 그런 생명수를 공동우물을 통해서 나눠 마셨다. 지금 같으면 상상도 못할 일이다. 누군가 우물에다 독약을 탈 수도 있는 일이다. 그런데도 그 시절 그런 일은 없었다. 옛날이라고 해서 동네 불량배가 없었을까. 양심이 있는 공동체 불량배를 떠올리면 어딘지 귀여운 생각마저 든다. 그러나 지금 우리 사회를 보면 도대체 어쩌다 이 지경이 되었는지 싶을 정도로 경악스러운 사건들이 수없이 일어나고 있다. 뭔가 잘못된 게 분명하다.

원래 가족이라는 공동체는 음식을 함께 나누어 먹는 데서 시작되었다. 또한 우리는 '대화를 한다'가 아닌, '대화를 나눈다'로 표현할 만큼 '나눔'을 중시하는 나눔 공동체 민족이다. 어디 그뿐인가. 마을에서 누군가 죽으면 그 죽음조차 나누어 슬픔을 반으로 줄일 줄 아는 공동체였다. 이야기를 나누며 먹을 것을 나누고 살던 우리 공동체가 파괴된 순간, 우리는 고독하고 외로운 병에 걸리기 시작했다. 우물 하나로 생명수를 나누어 마시던 시절에서 생수를 사먹고 집집마다 물이 넘치도록 쏟아지는 문명의 편리가 우리를 병들게 하고 있다. 미국의 엘고어 전 부통령이 《불편한 진실》을 통해 환경문제의 심각성을 세상에 예고했듯이 문명의 편리가 우리에게 얼마나 심각한 문제를 일으키고 있는지 알아야 한다.

인간은 근본적으로 혼자서는 살 수 없는 나약한 존재이다. 반드시 공동체를 통해서만이 살아갈 수 있다. 그런데도 마치 모든 걸 혼자서 해결할 수 있는 것처럼 독불장군으로 살고 있는 무법자들이 늘어나면서 사회가 급속히 병들고 있다. 여기서 우리가 분명히 알아야 할 것은 공동체는 나눔 없이는 결코 존재할 수 없다는 사실이다. 대기업이 골목상권까지 독식하려 하고, 오직 자신들만 잘 살려고 하는 무분별하고 끝없는 개인의 욕망은 반드시 비극을 초래할 수밖에 없다. 나누지 않는 사람이 어떻게 온전한 정신을 소유할 수 있으며 공동체를 파괴하는 사람과 집단들이 행복한 삶을 살 수 있단 말인가.

인간의 정신과 육체는 정의로운 가치나 생각에서 시작된다. 사람이 혼자서 살아 갈 수 없다는 것은 그 뿌리 자체가 공동체와 나눔을 통해서 존재론적인 가치를 지닌다는 것을 말해 준다. 그런 관점에서 보면 모든 사람은 너와 나, 다른 사람이 아니라 나와 나가 연결되어 하나로 이어진 것임을 알 수 있다. 점이 이어져 선이 되고 선이 면을 만들고 공간을 만들 듯, 공동체적이며 필연적으로 나눌 수밖에 없는 운명이 우리들의 삶인 것이다. 그러므로 진정한 힐링을 위해 가장 시급한 것은 공동체의 회복이다. 무거운 것을 함께 들어 본 경험이 있거나 아파 본 사람은 나눔의 진리와 공동체가 무엇인지 금방 떠올릴 수 있다. 이처럼 공동체와 나눔은 혼자서는 불가능한 일들을 쉽게 해결해 줄 수 있다. 그런데 지금처럼 공동체가 무엇인지 의미를 모르는 사람들에게 나눔은 개념이 전혀 다른 것 같다. 혹시나 집단이기심을 공동체라고 착각하고 있는 것은 아닌지 걱정이다. 그리고 내가 가진 그 무엇을 나눈다는 사실을 '빼앗다'로 오인하고 있는 것은 아닐까.

사실 알고 보면 자본주의 사회도 분배가 존재하지 않으면 공존할 수 없다. 사람들이 잘못 알고 있는 것 중 하나가 자본주의는 경쟁사회로만 알고 있다는 사실이다. 그러나 올바른 경쟁을 통해 나눔이라는 원리가 작동할 때 자본주의가 유지되는 것이다. 올바른 경쟁이 아닌 약육강식의 법칙을 내세우거나 거대 자본과 집단 혹은 힘 있는 개인이 자본주의를 잘못 인식하면 횡포가 된다. 우리가 살고 있는 지금의 시대가 바로 그런 시대가 아닌가 싶다

사람이 사는 곳에는 그 어디에든 나눔의 원리가 존재하는데, 어떤 사람들은 다른 사람의 것을 오직 빼앗으려만 하고 또 어떤 사람들은 그걸 빼앗기지 않으려고 몸부림치고 있는 것이 오늘의 현실이다. 마치 강자만이 살아남는 정글 법칙을 정의로 오해하고 있는 것 같다. 하지만 우리가 잘못 알고 있는 것은 정글법칙에도 정확한 나눔의 법칙이 숨어 있다는 사실이다. 다시 말하지만 인간은 나누지 않으면 존재할 수 없다. 우리가 걸어다니면서 먹고 마시고 말하는 것도 우리 몸의

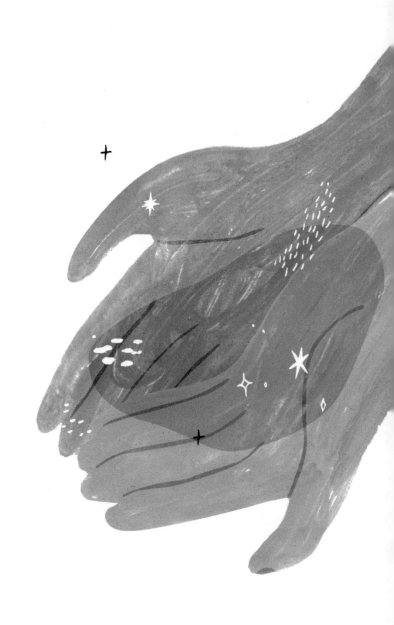

각 기관은 물론이고 세포 하나까지 서로의 역할 나누기가 아니면 불가능하다. 생각한다는 것 역시 내 육체의 모든 기관과 세포 하나가 협력하지 않으면 안 되며 내 생각은 다른 사람들과 함께 공유되어 있음을 알아야 한다. 이렇듯 이 세상의 이치는 서로 나누지 않고는 생존할 수 없다. 그런데도 왜 사람들은 불변의 진리인 나눔의 원리를 상실하고 있는 것일까. 나눔이 아니면 단 하루도 살 수 없는 연약한 인간들이 나누지 않으려고 하는 이유는 또 뭘까.

전문가들의 많은 의견이 있겠지만, 한마디로 말하면 그건 착각 때문이다. 가족과 마을이라는 공동체를 잃어버린 사람들은 저마다 혼자서도 잘 살고 있다고 착각한다. 마치 처음부터 독자적으로 혼자 태어나 살다가 죽는 것 같은 지극히 주관적인 착각 말이다. 그리고 마침내 그 착각은 대를 이어가며 독감처럼 급속히 퍼져버리고 말았다. 단순한 착각 때문에 발생한 일이 이제는 걷잡을 수 없는 지경에 이르러 개개인의 삶을 파괴하는 괴물로 나타난 것이다.

하지만 사람은 앞서 말한 것처럼 근본적으로 혼자서는 살아 갈 수 없는 의존적인 존재이다.

제 아무리 배타적으로 살아온 인생이라 해도 의타적인 본성은 숨길 수가 없다. 그러므로 어느 순간 뭔지는 알 수 없지만 뭔가 소중한 것을 잃어버린 느낌에 빠진다. 혹은 소중하던 그 모든 것이 모두 부질없는 것처럼 느껴지며 허무가 밀려온다. 어쨌든 꿈과 소망이 사라지고 지나온 세월이 주마등처럼 스쳐지나가며 괜히 슬퍼지는 순간이 오면 비로소 우리는 착각에서 깨어난다. 혼자서 잘 살아온 것 같은 착각에서 깨어나게 되면 곧바로 자신 곁에는 아무도 없는 진짜 혼자라는 사실을 발견하게 된다. 어느 낯선 곳에 혼자 있는 것 같은 자신을 발견하게 되면 그건 고독이라는 손님이 찾아온 것이다. 고독은 결코 혼자 오지 않는다. 그중에서도 외로움과 우울증은 고독이 데려오는 치명적인 친구들이다. 당신이 만일 가슴이 답답하고 마음이 불안하며 이유 없는 외로움을 느낀다면 그건 고독이 찾아온 증거이다. 또한 아무도 만나고 싶지 않고 오직 혼자 있고 싶다면 우울증이라는 고독의 친구를 만나고 있는 것이다.

우리가 반드시 알아야 할 사실은, 세상을 혼자서도 잘 살아온 것처럼 착각하며 살다가 혼자라는 것이 느껴질 때가 되었다면 어느 정도 성숙한 인간이 되었다는 뜻이다. 그리고 고독처럼 인간을 인간답게 하는 것도 없다. 고독을 느끼지 못하는 인간은 짐승에 가까운 삶을 살고 있다고 자책해야 한다. 어쩌면 인간은 고독을 통해서만이 자신의 삶을 되돌아볼 수 있는지 모른다. 고독 속에는 자기 자신을 주관에서 객관적으로 볼 수 있는 지혜의 눈이 있기 때문이다. 또한 사람이 우울하다고 해서 꼭 해가 되는 것은 아니다. 인생이 늘 행복한 것이 아니며 기쁘게 웃을 일만 있는 것도 아니기 때문이다. 날씨처럼 변화가 무쌍한 것이 사람의 내면세계이다. 그러므로 우울하다고 해서 부정적인 면만 떠올리면 안 된다. 적당한 우울은 자기 자신을 차분히 돌아볼 수 있는 계기가 된다. 중요한 것은 자신을 돌아볼 수 있어야만 힐링을 할 수 있다는 사실이다. 물론 지나치게 자기 자신에게 몰두하다 보면 우울증이라는 병으로 발전할 수도 있지만 그 역시 스토리텔링으로 얼마든지 힐링할 수 있다.

이야기를 나눈다는 것은 바로 공동체의 시작을 의미한다. 음식을 나누고 이야기를 나누면 잃어버린 공동체의 회복이 가능하게 된다. 이 대목에서 다시 한 번 공동체가 무엇인지 생각해보자. 사람이라면 누구라도 자신이 속해 있는 곳이 있다. 크게는 가족, 마을, 국가가 있을 것이고, 작게는 동호회나 직장 그리고 각종 모임이 하나쯤은 있을 것이다. 이 모든 관계를 통틀어 공동체라고 할 수 있다. 그러나 내가 말하고자 하는 공동체는 현대인이 이해하고 있는 공동체와는 조금 다르다. 물론 가족이라는 공동체는 옛날이나 지금이나 소중한 관계로 묶여 있다. 아직도 우리 사회에는 서로를 사랑하고 걱정하며 살고 있는 가족들이 많다. 그러나 옛날의 가족관계와 비교해보면 변해도 너무 많이 변하고 말았다. 어떤 조사에서 가족이라고 말할 수 있는 관계를 '엄마, 아빠, 아이들'이라고 답했다는 사실을 보면 오늘날 가족 공동체의 현주소를 알 수 있다. 직계가족 외에 할아버지, 할머니, 삼촌, 이모 등은 이제 가족이 아닌 것이다.

많은 사람들이 오늘밤도 각종 모임에서 건배를 하며 "위하여!"를 외치고 화합을 강조하고 다짐한다. 마치 예전의 공동체인 것처럼 착각하며 그럴싸한 말로 이기적인 자신들의 존재를 숨기려 애쓴다. 그러나 본질이 빠진 현상만으로 모인 사람들 속에는 예전 공동체가 가지고 있던 사랑이 빠지고 없다. 사랑이 빠진 공동체 속에는 모인 그 순간만 있기에 만일 모임의 일원 중에 누군가가 몸이 아파 빠지게 된다면 바로 그 순간 그는 그 모임에서 버림받고 만다. "무슨 소리야? 당연히 병문안 갈 텐데……."라고 항변할지도 모른다. 물론 꽃다발 혹은 음료수 박스를 들고서 병문안을 올 수도 있다. 하지만 대략 10분정도 있다가 급한 약속이라도 있는 것처럼 병실 밖으로 도망칠 것이다. 그리고 이구동성으로 병문안을 다녀왔노라 떠들어댈 것이다. 그것으로 그를 혹은 그녀를 버릴 준비를 모두 마친 셈이다. 사랑을 최선으로 여긴다는 교회 공동체 역시 큰 교회의 경우 부목사와 권사 몇 명 혹은 전도사가 병문안을 온다. "기도합시다."와 함께 기도소리가 끝나면 쏜살같이 병실을 빠져나가고, 남은 것은 음료수 박스뿐이다. 어느 누구 하나 보호자가 되어 간호하려고 하지 않는다. 피곤에 지친 가족들에게는 방문객 자체가 더 힘들게 하는 일이라는 걸 왜들 모를까. 모두들 그게 바로 자기 자신의 문제인 걸 왜 모르는 것일까. 그것은 나와는 상관없는 일인 것처럼 착각하며 살고 있기 때문이다. 공동체의 상실은 나눔이 상실된 것이고 나눔이 상실되었다는 것은 우리들 양심을 잃어버린 것이다.

양심을 잃어버린 사람들이 살고 있는 세상은 어떤 세상일까.

지금 세상을 하늘에서 내려다본다면 영혼 없는 사람들이 물에 빠져 허우적대는 모습이 아닐까 싶다. 남녀가 사방을 에워싼 좀비들에게 쫓기는 영화 장면이 떠오른다. 공동체와 나눔을 상실한 우리들의 모습이 행여 영혼 없는 좀비의 모습은 아닌지 돌아보아야 한다.

스토리텔링으로 힐링한다는 것은 죽어가는 우리들의 영혼을 되살리는 일이다. 상실한 공동체를 다시 세우는 일이다. 사랑을 나누고 이야기를 나누고 음식을 나누고 고통을 나누는 일이다. 자신을 아는 것과 모르는 것의 차이는 산 자와 죽은 자의 차이처럼 엄청나다. 살아 있으면서도 좀비처럼 살고 있는 사람과, 죽었지만 끝없는 나눔을 전하는 록펠러 같은 사람 그리고 오늘도 착각 속에 살고 있는 사람들. 이제는 고민해야 한다. 어떻게 살아야 존엄한 인간으로서 잘 사는 것인지. 그리고 죽는 순간 무엇을 위해 잘 살았다고 말할 수 있는지. 고독에 몸부림치며 밤을 지새우더라도 우리들 자신에게 꼭 질문을 던져 보자.

내가 가진 것을 나누어 준다는 것은 위대한 일도, 착한 일도 아니다. 한 세상을 살아가는 동안 인간으로서 해야 할 당연한 의무이다. 사실 나눔처럼 쉬운 일도 없다. 인식의 변화만 있으면 간단한 일이다. 어떤 사물을 볼 때 무엇인지 인식하듯이, 죽을 때 아무것도 가져갈 수 없다는 인식을 쉽게 받아들이면 된다. 의식은 한번쯤 생각하기 때문에 약간 어려운 문제라고 할 수 있지만, 인식은 쉽고 자유롭게 판단할 수 있는 개념이다. 누구라도 가르치면 가능하고, 어린 아이들도 실제로 나누어 주는 인식을 가르치면 맛있는 것도 쉽게 나누어 주게 된다. 이름을 짓는 것처럼 사회적 약속이면 가능한 것이 인식이다. 예를 들면 '빨간 신호등은 서고 녹색 신호등은 간다'는 것처럼 규칙을 지키는 것도 우리가 인식할 수 있기 때문에 가능하다. 이처럼 공동체의 회복이나 나눔은 사람들이 어렵게 만들어가야 하는 형이상학적인 과제가 아니다. 마음만 먹으면 곧바로 실현 가능한 것이다.

수많은 사람들이 오늘도 자살하고 범죄를 저지르고 있다. 많은 여성들이 우울증과 공황장애로 고통을 호소하고 있고, 남자들이 알코올 중독으로 신음하며 정신과 문을 두드리며 도와 달라고 애원한다. 모두가 살고 싶어 한다. 힘든 고통에서 벗어나 예전에 인간답게 살았던 자신으로 돌아가고 싶다고 말한다. 상처가 치유만 된다면 지금처럼 살고 싶지 않고 새로운 인생을 살고 싶어 한다.

다른 나라에서 기적이라 부를 만큼 놀라운 발전을 이룬 나라에서 왜 이런 일이 벌어지고 있을까. 먹을 것이 넘쳐나고 부의 상징이었던 자동차들이 거리를 가득 메우고 골목마다 꽉 차 있는데 무엇이 문제란 말인가. 조금 심한 말 같지만 배고픈 소크라테스가 아니라 배부른 돼지로 살았기 때문이다. 타인을 배려하지 않고 끝없는 자신만의 욕망에 사로잡혀 허겁지겁 자고 나면 먹고 또 자고 나면 먹어대서 더 이상 움직일 수 없는 지경에 이른 것이다.

현대인은 두 부류로 나눌 수 있다. 하나는 돼지처럼 살고 있는 사람, 그리고 다른 하나는 그걸 깨달은 사람이다. 돼지처럼 살고 있는 사람은 오늘도 여전히 아무것이나 먹으려고 허둥대며, 그걸 깨달은 사람은 죽고 싶거나 우울해 하고 원인을 알 수 없는 고통으로 괴로워하고 있다.

우리는 바꾸지 않으면 안 된다. 인식을 바꾸고 고정관념을 바꾸지 않으면 살아갈 수 없다. 우리 눈에 보이는 세상의 모든 것들은 반드시 사라진다. 나 역시도 사라진다. 내가 소중하게 생각하는 그 모든 것들은 언젠가는 사라진다. 아니, 어쩌면 다른 것이 내 눈앞에서 사라지는 게 아니라, 내가 사라지는 것일 수 있다. 소중한 그 무엇들로부터 버림받고 아무런 흔적도 없이 소멸되는 삶이 우리들 인생인지 모른다. 죽음과 직면해 보는 삶을 통해 무엇이 올바른 가치인지 마음 터놓고 대화를 나눠 보자. 당신이 무가치한 하루를 살고 있다면 스스로를 불쌍히 여김으로써 새로운 나를 발견할 수 있는 지혜를 가지게 된다. 그러므로 진정한 힐링은 나를 발견하는 것인지도 모르겠다. 나를 찾지 못한 사람이 어떻게 힐링할 수 있으며, 혹은 힐링이 되었다고 해도 다른 사람들을 파괴하는 삶을 살게 되지는 않을지 걱정스럽다. 우리는 진정으로 힐링이 필요한 시대에 살고 있다. 이대로 가다가는 세상이 온통 지옥으로 변해 갈 게 분명하다. 모두가 죄인이 되어 고통스러운 형벌을 받는 인생을 살게 될까 두렵다. 차라리 죽는 게 낫다는 사람들이 수없이 생겨나고 죽지 못해 살고 있다는 사람들이 좀비처럼 거리를 거닐고 있는 상상을 하면 실로 끔찍하다.

사람들은 자신의 눈으로만 세상을 보려 한다. 커피전문점과 자동차 안에서 행복해 하는 연인들의 모습처럼 자신의 눈에 비친 풍경들은 모두가 사랑하며 행복하게 살고 있는 것처럼 보인다. 명동 거리에 나가면 어딘가로 물밀듯이 향해 가는 활기찬 발걸음들이 보인다. 퇴근 후에는 시원한 맥주를 마시면서 세상은 살 만한 가치가 있다고 떠들어댄다. 그런데도 나만 외로운 것 같고 나 혼자만 불행한 것 같아 견딜 수가 없다. 그러나 사람의 눈에 비친 모습들은 모두가 허상이다. 경제를 움직인다는 주식도 알고 보면 허수이다. 행복해 보이는 그 사람들도 조금만 안을 들여다보면 나와 마찬가지로 불행한 사람이다.

물질이 풍부하다고 해서 행복할 수 있을 것이라 믿는다면 오산이다.

행복이란 물질과는 반비례한다는 것을 알아야 한다. 우리는 공동체가 파괴된 순간 어느 누구도 행복할 수 없는 공동체 운명에 속해 있다. 영화 〈타이타닉〉을 보면 고귀한 신분의 귀족들과 그들을 위해 서비스하는 사람들이 등장한다. 하지만 배가 침몰하자 화려한 모든 것은 깊고 깊은 바다 속으로 사라진다. 당신이 어떤 사람이든지, 돈이 많고 적고는 중요하지 않다. 공동체는 같은 운명이며, 누군가 물질만능의 자유에 흠뻑 젖어 있다고 해도 결국 침몰하는 것은 똑같다. 타이타닉에서 살아남은 사람들은 인식을 통해 질서를 지킨 사람들이다. 누군가의 배려를 통해 혹은 자신의 목숨을 나누어 준 숭고한 사람들의 희생으로 생존한 것이다. 아무리 위험한 상황에서도 나누면 누군가는 산다. 인류가 살아남고 우리나라가 존재하려면 그리고 개인이 고귀한 생명을 유지하려면 나눔이 무엇인지 반드시 알아야 한다. 우리가 이 세상에 태어난 이유가 만일 뭔가를 나누기 위해서라면 나와 당신은 지금 직무유기를 하고 있는 것이다.

이제 우리는 나눔을 통해 행복했던 시간으로 돌아가야 한다. 그 길은 머나먼 길도 아니요, 불가능한 길도 아니다. 지금 바로 이 순간 타인에게 무엇을 받기를 바라는 마음을 버리고 무엇을 줄 것인가를 인식하면 안개 속에 가려져 보이지 않았던 길이 선명하게 보인다. 당신 눈에 그 길이 보인다면 비로소 행복으로 가는 길을 발견한 것이다. 그리고 지금부터 걸어가면 된다. 콧노래라도 흥얼거리면서 한발 한발 걸어가라. 많은 사람들이 환하게 웃으며 양팔을 벌리고 당신을 기다

리고 있다. 행복과 사랑이 가득한 잃어버린 공동체가 당신을 향해 손
짓하고 있다.

감사의 법칙

《천로역정》을 쓴 존 버니언은 "감사하고 기뻐하라. 그것만이 탐욕과 마귀의 유혹을 이길 수 있다."고 말했다. 대체 감사가 무엇이기에 사람들을 휘어잡고 있는 탐욕을 이길 수 있으며 달콤한 속삭임으로 함정에 빠지게 하는 마귀를 물리칠 수 있단 말인가. 그것은 감사가 받은 것에 대한 진심어린 표현이기 때문일 것이다. 사람이 사람에게서 받을 수 있는 것은 이루 헤아릴 수 없을 만큼 많다. 큰 것에서 작은 것 하나까지 감사할 줄 아는 사람은 누군가로부터 무엇인가를 받는다는 것이 얼마나 소중한지 아는 사람이다. 여기서 안다는 것은 배워서 아는 것이 아니다. 누군가 가르쳐주지 않아도 우리 몸에서 마치 자동적인 센서가 반응하듯이 감사의 표현이 나오는 것이다.

'고맙습니다', '감사합니다' 이런 말들을 잠깐 생각해 보고 말하는 사람은 없다. 어린아이들도 순간적으로 느끼는 감정을 진심으로 표현한다. 신기한 일이지만 감사를 가짜로 하는 사람은 없다. 존 버니언이 감사가 마귀의 유혹을 이길 수 있다고 말한 것은 바로 이 때문일 것이다. 마귀는 속이고 거짓된 존재이기에 감사라는 진실 혹은 진심 앞에서는 도망칠 수밖에 없다. 그리고 유혹이라는 단어는 앞모습은 달콤하고 아름다움으로 치장되어 있지만 뒷모습은 추하고 더러운 모습을 하고 있다. 유혹은 가짜로 다가서는 허상이다. 먹고 또 먹어도 배가 고픈 허기이다. 참을 수없는 인간의 욕망과 탐욕은 바로 유혹에서 비롯된다. 그런데도 사람들은 유혹에 빠지는 것이 행복이라고 생각한다. 이 역시 거대한 착각이다. 어떠한 유혹도 사람을 행복하게 해줄 수는 없다. 유혹의 뒤편에서 소름끼치게 웃고 있는 악한 영에 대해 안다면 유혹이 얼마나 치명적인 절망을 가져다주며 가정과 개인을 파괴한다는 것을 알 수 있다.

그렇다면 감사하고 기뻐하는 인간은 어떻게 탐욕에서 해방되고 마귀의 유혹에서 벗어날 수 있을까. 감사는 탐욕이나 유혹이 접근할 수 없는 가장 아름다운 순수이기 때문이다. 순수는 결코 치장하지도 위장하지 않으며, 거짓을 용납하지도 않는다. 하지만 순수는 강하지 않다. 어쩌면 인간 내면에서 가장 약한 모습으로 상대를 바라보는 눈빛과 같다. "고맙습니다. 감사합니다."라고 말하는 순간, 인간의 가장 약한 모습이 순수가 되어 상대에게 전해진다. 그래서 탐욕스러운 사람은 절대 감사할 줄 모른다. 마치 모든 것이 당연한 것처럼 받아들여진다면 탐욕에 눈이 멀고 귀가 막힌 건 아닐지 의심해야 한다.

존 버니언은 감사의 진리를 어떻게 알았을까? 감사가 우리 내면에서 가장 약하고 순수한 모습의 표현이라는 것을 알았을까? 분명 알았을 것이다. 마귀를 물리칠 수 있는 성스러운 그 무엇은 바로 순수만이 가능하기 때문이다. 순수는 99.9%가 아니라 100%이다. 0.1%만 죄가 있어도 순수가 아니다. 세상에 그런 사람이 어디 있느냐고 반문할 것이다. 자신 있게 말하지만, 그런 사람은 단 한 명도 없다. 하지만 사람이 아니라 감사에 대해 말하고 있음을 생각한다면 조금은 편해질 것이다. "감사합니다." 이렇게 말하는 그 짧은 순간, 바로 그 순간만큼은 순수한 사람이 될 수 있다고 말한다면 억지 표현인가. 사실이다. 자신도 모르게 감사를 느끼는 바로 그 순간이야말로 100% 순수한 사람이 될 수 있음을 존 버니언은 깨달았다.

그렇다면 우리는 하루 중에 얼마나 감사를 하며 살고 있을까. 이렇게 말하면 단순한 아라비아 숫자만을 말하는 것 같아 오해할 수도 있겠지만, 늘 감사하며 살 수 있는 방법을 찾기 전까지는 하루 중 몇 번이나 감사하며 사는지가 더 쉽게 이해할 수 있다. 여기서 감사의 대상을 꼭 사람에게 한정할 필요는 없다. 사람은 유한한 존재이고 또 내가 아는 사람들에게 생각을 고정하다 보면 감사보다는 분노나 화가 치밀어오르는 사람들이 많을 것이다. 그래서인지는 몰라도 많은 사람들이 감사의 대상을 하나님이나 부처 혹은 조상으로 정하기도 한다. 심지어 어떤 이들은 귀신마저 감사의 대상으로 삼는다.

감사하는 방법도 여러 가지이다. 예배를 드리고 제사나 굿을 하면서 감사를 표현하는 걸 보면 인간 내면에는 감사의 열정이 있는 게 분명하다. 사람들은 정확히는 알지 못하지만 감사를 통해 뭔가 자신에게 일어나길 기대하고 있는 것 같다. 일종의 기복 신앙이 감사를 통해 간혹 표출되긴 하지만, 불안한 내면세계를 평안하게 다스리고자 하는 소망이 그 안에 담겨 있을 것이다. 마음의 평안도 순수에서 비롯되는 것이기에 결국 순수와 감사가 하나라는 사실을 사람들은 알고 있는 것 같다. 즉, 감사의 법칙을 모르고서는 힐링을 할 수 없으며 감사는 현대인이 힐링하기 위해서는 반드시 알고 가야 한다. 특히 스토리텔링으로 힐링하기 위해서는 감사가 필수적이다. 우리가 태어나서 죽는 과정에서 감사만이 올바른 감정을 만들어 낼 수 있는 요소이기에 나 자신을 말하면서 감사가 빠진다면 로봇이 말하는 것과 같을 것이다.

어떤 풍요로운 감정은 받은 것에 대한 은혜를 느낄 때 비로소 마음 깊은 곳에서 만들어진다. 그러므로 감사는 기쁨과 슬픔과 행복이라는 전인적인 감정으로 나타난다. 만일 감사를 모르는 누군가가 울고 있다면 분노나 화가 나서 울고 있는 것이며 또 감사를 모르는 누군가가 기뻐하고 있다면 그건 탐욕으로 웃고 있는 것이다. 감사를 모르는 자가 행복해 하고 있다면 그 행복은 진짜가 아닌 착각이며, 만일 그 행복이 진짜라고 해도 그건 수많은 사람들의 행복을 빼앗아서 만든 고통의 산물일 뿐이다. 이처럼 감사하는 삶은 우리들 인생과 직결되어 있고 한 개인에게 있어 운명을 좌지우지하는 엄청난 능력이라는 것을 알아야 한다.

조금 철학적인 질문을 던져 보자. 당신은 지금 과거와 현재 그리고 미래 중 어느 인생을 살고 있는지 아는가. 대부분의 사람들은 당연히 현재를 살고 있다고 말한다. 그런데 조금만 생각하면 사람은 자신이 관찰한 것을 생각하면서 산다. 여기서 관찰이라는 것은 눈으로 보고 생각해서 자신도 모르게 무의식적으로 사는 것을 말한다. 예를 들어 누군가와 다투었다고 하면 그 상대가 싫으면서도 집중해 관찰하게 되고 그 관찰은 고착관념으로 발전해 나 자신을 힘들게 만든다. 며칠 전 다투었는데 현재에도 그 순간을 살고 있는 것이나 마찬가지이다. 좋지 않은 생각은 현재만 망가뜨리는 것이 아니라 다가오는 미래까지도 영향을 끼쳐 안 좋은 환경을 만들어 낸다. 알고 보면 아무런 의미 없는 과거 내 생각의 잔재에 불과한데 그 생각으로부터 벗어나지 못하고 있는 것이다. 실제로 많은 사람들이 현재의 고통스러운 상황을 타개하지 못하고 있다.

현재의 나는 내 생각의 소산이다. 현재의 내가 과거 생각의 잔재로 인하여 고통을 겪고 있다면 생각을 전환함으로써 상황을 바꿀 수 있다. 무엇보다도 원치 않는 것에 생각을 집중하고 있는 자신을 발견하는 것이 급선무이다. 방법은 참으로 간단하다. 감사하는 일에 집중하면 된다. 말로만 감사하는 것이 아니라 감정을 느낄 수 있는 감사를 발견함으로써 힘든 상황은 급반전된다. 예를 들어 차가 없어 늘 불만이던 사람은 오히려 차가 없음을 감사하면 된다. 그렇게 되면 감사는 결과를 만들어 낸다. 만일 차가 있었다면 가까운 거리도 운전을 하게 될 것이다. 하지만 차가 없기 때문에 불필요한 지출을 줄이고, 운동을 억지로 하지 않아도 체력이 향상됨을 느낄 수 있다.

또한 감사는 꼬리를 물어 새로운 감사를 만들어 낸다. 만일 감사 목록을 만들어 사용한다면 더더욱 놀라운 경험을 하게 된다. 고통과 불행으로 가득해 죽을 것만 같던 환경이 행복한 환경으로 변화되는 것을 확인할 수 있다. 가정에서 흔하게 일어날 수 있는 일 하나를 예로 들자면, 남편의 작은 행동 하나에도 아내가 고마워하면 남편은 더 좋은 행동을 하려고 기꺼이 노력할 것이다. 당신의 일상을 다른 관념에서 느끼기 시작한다면 더 좋은 일이 끌려오고 감사할 일이 더 자주 생긴다.

감사의 비밀이 밝혀지기 전에는 감사를 그냥 예의 정도로 생각한 것이 사실이다. 뭔가를 받은 것에 대한 답례를 말로 표현하는 일 정도로 여겼기 때문에 부모는 아이들에게 "고맙습니다."라고 대답하게 함으로써 예의를 가르쳤다. 그래서인지 진실과 순수가 담겨 있지 않은 습관화된 대답 정도로 전락된 느낌이다. 다시 말하지만 우리가 힐링을 하기 위해서는 감사를 꼭 알아야 하고 감사의 법칙을 통해 치유가 불가능했던 많은 것들이 치유될 수 있다는 사실을 확인하게 될 것이다.

최근에 들어서야 감사의 비밀이 과학적으로 밝혀지고 있다. 마음이 괴롭고 육체가 고통스러울 때 명상을 통해 힐링할 수 있는 방법들도 많이 만들어지고 있다. 그러한 방법들 역시 과학적으로 입증되고 있지만, 감사의 비밀이 밝혀지면서 감사야말로 사람의 마음에 완벽한 평안을 준다는 걸 알게 되었다. 이제 모든 힐링의 기본은 감사로부터 시작되어야 한다.

최근 신경심장학에서는 뇌와 마찬가지로 심장이 스스로 생각하고 뇌에 명령을 하기도 한다는 사실을 발견했다. 지금까지는 심장은 뇌

에서 명령을 받아 기능한다고 생각했는데 심장도 뇌처럼 스스로 생각한다는 것에 놀라지 않을 수 없다. 이제 사람의 마음이 심장에 있다는 말도 어느 정도 근거를 가지고 있다고 믿어도 될 것 같다. 좌절이 심장 박동을 변하게 하듯이, 감사하는 마음을 가지면 규칙적이고 아름답게 변할 수 있다. 감사의 비밀이 이처럼 심장의 역할을 통해 많이 밝혀지는 것은 어쩌면 당연한 일인지도 모른다. 감사를 통해 마음, 몸, 호흡 등 모든 신체 기능을 건강하고 아름답게 만들어 주는 감사의 마음이야말로 어떠한 건강 비법과도 견줄 만하다 .

또한 스토리텔링으로 긍정적인 뇌를 만들 수 있다. 손쉽게 할 수 있는 방법은 그날 하루 있었던 일 중 아주 사소한 일이라도 감사의 이야기를 만드는 것이다. 예를 들면 운전 중에 누군가 양보를 해주었다면 그 사람에게 감사를 하고, 누군가 자신에게 인사를 했다면 그 역시 감사하는 마음으로 대신하는 것이다. 매일 잠들기 전에 몇 분이라도 감사 훈련을 하게 되면 편안한 수면을 취할 수 있다. 이렇게 3개월 정도 습관을 들이면 우리 뇌는 자동적으로 긍정적인 신호를 보낸다. 아침에 일어나면 저절로 오늘 일어날 감사할 일에 행복해지는 자신을 발견하게 된다.

대부분의 사람들은 성공하면 행복해질 것이라 믿는다. 그런데 알고 보면 돈이 많고 성공한 사람도 불행하게 사는 경우가 많다. 실제로 자살하는 사람 중에는 돈도 많고 명예도 있는 사람들이 적지 않다. 자살은 절망과 행복지수와 상호 밀접하게 연결되어 있다. 절망 지수가 0에 가까울수록 자살 확률이 높아진다. 즉 성공한 사람도 꿈과 희망을

172

상실하고 절망하게 되면 얼마든지 자살할 수 있다는 것이다. 그러므로 성공하면 행복해질 것이라는 추상적인 바람은 버리고 행복하면 성공할 수 있다는 현재 시점의 행복을 찾아야 한다. 현재 행복한 사람이 성공하지 않는 것은 이상한 일이다.

우리는 스토리텔링으로 감사하기 훈련을 통해 얼마든지 긍정적인 뇌를 만들 수 있다. 사람의 뇌에 고착화된 긍정적인 이야기들은 나를 행복하게 만든다. 때로는 황당하고 현실에서는 불가능한 이야기를 상상으로 만들어 내는 것도 효과적인 행복을 만들 수 있다. 특히 아주 사소한 일에 연관된 '감사하기 스토리텔링'은 금방 마음을 차분하게 만들어 준다. 사실 긍정적인 마인드는 공동체를 살아가는 데 반드시 갖추어야 할 의무이다. 부정적인 정서를 발산해서 주변을 불행하게 할 권리는 아무에게도 없다. 그러므로 하루를 사는 동안 '고맙다. 감사하다'는 말을 많이 사용해야 한다. 이런 말들은 표현할수록 참 따뜻한 말이다.

사람은 자극과 반응으로 이루어진 존재라고 말했듯이, 감사를 표현하면 상대에게서 그에 따른 반응이 나온다. 그래서 감사는 나만 행복하게 하는 것이 아니라 상대방도 따뜻하게 만든다. 무엇보다 감사를 꼭 뭔가를 받았을 때만 나오는 감정이라고 생각하면 안 된다. 자극과 반응은 하나로 연결된 고리이다. 그러므로 감사는 무엇을 받는 게 아니라 주는 것에서 생성되는 것임을 알아야 한다. 끼어들기와 같은 행동으로 교통사고 유발자가 될 게 아니라, 감사를 유발하는 뭔가를 주는 사람, 즉 행복한 자극을 만들어 내는 사람이 될 때 우리 사회는 따뜻하고 아름다운 사회가 될 것이다.

1998년 하버드대학 의과대학에서 한 가지 사실을 발견하였다. 흔히 '테레사 효과'라고 하는데, 남을 돕는 활동을 하면 입안 침 속에 있는 면역성분 중 면역 글로불린 A가 급격히 증가되어 면역기능을 강화한다는 것이다. 테레사 수녀가 인도 빈민가에서 봉사하는 선행 다큐멘터리를 보는 것만으로도 우리 입안 침 속에서 면역성분이 대량으로 생성될 수 있다. 이처럼 타인의 선행을 지켜보기만 해도 우리 몸은 스스로 힐링을 시작한다. 그런데 만일 자기 자신이 직접 선행을 실천한다면 어떻게 되겠는가. 누군가의 선행 스토리텔링만으로도 힐링이 가능한데, 자신이 직접 만들어 내는 선행 스토리텔링은 얼마나 커다란 치유를 만들어 낼 수 있겠는가.

감사는 누군가의 선행에서 시작되는 것이기에 감동받는 것이다. 내가 감동할 때 선행을 한 사람의 몸에서 치유가 시작되는 것, 그게 바로 감사의 법칙이다. 미국 오바마 대통령을 최초의 흑인 대통령으로 당선시킨 것은 그가 스토리텔링으로 국민들의 감성에 호소했기 때문이다. 다시 말해 그는 흑인이라는 자신과 관련된 진실이 담긴 이야기로 국민들의 마음을 움직였고, 그 마음이 하나가 되어 역사상 최초의 흑인 미국 대통령이 탄생하게 되었다.

흔히 다른 사람의 이야기를 마음으로 듣는 것을 공감이라고 한다. 실제로 자신과는 무관하며 자신에게 일어나지 않는 상황을 단순히 보고 듣는 것만으로 공감하고, 하나가 될 수 있는 것은 우리 인간이 처음부터 혼자서는 살 수 없는 공동체 이야기로 짜여 있기 때문이다.

아기들이 혼잣말로 옹알이를 하는 것도 언어를 배우기 위한 스토리텔링이라는 사실이 최근에야 비로소 밝혀졌다. 아기들의 옹알이는 내가 누구이고, 무엇을 할 수 있으며, 다른 사람은 누구이고, 다른 사람은 나를 어떻게 보는지, 그리고 무엇을 해야 하고, 무엇을 하지 말아야 할지를 스토리텔링 독백을 통해 연습하는 것이다. 이처럼 이야기를 하고 싶은 욕구가 언어를 배우기 이전부터 이미 준비되어 있다는 사실을 볼 때 모든 사람은 스토리텔링 유전자를 가지고 있다고 말할 수 있다. 그러므로 이야기를 삶의 도구로 사용하는 것은 어쩌면 당연한 일이다.

감사의 법칙을 알기 위해서도 스토리텔링은 필수적이다. 이 시대에 스토리텔링이 등장한 것은 우연이 아니다. 비로소 물질만능주의에서 감성으로, 뇌에서 심장으로 바뀌는 시대가 온 것이다. 기업의 상품에서 개인의 사생활까지 이야기가 없는 것은 도태되고 사라진다. 이처럼 스토리텔링은 새로운 시대를 예고하고 있다.

사람의 마음을 움직이는 스토리텔링에서 가장 중요한 것은 하나같이 어려움을 극복하는 갈등의 과정을 거친다는 것이다. 스토리텔링에서 갈등이나 고통은 부정적인 것이 아니라, 오히려 갈등과 고통을 해소시킴으로서 감동적인 메시지를 전달한다. 그래서 좋은 스토리의 힘은 어려운 배경과 갈등에서 나온다. 갈등이 뚜렷할수록 갈등을 풀어내는 스토리의 힘은 강해진다. 김연아가 나오는 광고 속에는 김연아가 갈등을 통해 성공한 스토리가 숨어 있다. 광고를 보면서 사람들은 특정 제품을 사는 것이 아니라 김연아의 성공스토리를 무의식적으로 사고 있는 것이다. 이것이 스토리 광고의 배경이다. 감사의 법칙은 김연아의 성공스토리처럼 그 어떠한 것에도 배경으로 깔려 있다. 그래서 알고 보면 알몸으로 왔다가 알몸으로 돌아가는 사람은 이 세상 그 어느 것에도 감사하지 않을 수 없다.

　미래 사회는 인간의 꿈과 감성이 지배하는 이른바 드림 소사이어티 시대이다. 따라서 꿈과 감성의 욕구를 충족시킬 수 있는 자신의 이야기를 찾아야 한다. 감사할 수 있는 이야기를 많이 만들어 내는 사람은 오래 살 것이다. 삶의 방식이나 문화 방식에서도 이야기는 기본이다. 이야기 없는 문화는 불가능하며, 개인의 삶의 존재도 무가치해진다. 이야기는 이성을 상징하는 뇌에서 감성을 상징하는 심장으로 옮겨가게 만든다. 다시 말해 삶의 질이 모두 감성적인 경험으로 바뀌어 가고 있다.

　현대인은 끝없는 이야기 욕구 속에서 이야기를 생산하고 소비한다. 디지털 시대의 다양한 욕망들이 이야기를 통해 요구된다. 정보가 아닌 이야기에 대한 욕망이 기계처럼 문명화되어 가고 있는 디지털 시대에 인간의 내면 밑바닥에서 꿈틀대고 있는 것이다. 은둔형 외톨이들을 쏟아낸 디지털 문명은 이제 감성적인 인간들의 저항에 부딪히게 되었다. 바야흐로 스토리텔링 시대인 것이다. 우리는 수많은 물건들 중에서 자신에게 말을 걸어오는 물건에 귀를 기울일 것이며, 스토리텔링으로 사랑을 고백하는 남녀가 아름다운 사랑을 성취할 것이다.

이제 이야기는 새로운 이야기를 끌어들이며, 공감이라는 거대한 사랑으로 태어나 우리에게 새로운 열정의 시대를 살게 할 것이다.

20세기 이성중심주의 시대를 넘어 정보와 기술로 가득한 디지털 시대인 21세기는 지나친 기술 발달로 오히려 인간이 소외당함으로써 더욱 더 많은 이야기에 대한 꿈을 만들었다. 아이러니하게도 인간은 상상력과 이야기를 통해 기술을 발전시켰지만, 또 이야기를 통해 디지털에서 아날로그 시대를 꿈꾸고 갈망한다. 이제 이야기로 나를 표현하고 나의 가치를 드러내는 것이 가장 중요한 소통 방식이 되었다. 다른 사람의 이야기를 들으면서 공감하고, 하나가 되는 일치감을 보여주는 소통은 이야기를 통해 타인과 나를 연결시켜 주는 기적을 만든다. 사람들은 당신의 이야기에서 바로 자신의 이야기를 발견할 것이고, 공감을 통해 감사의 법칙을 알아가게 된다.

누군가에게 감사한다는 것은 이야기를 나누는 것이다. 그 이야기는 나와 상대의 가슴 깊은 곳에서 힐링을 만들어 낼 것이며, 그 힐링을 통해 서로가 하나임을 확인하게 되는 시대가 스토리텔링으로 힐링하는 시대이다. 다시 말하지만 지난 20세기는 이성 중심이었다. 이성이 생각이나 가치 판단 혹은 모든 문화를 획일적으로 만들었다면, 감정은 다양성과 다변화를 창조한다. 사람들의 마음을 사로잡는 이야기를 통해 기업은 브랜드 스토리를 지향하고, 개인은 감동을 주는 이야기를 통해 행복을 만들어 낸다.

둥지 안 독수리 알은 자신의 세계를 반드시 깨야 살 수 있다. 두렵고 떨리더라도 더 큰 세상을 위해 자신의 껍질을 과감히 깨고 나와야 한다. 이처럼 타인에게 감동을 주는 이야기는 자기 자신의 세계를 깨야만 비로소 가능하다. '내 안에 있는 적을 극복하는 순간 내가 징기스칸이 되었다'는 이야기처럼 나의 이야기도 고통과 고난을 이겨내야 한다.

감사의 법칙은 이런 내 이야기를 만드는 방법이다. 가장 고통스러울 때 원망보다는 감사를 해보면 감사의 진리를 알 수 있고, 마음이 슬프고 답답할 때 억지로라도 감사하고 미소 지으면 그 환경에서 벗어날 수 있다. 가난 때문에 마음이 아플 때는 그나마 있는 것에 감사하고, 몸이 아플 때는 아직 살아 있음에 감사해 보자. 감사의 법칙이 우리를 행복한 세상으로 인도할 것이다.

울어라, 힐링이다

　모든 사람은 태어나면서 운다. 엄마 배 속에서 떠나는 것이 서러워서인지 이 세상에 대한 두려움에 대한 표현인지는 모르겠으나, 태어나면서 울지 않는 사람은 없다. 이상한 일이지만 울지 않고 태어나는 아기는 아프다. 그렇다면 태어나는 아기가 소리 내어 운다는 것은 "엄마, 나 건강해요."라는 최초의 언어인지도 모를 일이다. 이때 대부분의 남자들은 분만실 밖에서 안절부절 귀를 쫑긋 세우며 아기 우는 소리를 기다린다. 그러다가 문틈으로 건강한 울음소리가 들려오면 처음에는 어설픈 미소와 함께 기쁨이, 곧이어 가슴 깊은 곳에서 뭔지 알 수 없는 애틋한 슬픔이 느껴진다. 기쁜 감정과 아련한 슬픔이 합해져 묘한 행복감을 만들어 낸다. 여기서 알 수 있는 것은 행복이 단지 기쁜 감정에서만 생겨나는 것이 아니라는 점이다. 말로는 표현할 수 없는 무언가 서글픈 감정이 기쁜 감정과 뒤섞여 묘한 감정을 느끼게 하는 것이 행복한 감정의 표현이 아닌가 싶다.

아이가 태어나는 걸 보면 여간 신비한 일이 아니다. 남녀가 사랑을 하고 정자와 난자가 만나 어쩌고 저쩌고를 말하려는 것이 아니다. 아기가 자신이 나올 때를 안다는 사실이 신비하다. 엄마 배 속에서 사랑과 관심으로 모든 것을 공급받으며 살다가 때가 되어 밖으로 나오는 걸 보면서 도대체 어떤 느낌을 통해 밖으로 나가야 한다고 결정하는 것일까 궁금하다. 아기로서는 분명 엄청난 모험, 생명을 건 도전이자 최초의 선택이 이루어지는 순간이 아닐 수 없다. 자신의 운명을 건 과감한 선택을 할 수 있는 용기와 힘은 무엇으로부터 나올까. 나는 그건 바로 우는 힘일 것이라고 생각한다. 울 준비가 되어 있는 아기는 고통과 고난을 맞이할 준비를 끝낸 것이다.

사람은 세 번의 인생을 산다. 엄마 배 속에서 10개월 그리고 태어나서 80년, 나머지는 죽어서의 영생. 최초의 인류 조상인 아담과 이브가 죄를 짓고 에덴동산에서 쫓겨난 사건을 두고 사람들은 실낙원(失樂園), 그러니까 '잃어버린 낙원'이라고 부른다. 한 번의 실수로 인해 낙원을 떠나야했던 두 사람은 모르긴 해도 창조된 이후 처음으로 슬프게 울었을 것이다. 성경에 빗대어 얘기를 하자면, 엄마 배 속은 아기에게 있어 낙원이다. 우리가 쉽게 엄마 배 속이라 부르지만 아기집이 자궁이라는 것을 누구나 안다. 히브리어로 자궁은 '궁휼'이라는 말로도 쓰이는데, 이는 '불쌍히 여긴다'는 뜻이다. 어쩐지 일맥상통하는 느낌이다. 아기가 자궁에서 나온다는 것은 낙원을 잃어버리는 동시에 엄마와 하나로 연결되어 있는 모든 것을 단절해야 한다는 의미이다.

엄마와 한 몸이 되어 모든 사랑을 공급받아 온 자궁 안에서 떠난다는 건 아기로서는 정말 불쌍한 일이다.

에덴을 잃어버린 순간, 우리에겐 수많은 고통과 고난이 예고되어 있었다. 최초의 인류 조상이 에덴을 떠나며 울었던 것처럼 아기는 버림받은 슬픔에 우는 것이다. 이 대목에서 보면 아기가 스스로 선택해서 밖으로 나온 것이 아니라 어쩔 수 없이 떠나야 하는 운명인 듯 보인다. 그러나 모든 아기들은 곧이어 울음을 멈춘다. 그리고 며칠이 지나면 호기심어린 눈으로 세상을 향해 눈동자를 움직인다. 개인적인 생각인지 모르지만, 그 눈빛에는 에덴을 찾으려는 간절함이 배어있다. 아기는 금방 잃어버린 실낙원, 자궁이었던 존재를 발견한다. 바로 엄마이다. 자신을 향해 미소 짓는 존재를 발견한 순간 비로소 아기는 안심한다. 여기서 엄마는 또 누구이며 아기와는 어떤 관계인지 궁금하지 않을 수 없다. 엄마와 아기라는 말로 단순히 표현할 수 없는 무한한 신비를 지니고 있기 때문이다. 흔히 하나님이 너무 바빠서 대신하여 보낸 존재가 엄마라고 비유하듯, 엄마는 아기를 지켜주는 천사처럼 느껴진다.

여자는 처음 아기를 낳는 순간 엄마로 다시 태어나고, 아기를 처음 본 순간 아기의 모습에서 잃어버린 자신을 본다. 에덴에서 쫓겨나던 자신의 아련한 모습이 아기를 통해 투영되면서 전율을 느낀다. 그리고 자신 또한 처음 엄마의 자궁에서 나왔을 때 울었던 경험이 무의식을 통해 되살아난다. 이렇듯 우리는 대를 이어 최초의 인류와 연계되어 있고, 엄마와 아기는 분리되어 생각할 수 없는 하나의 존재임을 발견한다.

　그러므로 아기가 처음 태어나면서 울었다는 것은 바로 내가 울었다는 뜻이 된다. 우리가 아이들을 키우면서 경험하지만, 사람이 우는 것에도 몇 가지 다른 의미가 있다. 배가 고프다는 것을 알리기 위해서도 울지만, 대소변을 싸거나 몸이 불편하고 아프다는 걸 표현하기 위해서도 운다. 조금 큰 아이들도 뭔가를 사달라며 무작정 떼를 쓰고 울어댄다. 어디 그뿐인가. 누군가에게 상처를 받아도 울고, 화가 나 분노 때문에도 운다. 또 사랑하는 사람과 헤어졌을 때도, 가족이나 친구가 죽었을 때도 통곡하며 운다. 이렇게 '운다'는 것은 사람들의 삶과 밀접한 관계가 있다.

　그동안 우리는 우는 것에 대해 무관심해 왔다. 많은 연구를 통해 기쁨을 표현하는 웃음은 우리 몸에 이로운 물질을 생성한다는 것을 발견했다. 심지어 웃음치료사라는 직업도 생겨났다. 그래서인지 최근에는 억지로 웃는 모습들을 주변에서 심심치 않게 본다. 이렇게 웃음은 억지로라도 웃을 수 있지만 우는 것은 결코 억지로 안 된다. 혹자는 무슨 소리냐, 배우들은 얼마든지 억지로 운다고 반박할 수 있다. 또 자기 주변에는 연기하듯이 거짓으로 잘 우는 사람들이 여럿 있다고 말할지도 모른다. 하지만 그건 모르는 소리이다. 어느 누구라도 억지로 울 수 있는 사람은 없다.

　울음에는 반드시 스토리가 있어야 한다. 감정을 몰입할 수 있는 사연이 있어야만 가능하다. 화가 나게 하는 이야기든 억울하게 당한 이

182

야기든 슬픈 이야기이든 모든 사람은 스토리가 있어야 눈물을 흘릴 수 있다. 누군가 울 때 사람들은 왜 우느냐고 묻는다. 사실 이 질문은 스토리텔링을 해달라는 뜻이다. 다른 말로 하면 당신이 왜 우는지 이야기를 해줘야만 내가 듣고 공감할 수 있지 않겠느냐는 것이다.

실제로 우리는 다른 사람의 이야기를 공감하며 함께 울 수 있는 능력이 있다. 그런데 굳이 이야기를 듣지 않아도 상대가 우는 걸 보면서 그냥 따라 우는 사람도 많다. 우는 것, 특히 눈물 속에는 이처럼 금방 전이되는 공감 바이러스가 있다. 우는 이유를 말하지 않았는데도 앞서 말한 것처럼 엄마가 아이를 보면서 자신을 발견하듯이 우는 상대를 통해 자신을 공감하는 것이다.

그렇다면 웃음의 반대가 울음일까? 웃는 사람은 행복하고 우는 사람은 불행할까? 그리고 웃는 사람에게는 몸에 이로운 물질이 생겨나고 우는 사람에게는 해로운 물질이 생성되는 것일까?

웃음이 몸에 이로운 물질을 생성한다면 눈물은 사람의 마음을 치유한다. 사랑의 성분을 분석할 수 있다면 틀림없이 눈물과 같은 성분으로 이루어졌을 것이다. 사랑을 하게 되면 화가 나서도, 슬퍼서도, 또 행복해서도 울게 된다. 신기한 것은 눈물 성분이 각기 다른 느낌이라는 사실이다. 사람들은 눈물이 짜다고만 알고 있다. 우리 몸이 염분이 많아서라고 생물학적인 해석들을 내놓는다. 물론 눈물을 맛본 사람들은 그 눈물이 짜다는 것을 안다. 그런데 눈물 맛을 보면 그 눈물을 흘리게 된 배경, 그러니까 우는 스토리에 따라 눈물의 맛이 다르다는 걸 깨닫게 된다.

눈물 맛은 세 가지로 구분할 수 있다. 첫째, 화가 나거나 분노를 느끼는 때의 눈물은 짜면서 몹시 쓴 맛이 난다. 둘째, 슬퍼서 흘리는 눈물은 짜면서 신맛이 난다. 마지막으로 행복해서 흘리는 눈물의 맛은 짜면서 달다. 음식 맛으로 표현하면 간이 딱 맞아 맛있다. "에이, 말도 안 돼!"라고 말하는 사람이 있다면 울 때마다 맛을 음미해 보길 바란다. 내 말이 사실이라는 걸 알게 된다. 분노를 느끼게 되면 우리 몸에서 좋지 않은 독소가 생성되는 것을 눈물의 맛을 통해서도 알 수가 있다. 그리고 슬픔으로 인하여 신맛이 나는 것은 눈물이 우리 몸을 중화시키는 작용을 한다는 걸 알 수 있다. 신맛은 식초처럼 뭔가를 삭히는 데 유용한 것이기에 슬픈 감정이 들어 우는 것은 우리 몸을 치유하는 성분이 생성되는 것을 의미한다.

특히 울고 나면 마음이 편해지는 것은 슬픈 감정으로 우는 것이야말로 마음을 힐링할 수 있는 가장 효과적인 방법이라는 걸 증명한다. 기뻐서 웃는 것의 반대가 되는 슬퍼서 우는 것이 사람에게 해가 될 것이라고 생각했다면 이 말이 조금은 아이러니하게 느껴질 것이다. 하지만 앞서 언급한 에덴동산에서 쫓겨난 인류 조상이 흘렸던 눈물을 생각하면 금방 답을 얻을 수 있다. 그 눈물은 다름 아닌 회개의 눈물인 것이다. 사람이 느끼는 슬픔 속에는 이처럼 회개의 마음이 녹아 있다. 그 대상이 누구이고 무엇이든지 그 슬픔과 눈물 속에는 미안함이 들어 있다. 미안함을 안다는 것은 내가 무엇을 잘못했다는 걸 안다는 의미이며, 그 미안함을 통해 깨닫는 걸 말한다. 그리고 행복해서 흘리는 눈물이 짠맛과 단맛으로 적절한 조화를 이루는 것은 사람은 행복할 때 몸과 마음이 가장 조화로운 상태가 되는 걸 의미한다. 그래서 행복한 삶이야말로 우리 인간의 몸과 마음을 가장 건강하게 만들 수 있다.

앞서 사람은 억지로 울 수 없고, 울기 위해서는 반드시 그에 합당한 스토리가 있어야 한다고 말했다. 누군가 당신 앞에서 울고 있다면 연기가 아닌 진짜 울고 있다는 걸 이해해야 한다. 그래야만 당신을 통해 울고 있는 대상이 치유받을 수 있고 당신이 공감하게 되면서 울고 있는 사람의 고통이 반감될 수 있다. 지금 당신 앞에서 아이가 울고 있다면 당신 생각대로 판단하지 말고 아이가 울고 있는 이유를 들어주려고 노력해야 한다. 무언가를 사달라고 떼를 쓰는 상황에서도 무조건 안 된다는 말로 소통을 단절하지 말고 거절해야 하는 합당한 이야기를 통해 아이가 공감하도록 해야 한다. 또한 당신 아내가 울고 있다면 먼저 당신도 함께 우는 방법을 찾아야 한다. 아내가 울고 있는 사연은 바로 내 이야기이기 때문이다. 아내가 울고 있다는 건 지금 내가 쓰고 있는 인생 이야기가 잘못 쓰이고 있다는 걸 뜻하기 때문이다. 대부분의 아내는 남편의 이야기를 무조건 들어주는 '왕팬'이기 때문이다. 그런 아내가 울고 있다면, 그것도 화가 나 울고 있다면 내 이야기를 과감히 고쳐 써야 한다. 잘못 전개되는 이야기는 사람들에게 감동을 주지 못한다. 더욱이 아내를 분노로 울게 하는 이야기는 다른 사람에게도 불행의 바이러스를 전하게 될 것이다.

이쯤 되면 트집 잡기 좋아하는 독자는 "그렇다면 슬프게 하는 것은 괜찮겠네."라고 말할 것이다. 그건 오해이고 오인이다. 앞서 말한 슬픔

은 타인이 강제로 만들어 내는 슬픈 감정을 말하는 것이 아니다. 만일 누군가 나를 슬프게 해서 울고 있다면 그건 진짜 슬퍼서가 아니라, 화가 나고 분해서 우는 것임을 알아야 한다. 진짜 슬픔은 내 안에서 일어나는 잔잔한 파도와 같은 감정이다. 바람이 불어와도 바다가 스스로 움직이지 않으면 물결이 잔잔한 것처럼 내면 깊은 곳에서 일어나는 슬픔만이 신맛을 내는 눈물을 만들 수 있다.

요즘 들어 우는 남자들을 종종 본다. 이 글을 통해 고백하지만 사실 나도 그중 하나이다. 부끄러운 얘기지만 나도 자주 운다. 시도 때도 없이 참을 수 없는 눈물이 흐른다. 지금까지 인생을 살면서 실패도 여러 번 있었고 성공도 해보았다. 그래서인지 가슴속에 분노와 슬픔 그리고 행복했던 기억들이 뒤섞여 있다. 살아온 인생 전반에 걸친 스토리들이 가슴을 아프게 만든다. 돌아보면 내게 상처를 준 사람들보다 내가 상처를 준 사람들이 많은 것 같아 마음이 아프다. 이상한 건 나이가 들면서 내게 상처를 준 사람들은 잘 떠오르지 않고 나 때문에 마음 아파하던 사람들이 더 기억난다는 사실이다. 망각을 통해 내 상처가 아문 것은 알겠는데, 내가 상처를 준 사람들에 대한 기억이 더 또렷해지는 건 나이 들면서 철이 들어서가 아닐까. 물론 상처받은 사람들도 나처럼 망각을 통해 치유되었을지 모른다. 하지만 상처는 흔적이 남는다. 혹시라도 이 글을 읽게 된다면 용서를 구하고 싶다.

방향이 조금은 빗나간 느낌이지만, 나 역시 남성이기에 남성들이 우는 시대가 온 것을 통감한다. 여성들이 울지 않으면 살 수가 없다는 말은 많은 이들이 공감하는데, 남자가 우는 것을 용인하는 사회적인 분위기는 아직 아닌 듯하다. '남자는 일생에 단 세 번 울어야 한다'는 말로 자주 우는 남자를 못난 남자로 취급했다. 그리고 울어도 눈물을 보이지 않거나 다른 사람들이 보지 않는 곳에서 울어야 한다며, 남성들이 우는 걸 필사적으로 막았다. 어쩌면 그것도 남존여비 사상에서 나온 기득권을 가진 남자들의 자기방어였는지도 모른다. 그러나 분명한 건 남성들도 이제 대놓고 우는 시대가 온 것이다. 뛰어난 여학생들에게 밀리고 명예퇴직을 당하고 가부장제도나 효도가 사라져가는 시대에서 남성들이 설자리를 점점 잃어가고 있는 것이다.

알고 보면 남성은 울고 싶어도 잘 울지 못하는 구조로 되어 있다. 지나치게 형이상학적인 것인지는 몰라도 여성이 감정적 존재인 반면 남성은 이성적인 존재이다. 쉽게 표현하면 눈에 보이는 건 믿고 눈에 보이지 않는 건 잘 믿지 않는 존재가 남자들이다. 그런 남성과는 반대로 여성은 눈에 보이는 것보다는 눈에 보이지 않는 걸 더 잘 믿는다. 그래서 남성들은 정보처리 능력이 빠르다. 별로 깊게 생각하지 않고 처리하기 때문에 속도가 빠르다. 이걸 여자 입장에서 해석하면 무척이나 단순하게 사는 걸 말하고, 아무 생각 없이 일을 잘 저지른다는 말이 된다. 반면에 여성들은 정보처리 능력이 현저히 느리다. 눈에 보이는 걸 하면서도 동시에 딴 생각을 하고 있기 때문에 일 처리 속도가 느린 것이다. 이걸 남성 입장에서 해석하면 여우처럼 잔머리만 굴린다는 말이 된다. 이처럼 여자와 남자는 정보처리 하나만을 두고 비교해도 완전히 다르다.

과거에는 남자들이 직접 사냥을 해서 가족을 부양해야 했고 여자들은 남자가 오늘은 뭘 잡아 올까 상상하면서 기다렸다. 하지만 사냥하는 여성들이 많아진 현대에는 남성들이 잔머리를 굴리면서 여자가 뭘 잡아올지 상상하고 있는 건 아닌지 모르겠다. 어쨌든 우는 남성들이 늘어나고 있는 건 사실이다. 요즘 드라마를 봐도 잘 생긴 남자들이 우는 장면이 많이 나온다. 여성 시청자들의 모성애를 자극해 시청률을 올리려는 전략이라고 말할 수도 있겠지만, 방송이란 사회적인 현상을 반영하는 것이기에 그 의미가 크다. 그래서인지 남성들이 우는 것도 별로 이상하지 않은 시대를 살고 있다.

　그렇다면 이제 스토리텔링 방식으로 왜 남자가 우는 시대가 온 것인지 접근해 보자. 사실 남성들이 우는 이유를 알아야 한다는 건 시간 낭비인지 모른다. 왜냐하면 여성들이 울지 않고는 못 사는 이유를 알면 그 안에 답이 모두 있기 때문이다. 남성에 비해 공감 능력이 월등한 감성적인 여성들이 이미 체험한 것을 시대가 한참 지나서야 남자들이 알게 되고 걸음마처럼 겨우 따라하고 있기 때문이다.

　여자가 정보처리를 하면서도 딴 생각을 하고 있다는 말은 여성의 감성을 표현한 말이다. 그리고 감성은 상상력과 직결된다. 그래서 여성은 상상력이 풍부하다. 또한 상상력은 어떤 사물에 대한 공감능력이 연계되어야만 극대화된다. 아이들을 대상으로 하는 실험에서 여자아이가 남자아이에 비해 공감능력이 훨씬 월등하다는 것이 증명되었다. 이처럼 공감은 여성들의 대표적 특징이다. 다시 말해 공감은 그 사람 혹은 그 대상의 입장이 되는 능력이다. 즉 그 사람의 마음속에

들어가서 '그 사람은 이럴 것이다'하고 이해하는 것이 바로 공감이다. 여성이 공감 능력을 바탕으로 뭔가를 상상한다는 건 스토리 만들기를 좋아한다는 뜻이다.

실제로 여자들이 만들어 내는 수많은 이야기를 통해 세상이 재밌게 돌아간다. 남성은 그걸 수다라고 말할지 모르지만 여성들이 만들어 내는 이야기가 없다면 세상은 죽은 사회가 될지 모른다. 어디 그뿐인가 여성들은 각색 능력도 뛰어나다. 누군가 스토리를 만들어 내면 곧바로 살을 붙이고 양념을 쳐서 새로운 이야기로 확대·재생산한다. 때로는 그 내용이 처음과는 너무 다르게 각색되어 이상한 소문과 험담으로 변질되고 많은 사람들을 힘들게 하거나 아프게 하기도 하지만 말이다. 따라서 여성은 이야기를 통해 자신의 존재감을 알리고 확인하면서 사는 감성적이고 생물학적으로 스토리 생산 능력을 가진 엄청난 존재이다. 그런 여성들에 비해 남성들은 체계화 능력이 강하다. 체계화 능력이란 무엇이 어떤 구조나 시스템에서 움직이는지를 빨리 잡아내는 능력이다. 사실 이런 능력은 사냥하는 데 유용한 냉철한 판단력과 직결된다. 그래서 대부분의 연쇄 살인범들은 남자인지도 모르겠다.

유전적으로 상대를 이해하는 공감 능력을 가진 여성들은 상대의 아픔을 함께 느끼는 반면에 남성들은 상대의 아픔을 이해하는 정도로 그친다. 그런데 환경이 변하면서 남성들의 내면에도 변화가 일어나기 시작했다. 수렵시대나 농경사회 그리고 거친 산업사회를 지나 정보화시대가 오면서 남성들의 생활환경도 급속히 변화했다. 손가락으로 일을 처리하고 스마트 폰을 통해 세상을 보는 편한 세상이 왔다. 남성들은 거친 환경과는 거리가 먼 일상을 살면서 빠르게 여성화되고 있다. 나쁜 남자가 인기 있는 것은 어쩌면 젊은 남성들의 여성화와도 무관하지 않을 것이다. 나쁜 남자를 옹호하려는 게 아니다. 많은 남성들이 울기 시작했다는 것은 폭력의 시대가 마감했다는 걸 의미한다. 상대를 이해하는 것만이 배려라고 알고 있었던 남성들이 상대의 마음과 하나가 되는 공감 능력을 알기 시작했다는 건 긍정적이다.

물론 공감 능력은 선천적이다. 배운다고 해서 하루아침에 만들어지는 게 아니다. 외부의 어떤 자극을 통해서 생겨날 수도, 배울 수도 없는 것이 공감 능력인 것을 알 때 남성들이 우는 이유가 꼭 공감에서 비롯되어진다고는 볼 수 없다. 하지만, 변화가 시작된 것은 분명하다. 많은 남성들이 여성처럼 상대를 공감하려고 애쓴다는 사실은 이해를 넘어서 상상을 통해 내면의 스토리를 만들기 시작했다는 뜻이다.

누군가를 불쌍히 여기면 눈물이 나야 정상이다. 불쌍히 여기는 마음은 불쌍한 상대와 하나가 되는 공감에서 비롯되어진다. 불쌍히 여기는 대상과 나를 분리해서는 생각할 수 없는 스토리가 공감 속에 이미 담겨 있는 것이다. 상상력을 통해 이야기를 만들어 낼 수도 있지만 사실 모든 인간은 남녀를 불문하고 타고난 공감 능력, 즉 스토리를 하나로 연계시키는 능력이 있다.

인간이 선하다는 사실은 누군가를 불쌍히 여기는 스토리가 즉각적으로 생겨나는 걸 말한다. 만일 불쌍한 대상을 보고도 그런 감정이 생기지 않는다면 자신을 돌아보아야 한다. 왜냐하면 인간이 아니기 때문이다. 그리고 울고 싶어도 울 수 없거나 슬픈 감정이 들지 않는다면 그 역시 인간이 아니다. 인간의 모습을 했다고 해서 모두 사람이라고 말할 수는 없다. 인형을 사람과 똑같이 만들었다고 해서 인간이 될 수 없는 것처럼 인간이 되기 위해서는 조건이 필요하다. 마찬가지로 스토리를 만들어 낼 수 없는 인간은 사람이 아니다. 스토리 중에서도 가장 기본이 되는 불쌍한 대상을 보면서 만들어지는 서글픈 공감 능력이 없다면 그는 생명이 없는 기계나 마찬가지이다. 로봇은 울 수가 없다. 그러나 로봇이 울 수도 있는 최첨단 과학의 시대에 자신이 어떤 사람으로 살고 있는지를 깨닫지 못한다면 참으로 불쌍한 일이 아닐 수 없다.

스스로 생각할 수 있는 자가 바로 '나'이다. '너 자신을 알라!'는 위대한 명구 앞에 우리는 한번쯤 고개 숙여 진지하게 고민해 봐야 한다. 누군가를 불쌍히 여기지 못하는 내가 울고 있다면 화가 난 것에 지나지 않는다. 그런 쓰디쓴 눈물에 공감할 수 있는 사람은 없다. 당신이 울고 있을 때 누군가 당신 곁에서 소리 없이 울고 있다면 비로소 당신은 사람이 된 것이다.

우는 남자들이 더 많아지고, 남자가 울지 않으면 못 사는 세상으로 바뀌었으면 좋겠다. 그것도 화가 나고 억울해서 쓰디쓴 독을 뿜어내며 우는 남자들이 아니라, 누군가를 불쌍히 여기는 공감 능력을 습득한 남자들이 여기저기서 울고 있다면 세상은 얼마나 아름다울까. 거울을 통해서 내 모습을 보듯이 불쌍한 대상을 보면서 불쌍한 마음이 생겨나는지 아닌지를 관찰하는 내면의 성찰이 필요하다. 또한 눈물의 원천과 함께 태어나는 무수한 내 안의 스토리들이 바로 내 모습이며,

그 이야기를 통해 다른 사람들과 얼마나 조화롭게 사는가가 행복의 조건임을 알아야 한다.

우리 인간은 서로의 이야기를 먹고 사는 존재이다. 서로의 이야기를 공감하면서 슬픈 눈물을 흘리는 사람들이 많아야 세상이 아름답다. 지구라는 이 아름다운 행성으로 여행 온 사람들끼리 저마다 자기별에 대해 이야기하면서 슬픈 눈물을 흘린다면 얼마나 감동적일까. 그러나 이상하게도 사람들은 자기별에 대해 말하지 않는다. 타고난 이야기꾼이 바로 우리들인데도 자신의 존재에 대해서는 말하지 않고 있다. 나는 어디서 왔으며 어떻게 이 행성에서 사랑하는 사람을 만나 가족을 이루고 사는지 저마다 감동적인 스토리가 있는데도 숨기고 있다. 이는 이야기 중 핵심이 빠진 것이다.

내가 주인공인 삶에서 내 이야기를 말할 수 없는 건 왜일까. 그건 다름 아닌 다른 사람들의 뛰어난 각색 능력 때문이다. 내 진실을 말하는 순간 살을 붙여 비만으로 만들어 버리는 안티 때문에 상처로 돌아오는 게 무섭고 두려워서이다. 온통 거짓으로 가득 차 있는 세상에서 진실은 많은 걸 불편하게 만들고 자유를 작은 상자 속에 가두고 만다.

사람의 정신과 육체는 '존재의 이유'라는 이야기를 통해 하나로 연결되어 있고, 다른 사람과도 밀접하게 연결되어 있다. 그러므로 내가 어느 별에서 왔는지, 또 나는 누구인지, 내가 무슨 생각을 하고 있는지를 스토리를 통해서 소통하지 않으면 안 된다. 그 메커니즘이 깨졌다면 행복한 삶을 상실한 것이다. 마음이 아픈 것은 물론이고 정신마저 균형을 잃고 혼란을 겪을 게 분명하다. 어디 그뿐인가. 그런 사람들은 뒤이어 찾아오는 육신의 질병을 피할 수가 없다.

스토리텔링으로 힐링한다는 것은 모든 걸 정상으로 돌리는 방법이다. 깨진 조각들을 하나씩 다시 맞추기보다는 망가진 정신과 육체를 다시 합해 새로운 나를 만드는 작업이다. 힐링이 난무하는 세상에서 근본적인 힐링은 내 진실을 다른 사람들에게 말할 수 있는 스토리텔링을 통해서만 가능하다. 거짓은 결코 소통할 수 없다. 거짓과 거짓은 부정을 생산할 뿐이고, 진실과 진실만이 긍정을 낳을 수 있다.

지금 마음이 아프다면 실컷 울어라. 우는 것이 힐링이다. 그러나 정말 슬퍼서 울어야 한다. 모든 감정을 몰입해 진심 어린 눈물을 흘릴 때 어떠한 마음의 병도, 우울증도, 육체의 질병도 치유할 수 있다.

슬픈 눈물을 자주 흘리는 사람들은 어느 순간 마음이 깨끗해지는 것을 느낀다. 자신도 모르게 다른 사람과 다른 사물을 긍정으로 바라보는 자신을 발견하게 된다. 그리고 새로운 이야기를 끊임없이 쏟아내는 열정적인 사람으로 변화될 수 있다. 하지만 한 가지 진실만을 지나치게 강요하다 보면 자칫 권태에 빠질 수도 있다. 진실 속에 적당한 살을 붙여 재미를 더해야 희극이 될 수 있다. 물론 인생이라는 것이 늘 해피엔딩으로 끝나는 것은 아니다. 누구에게나 비극은 있고 감당하지 못할 슬픔이 있다. 단지 우리 인생이 하나의 스토리로 이어져 있고 우리 자신이 어떤 이야기를 생산해 내는지에 따라 행복의 조건이 달라질 수 있다. 모든 행복의 절정은 고난과 고통을 통한 불행이라는 그림자를 극복할 때 주어진다. 그러므로 어두운 그림자가 나를 덮친다고 해도 그 스토리만 바꾼다면 고통에서 벗어날 수 있다.

성경에서 가장 감동적인 부분은 죽은 나사로를 살리기 전에 예수님이 울고 있는 장면이다. 어차피 살릴 수 있는 능력을 가진 예수님이 왜 슬픈 눈물을 흘렸는지 사실 이해가 가질 않았다. 세월이 한참 지나서야 나는 그 이유를 깨달았다. 누군가를 진정으로 불쌍히 여기는 눈물이 없다면 그를 살릴 수 없다는 사실 말이다. 이처럼 다른 사람을 불쌍히 여기는 마음이 있다면 그를 살릴 수 있다. 여러 사람이 한 사람을 불쌍히 여기면 더 쉬워진다. 그러나 정말 중요한 것은 다른 사람을 살리는 마음이 있다면 그 마음이 바로 나도 살릴 수 있다는 사실이다.

슬픔으로 울 수 있는 마음과 그 슬픈 감정을 만들어 내는 스토리가 있는 사람은 힐링할 수 있다. 그리고 진정 아름다운 힐링은 먼저 나 자신만 생각하는 이기적인 마음이 아니라, 나 아닌 다른 대상을 불쌍히 여기는 마음에서 시작된다. 우리의 몸과 마음이 행복할 때 다른 사람과도 소통이 가능함을 알아야 한다.

이 글을 읽으면서 당신이 딴 생각을 하고 있다면 나 역시도 글을 쓰면서 문득 딴 생각을 했는지도 모른다. 그러나 분명한 건 딴 생각 너머에도 바로 나 자신이 살고 있다는 사실이다. 나는 나를 통해서만이 찾을 수 있다. 그리고 나를 찾는 방법은 바로 슬픔 때문에 울 수 있는 스토리를 가진 사람만이 가능하다. 또한 그 슬픔은 반드시 나 아닌 다른 사람 혹은 다른 대상을 불쌍히 여길 때 보인다. 인생은 짧다. 그러나 우리들이 살았던 이야기는 인간이 사는 세상에서는 영원히 끝나지 않는 이야기로 살아 있을 수 있다.

지구는 수많은 스토리로 이루어진 행성이다. 스토리가 없는 지구는 상상할 수 없다. 저마다의 별에서 지구를 여행 온 사람들이 자신들의 이야기를 하나씩 꺼내 놓고 떠날 때, 그 이야기는 신화가 되고 전설이 되어 세대를 초월해 전해진다. 나는 지구라는 행성에서 잠깐 여행을 하고 떠났지만 내가 남겨 놓은 아름다운 스토리는 대를 이어 지구를 여행 온 수많은 이방인들에게 감동을 줄 수 있다. 악인으로 남을 것인지, 아름다운 주연으로 남을 것인지, 선택은 항상 자신의 몫이다. 단 한 번의 선택이 수많은 사람들을 아프게 할 수도 있고, 또 행복하게 만들 수도 있다. 어쩌면 선택은 권리가 아닌 의무인지도 모른다. 권리를 포기하는 순간에 의무만이 남는다면 다른 사람을 불행하게 하는 선택은 사라질 것이기 때문이다.

우리는 모두 '나'라는 절대적인 권리이자 주권을 가진 존재로 태어난다. 하지만 그 권리와 주권을 과감히 포기할 때 비극의 사슬에서 벗어나 진정한 자유를 느낄 수 있다. 그리고 남을 위해 슬픈 눈물을 펑펑 흘리며 통곡할 수 있는 사람만이 세상에서 가장 건강한 존재로 다시 태어날 수 있다. 결국 우리도 언젠가는 지구를 떠나게 된다. 저 머나먼 어딘가로 떠나기 전에 이곳에서 사는 동안 경험한 것들을 이야기로 만들어야 한다. 혹시 우리가 떠나는 그곳에서 누군가 지구를 다녀온 이야기를 들려달라고 한다면 당신은 어떤 이야기를 들려줄 것인가.

모든 여행객은 자신이 여행한 곳에 흔적을 남기고 싶어 한다. 어떤 이는 낙서를 남기고, 또 어떤 이는 쓰레기를 남긴다. 당신은 이렇게 아름다운 행성에 무엇을 남길 것인가. 이야기를 남겨야 한다. 세상에 하나뿐인 당신만의 이야기를 남기고 떠나야 한다. 후세에 당신의 이야기를 들을 때 감동이 휘몰아쳐 슬픈 눈물을 흘리지 않고는 견딜 수 없는 그런 이야기를 남긴다면 당신은 가장 행복한 흔적을 남긴 사람이다. 어디 그뿐인가. 당신은 참 좋은 사람으로 기억되며, 당신을 사랑한 많은 사람들의 가슴속에는 당신의 흔적이 오래도록 남는다. 당신이 "인생은 아름답다."고 말할 때 이 지구는 행복한 여행객들로 넘쳐나며, 사람들 눈에서는 적당히 간이 맞는 눈물이 흐를 것이다.

스토리텔링으로 길을 걷다

사람은 누구나 태어나서 인생이라는 길을 걸어가야 한다. 방향을 알지 못하면서 죽는 그날까지 걸어가야 하는 운명이 인생이라는 길이다. 인생길은 어느 누구와도 동반할 수 없다. 나 홀로 태어나 나 홀로 살다가 나 홀로 죽는다. 사람들은 부모형제가 있고 누군가를 사랑하여 새로운 가족을 만들어 산다고 생각한다. 사실이다. 우리는 함께 살지 않으면 안 된다. 그러나 인생이라는 길은 가족이 함께 가는 길이 아닌, '나'만의 길이다. 누구도 나를 대신할 수 없는 길, 오로지 나 홀로 걸어가야 하는 외롭고 쓸쓸한 길이다. 그래서인지 사람들은 본능적으로 사람을 그리워한다. 누군가와 동행할 수 없는 길인데도 마치 함께 갈 수 있는 것처럼 동반을 요구하며 투정을 부린다. 이 세상 누구도 나를 대신할 수는 없다. 아무리 사랑하는 사람도 내 인생길을 대신하여 걸을 수 없으며, 설령 그런 사람이 있다고 해도 결국 그는 자신의 길을 간 것이다. 이처럼 인생의 길은 동반자를 필요로 하면서도 오직 혼자서 걸어가야 하는 철저히 고독한 길이다. '도사'라는 말은 어쩌면 그런 고독의 길을 극복하여 초월한 삶을 산 사람을 가리키는 말일 것이다.

사실 여기서 말하고자 하는 길은 인생의 길이 아니다. 그러나 인생의 길을 알지 못하고서는 다른 길을 말할 수 없다. 결국 모든 길은 인생의 길을 찾는 것이기에 어느 길을 간다 해도 인생의 길과 연계되어 있는 게 사실이다. 우리가 다른 길을 선택하여 걷는 것 역시 인생이라는 길을 말하기 위함이다.

사람은 누구나 자신만의 길을 걷는다. 길을 걸을 때는 목적이 있어야 한다. 누군가 목적 없이 걸었다고 해도 도착하는 길의 끝에는 모두 목적지가 있다. 그렇다면 인생의 길 끝에서 우리를 기다리는 목적지는 어디이며 무엇일까. 죽음이라고 말하기에는 억울한 느낌이 들고 어쩐지 허무한 목적지를 향해 가는 것 같아 우울해진다. 인생의 길은 정말 죽음을 향해 가는 길인가. 만일 그게 사실이라면 인생의 길에 있어 목적지는 무의미해진다.

그렇다면 남는 것은 과정이다. 인생의 길은 목적지 없는 과정만이 존재하는 길이다. 그러므로 길을 걷는 과정을 통해서만이 그 의미를 찾을 수 있다는 뜻이다. 누군가와 만나 사랑을 하고 스토리를 만들어내는 과정을 통해서만이 인생의 길을 발견할 수 있다. 인생의 길이 나 홀로 걸어가야 하는 것도, 그렇기 때문에 외롭고 고독한 것도 걷는 과정을 통해서 우리에게 소중한 것이 무엇인지 깨닫게 하려는 의도가 숨어 있는 듯하다.

어쨌든 모든 사람은 오늘도 인생의 길을 걷는다. 다시는 돌아올 수 없는 외길 인생을 걷고 있다. 누군가 "어디 가세요?"하고 인생의 길을 묻는다면 어느 누가 대답할 수 있을까.

김춘추 시인의 '꽃'이라는 시를 보자.

꽃

내가 그의 이름을 불러 주기 전에는
그는 다만
하나의 몸짓에 지나지 않았다.

내가 그의 이름을 불러 주었을 때,
그는 나에게로 와서
꽃이 되었다.

내가 그의 이름을 불러 준 것처럼
나의 이 빛깔과 향기(香氣)에 알맞은
누가 나의 이름을 불러 다오.
그에게로 가서 나도
그의 꽃이 되고 싶다.

우리들은 모두
무엇이 되고 싶다.
너는 나에게 나는 너에게
잊혀지지 않는 하나의 눈짓이 되고 싶다.

시인의 아름다운 시구에 가슴이 시리지만 여전히 그 의미가 무엇인지 아는 사람은 많지 않다. 이처럼 인생은 내 이름을 찾고 어떤 의미를 발견하는 긴 여정이다.

'스토리텔링으로 길을 걷다'에서 나는 사람이 살면서 걸어가야 하는 많은 길 중에서도 요즘 사람들이 힐링을 위해 걷는 둘레길 혹은 산책길을 말하려고 한다. 옛날에는 산보길 혹은 산책길이라고 불리던 길이 최근에 와서는 제주 '올레길'을 시작으로 둘레길, 산책길로 불리며 사람들에게 호감을 얻고 있다. 길이 좋아지고 교통수단이 발달되기 전에는 길을 걷는다는 것 자체가 여간 불편한 게 아니었다. 공간 이동을 위해서 걸어야만 했던 이들에게는 육체적인 고통이 말할 수 없었을 것이다. 한양에서 과거시험이라도 볼라치면 선비들은 목숨을 건 걷기를 해야 했을 것이고, 장사를 하는 사람들은 천리길을 도보로 다녔다. 산적들도 많았던 시대였기에 한번 길을 떠난다는 건 목숨을 건 여행이었다.

어디 그뿐인가. 제대로 된 신발이나 기능성 옷이 없던 시대에 장시간에 걸친 도보는 그야말로 고통의 상징이었다. 치안이 안전하고 기능성 옷과 신발이 등장해서 장시간을 걸어도 발이 덜 아픈 시대가 왔지만, 사람이 장시간 길을 걷는다는 건 여전히 그 한계가 있다. 사실 등산도 산을 걷는 일이지만, 요즘에는 좀 더 편한 길을 걸으며 주변 풍경을 감상할 수 있도록 트레킹 코스가 개발되면서 '걷기'가 새롭게 유행하고 있다. 특히 산티아고길 순례처럼 고행과 고난을 통해 자기 자신을 극복하는 스토리가 있는 길이야말로 내가 강조하는 스토리텔링 길이다.

당신은 산을 왜 오르며, 올레길이나 산책길을 왜 걷고 있는지 질문한다면 뭐라고 대답할 것인가. 대부분은 건강을 위해서라고 대답할 것이다. 물론 이 대답 속에는 많은 생각들이 들어 있다. 어떤 사람들은 스트레스를 풀기 위해서, 또 다른 이들은 고민을 정리하기 위해서 길을 걸을 수도 있다. 길을 걷는 이유들이야 다양하겠지만, 대답한 사람들 대부분은 혼자 걷는 경우에 해당할 것이다. 하지만 다른 동행자가 있을 때는 앞의 이유와 함께 말을 하면서 걷는 경우가 많다. 즉 자신의 이야기는 물론이고 상대의 이야기를 들으며 걷는 즐거움이 있다. 신기하게도 길을 걸으면서 나누는 대화의 대부분은 긍정적인 이야기들이다. 평소에는 부정적인 말을 잘하는 사람들도 산을 오르거나 길을 걸을 때는 긍정적으로 변한다는 사실에 놀란다.

한번 고착화된 생각이나 습관은 쉽게 바뀌지 않는다. 사람의 마음 역시 다른 환경을 받아들이는 데 오랜 시간이 걸린다. 더군다나 매사에 부정적이던 사람이 산행이나 길을 걷는다고 해서 긍정적으로 금방 전환된다는 건 쉽게 믿어지지 않는다. 한번 경험을 해보면 안다. 물론 자발적인 참여가 중요하다는 사실을 반드시 기억해야 한다.

여기서 산행이나 길을 걷는 것은 도심에서 어딘가 목적지를 두고 이동하기 위해 걸을 때와는 확연히 다르다. 노동과 운동의 차이를 연상하면 쉽게 이해할 수 있다. 위에서 말했듯이 인생의 길이 목적지가 아닌 과정을 통해 그 의미를 찾아야 하는 것과 같은 이치이다. 산행이나 길을 걷는 건 목적지를 향해 가는 것이 아니라 과정을 통해서 무엇인가 의미를 찾으려는 사람들의 여정이기 때문이다.

목적은 언제나 수단을 만들어 낸다. 이때 수단이 잘못되면 많은 사람들이 고통을 받는다. 따라서 목적이 없다면 수단도 없게 된다. 물론 목적이 없는 과정이 완전하다고만 볼 수는 없다. 하지만 그 누구를 막론하고 과정은 반드시 고통을 수반한다. 그 사실을 수용하고 성찰한다면 바로 그 순간 마음에 여유와 평화가 찾아온다. 마음의 평화를 느낀 사람이 긍정적이지 않을 수 있을까. 이처럼 길을 걷는 것은 작은 고통을 수용한 대가로 마음의 평안을 만들어 내는 매력이 있다.

그렇다면 마음의 평화는 어떻게 얻어지는지를 알아야 한다. 바로 비움에 있다. 요즘 많은 사람들이 마음치유를 통해 비움이 무엇인지 안다. 상념을 버리는 것, 즉 내 안에 있는 안 좋은 생각들을 버리는 것이 비움이다. 하지만 스토리텔링에서의 비움은 이와는 다르다. '인간은 생각한다. 고로 존재한다'는 말처럼 이 세상 어떤 인간도 생각을 비울 수는 없다. 가령 어떻게 수련을 통해 생각을 비운다고 해도 곧바로 생겨나는 생각을 완전하게 막는 건 불가능하다. 컴퓨터 화면에서 데이터를 삭제했다고, 그 데이터가 완전히 지워진 것이 아니며, 언제든 원상 복구가 가능하다. 우리의 뇌도 생각을 억지로 지운다고 해서 지워지는 것이 아니라 단지 어느 한순간 망각함으로 사라지는 것이다.

삭제와 망각은 완전히 다르다. 삭제가 인위적이라면 망각은 자연적으로 기억을 지우는 걸 말한다. 그런 걸 보면 우리 인간의 두뇌는 컴퓨터보다 훨씬 더 사차원적이다. 그러므로 결코 완전히 비울 수 없는 비움을 수련하는 것이 아니라 점진적인 수용이 중요하다. 이는 커다란 그릇에 물을 채우는 행위와 같다. 물을 부을 때는 물이 튀거나 소리가 날 것이고 출렁이겠지만 모두 채우고 나면 곧 잔잔해지는 걸 볼 수 있다. 바다에 비가 내리고 폭풍이 칠 때면 엄청난 파도가 화가 난 것처럼 심하게 요동친다. 그러나 바다는 얼마 지나지 않아 고요해진다. 모든 걸 수용한 탓이다. 우리의 마음도 이와 같은 능력이 있다.

하지만 여기서 수용이라고 하지 않고 비움이라고 표현한 데에는 이유가 있다. 수용은 수동적이기 때문이다. 사람의 마음은 능동적으로 이루어진 최첨단이다. 누가 명령한다고 해서 억지로 수용할 수 없다. 사람의 마음은 스스로 지각하고 선택한다. 조금은 아이러니하지만 철저히 능동적이면서 수동적이라는 점이 기계나 다른 동식물이 흉내 낼 수 없는 인간의 특성이다.

따라서 스토리텔링에서 말하는 비움은 다음과 같다. 예를 들면 어떤 사람이 나를 힘들게 할 때 지우거나 버릴 수 없는 그 사람에 대한 안 좋은 생각을 붙잡고 있는 것이 아니라 길을 걸으면서 다른 사람을 생각하면 된다. 남편 때문에 괴롭다면 아들을 생각하고 아들 때문에 괴롭다면 남편을 생각하면서 행복한 스토리를 만들어 나가는 것이다. 그렇게 되면 안 좋은 사람에 대한 생각은 저절로 비워진다. 내 안에서 완전히 사라진 것은 아니지만, 적어도 그 자리에 다른 사람을 수용함으로써 집착과 분노가 사라지는 원리이다. 그게 어디 쉬운 일이냐고 반문하겠지만, 마음빼기나 마음비우기 명상보다는 훨씬 쉽고 남녀노소 누구나 할 수 있다. 더욱이 길을 걸으면서 한다면 한결 쉽게 마음속에 평화가 찾아오는 걸 체험하게 된다.

그렇다면 지금부터 본격적으로 길을 걸으면서 스토리텔링으로 힐링하는 방법을 찾아 함께 떠나보자. 먼저 길을 걷는 참 이유야 여러 가지 있겠지만 궁극적으로는 나를 찾기 위함임을 전제로 해야 한다. 많은 성인들이 그토록 찾으려 했던 진리는 모두 진정한 자아, 즉 참 나를 찾음으로써 깨달음의 경지에 드는 것이다. 자신의 스토리 역시 '에고'가 아닌 '참 나'를 찾아가는 하나의 방편이라고 생각하면 쉽게 이해할 수 있다. 길을 걷는 과정 역시 나를 찾아 떠나는 여행이라고 생각하면 된다.

이제 '에고'와 '참 나'에 대해 좀 더 구체적으로 알아보고자 한다. 그 이유는 이 글을 읽는 분들이 글을 읽는 동안 스토리텔링으로 힐링하는 방법을 어느 정도 찾았으리라 확신하기 때문이다. 우리 인간의 내면에는 '에고'라는 나와 '참 나'라는 나, 두 존재가 함께 존재한다. '참 나'가 하나의 원이라고 할 때 그 원을 감싸고 있는 또 하나의 원이 '에고'이다. '참 나'는 변하지 않는 나, 즉 영원한 나이다. 그러니까 '참 나'는 늙지도 죽지도 않는 불멸의 존재로서 가장 순수한 나이다. 어느 순간 하나의 생명으로서 존재하는, 바로 그 순간의 존재로 있는 것이 바로 '참 나'이다. 육체는 세월을 이기지 못해 늙어도 마음은 옛날 그대로인 것을 느낄 때가 있다. 그 느낌이 바로 '참 나'가 말하고 있는 것이다. 이처럼 '참 나'는 세월과도 무관하고 순수 그 자체로 '에고'를 바로 보고 있다는 사실을 알아야 한다. 따라서 나이가 들수록 '참 나'를 찾아야 한다. 그렇게 되면 늙어가는 육신이 원망스럽거나 잃어버린 젊음 때문에 원통해 할 필요가 없다. 나는 그대로인 것을 깨닫기 때문에 늙어가는 육체는 단지 허물을 벗어버리면 그만인 것이다. 그래서 영원이라는 말이나 불멸이라는 말은 바로 '참 나'를 발견한 사람들이 찾아낸 진리의 말이다.

우리가 '참 나'를 찾기 위해서는 하나의 법칙이 존재한다. 모든 게임에 룰이 있듯이, 우리가 왜 태어났는지, 왜 살고 있는지를 아는 방법에도 반드시 룰이 있다. '참 나'는 결국 거대한 우주의 법칙 안에 들어 있는 절대적인 룰을 지키도록 설계되어 있는 자아이기 때문이다. 이 글을 쓰는 나는 물론이고, 대부분의 사람들은 도대체 우주의 법칙이 뭔지 알 수 없다. 태어나는 순간 설명서를 가지고 있다면 누구라도 그 법칙 안에서 살 것이고 룰을 지키겠지만 가장 연약한 아기로 태어나기에 알 수 없다.

모든 동물의 새끼는 태어나면서 매뉴얼을 가지고 태어난다. 포식동물이 나타나면 소리를 내지 않아야 하고 죽은 척 해야 한다든지, 심지어 어떤 동물은 태어나 얼마 되지 않아 일어서고 달린다. 이처럼 동물은 저마다 태어나면서 살아남기 위한 매뉴얼을 가지고 있다. 그런데도 잡아먹히는 새끼들이 있는데, 하물며 아무런 사용 설명도 육체적인 강인함도 없는 아기들은 어떠할까? 부모의 보살핌이나 양육자가 없으면 인간은 생존할 수가 없다. 그렇다면 인간은 도대체 왜 이렇게 연약한 존재로 태어난 것일까? 그 비밀을 알기 위해 나 자신에게 수없는 질문을 던져 보았지만, 해답을 찾을 수 없었고 오히려 의문만 더

해졌다. 나는 어딘가에 있을 매뉴얼을 찾기 위해 성인들에 대해 혹은 성서와 경전을 탐독했다. 수많은 사람들이 왔다갔다면 누군가는 반드시 그 해답을 남겨 놓았을 것이라 믿었기 때문이다. 역사상 뛰어난 인물들의 글을 읽다 보면 그들 역시 나와 같은 질문을 던졌고, 그 질문을 통해 고뇌했음을 알았다. 그리고 결국 그들은 그 답을 찾아 남겨 놓았다. 바로 '사랑'이다.

연약한 아기를 보살피며 양육하는 일, 그것이 진리를 찾는 길이며 '참 나'를 발견하는 법칙이었다. 따라서 참 나와 진리 그리고 사랑은 서로 다른 것이 아니라 모두 하나인 것이다. 내가 싫은 것은 다른 사람에게 행하지 말 것, 나도 좋고 다른 사람도 좋은 것, 그렇게 사는 것이 우주의 법칙이며 룰을 지키는 것임을 인식해야 한다.

또한 우리에게는 '양심'이라는 너무도 신비한 매뉴얼이 있다. 양심은 바로 '참 나'가 내는 소리이다. 때로는 탄식하며 우리를 위해 울면서 바르게 살도록 애원한다. 양심을 지키지 않으면 스스로 괴롭고 외부로부터 저항에 부딪친다. 법칙을 깬다는 건 그에 따른 고통을 감수하도록 애초부터 정해져 있는 것이다. 다시 말해 나(원인)와 행동(결과) 사이에 법칙이 있음을 말한다. 이 법칙을 선악이라는 이분법으로 적용한다면 나는 안 좋은데 남은 좋은 건 '선'이며, 나는 좋은데 남은 안 좋은 건 '악'이다. 따라서 선한 결과에는 좋은 게 오고 악한 결과에는 안 좋은 게 오는 것이야말로 우리가 피할 수 없는 법칙 안에 살고 있다는 증거이다.

지금 내가 고통스럽다면 살아온 스토리를 다시 되돌아볼 필요가 있다. 나는 좋은데 다른 사람에게는 괴로운 일이었다면 그로 인해 내 양심이 탄원하고 있는 것이며, 다른 누군가로부터 저항을 받고 있는 것이다. 누군가 나는 양심과 인생의 법칙을 지키면서 살아왔다고 말한다면 그는 괴로운 사람이 아니다. 나를 위하고 상대를 위하는 사람은 모든 일이 순조롭다. '참 나'를 알고 '참 나'가 행동하는 사람은 나와 타인 모두에게 괴로움을 주지 않는다. 우주의 법칙을 지킨 사람은 결코 괴로울 수가 없기 때문이다. '참 나'를 찾은 위대한 스승들은 하나같이 버림과 모름에서 그 '참 나'를 발견했다. 모른다는 것은 변화무쌍한 '에고'를 부정함으로써 무엇이든지 수용할 수 있기 때문이다.

'참 나'가 무엇인지 더 알기 위해서는 '에고'에 대해 좀 더 살펴봐야 한다. 앞서 말했듯이 '에고'는 '참 나'라는 원을 감싸고 있는 또 하나의 원이라고 할 수 있다. '에고'는 '참 나'와는 반대로 이기적인 자아를 말한다. '에고'의 특성은 생각, 감정, 오감을 자기 멋대로 부린다는 데 있다. 수많은 생각을 하면서도 이기적인 생각을 하고 자기 중심에서 생각하다 보니 옳지 않은 생각을 통해 다른 사람을 힘들게 한다. '에고'는 생각으로만 끝나지 않는다. 부정적인 생각은 안 좋은 감정을 만들어 화를 쉽게 내 오감이 잘못된 행동을 하게 한다. 그리고 '에고'는 자기 집착이 강해 자신이 만들어 내는 생각과 감정에 몰입하기에 다른 사람과 전혀 소통하지 않는다.

'에고'는 철저히 '나 홀로'이다. 그러므로 나와 다른 사람을 분리해서 생각하고 끝없이 나누고 쪼개는 데 집중한다. 나와 다른 사람이라는 개념은 바로 '에고'에서 생겨난 세계이다. 반면에 '참 나'는 나와 나

208

밖에 존재하지 않는다. 나와 다른 사람이나 자연을 분리할 수 없는 하나의 나이다. 그러므로 다른 사람이 아프면 내가 아프다는 걸 공감하게 된다. 반대로 '에고'는 나만 아픈 것으로 인식하는데, 이는 차가운 '에고'의 본성 때문이다. '에고'와 비교한다면 '참 나'는 뜨거운 본성이다. 가장 순수하게 나를 바라보는 자리이기에 누군가의 '참 나'를 만나면 함께 영향을 받아 뜨거워진다. 모든 사람은 영혼과 육체로 이루어져 있다. '참 나'가 영이라면 혼은 생각과 감정을 말하는 것이고 육체는 오감을 상징한다. 따라서 영은 가장 순수한 내 모습이다. 영은 결코 차가워지지 않는 불덩어리이며 어떠한 혼과 육체의 행위에도 영향을 받지 않는다. 단지 '에고', 그러니까 혼과 육체에 감싸여 드러나지 않을 뿐이다.

'에고'는 '참 나'를 인정하지 않는다. '에고'의 속성은 '참 나'를 부정함으로써 존재하는 것이기에 '참 나'의 실존은 에고 자신의 소멸을 의미한다. '에고'는 바로 그걸 알고 있는 것이다. 그래서 '에고'는 끊임없이 정욕대로 살라고 요구한다. 그러다 보니 '에고'가 만들어 내는 많은 생각이나 감정은 진짜가 아닌 허상일 때가 많다. 변화무쌍한 생각과 감정이 자신은 물론 다른 사람을 힘들게 하고 있다는 걸 '에고'는 알지 못한다.

어느 순간 사람들은 룰을 지키지 않고 인생을 살고 있다. 물질의 특성이 '에고'의 욕망과 맞아떨어져 나와 남을 나누기 시작했고 그런 '에고'의 이기적인 분리 작업은 급기야 사람과 사람끼리 전혀 소통할 수 없는 세상을 만들어 내고 말았다.

　원래 영의 세계(참 나)는 나만 느낀다. 즉 나만 있다. 이기적인 나(에고)가 아니라 모두가 하나인 나를 말한다. 그러므로 나가 나를 느끼는 건 당연하다. 세상 모두가 나라는 하나뿐인 세상에서 나로 사는 것이 '참 나'의 세계이다. 그러므로 '참 나'의 세상을 발견한 사람들은 이 세상 누구와도, 그 무엇과도 소통할 수 있는 참 사랑을 아는 사람이 된다.

　세상을 구성하고 있는 요소를 둘로 나눈다면 생명이 없는 것과 있는 것으로 나눌 수 있다. 생명이 없는 것은 그게 자연이든지 사람이 만든 것이든지 크고 작은 구분 없이 모두가 똑같은 조건, 즉 자연법칙으로 움직인다. 그러나 생명을 가진 것의 속성은 하나같이 자신을 소중하게 생각한다. 바로 세계의 중심에 나가 있다. 즉 다른 사람에게 나는 중심이 아니다. 단지 나와 다른 사람 사이에는 상호작용만 있는 것이다. 이처럼 생명이 있는 존재는 자신이 죽지 않기 위해 다른 생명과 끊임없이 상호작용을 한다. 그러므로 공평하지 않으면 안 된다. 자신만을 생각하는 사람은 법칙을 어기는 것이고 상호작용에서 이탈하는 것이기에 정신은 물론이고 육체까지 건강하지 못하게 된다. 특히 사람과 사람 사이에는 양심이라는 타고난 마음이 있다. 양심은 상대방에 맞게 들려야 하는 소리이며, 양심이 작동하면 사랑하지 않을 대상이 없게 된다. 양심은 '에고'를 무시하는 순간, 거대한 에너지로 작동한다. '나는 아무것도 모른다'고 모든 것을 내려놓을 때, 양심은 거대한 힘으로 다가와 힘차게 심금을 울린다.

　옛날 왕들은 내 안에 있는 양심을 천하에 밝히는 것을 왕도로 삼았다. 인가법칙에서의 핵심은 자기 양심을 속이지 않는 걸 말한다. 사람은 누구나 자기 양심을 속이면 자기 양심으로부터 지탄을 받도록 만들어져 있다. 즉 자기가 자기 자신을 괴롭힘으로써 양심의 처벌을 받도록 한다. 죄를 지은 사람도 빨리 처벌을 받으면 마음이 편안해진다. 이처럼 양심은 자기 자신을 응징하는 것으로 타인을 사랑할 수 있는 근본적인 자격을 보여준다. 이는 곧 양심을 속인 자가 다른 사람을 응징할 수 없다는 뜻이다.

그러나 '에고'는 양심을 애써 외면하게 만든다. 자신의 생각이나 양심을 합리화시키면서 양심에서 들려오는 소리에 귀를 막는다. 세상 모든 것에 물질적인 잣대를 들이대는 현 시대에 양심은 불필요한 정의 정도로 전락되고 말았다. 그 결과 양심 스스로 경종을 울리기 시작했다. 왜곡된 양심으로 인하여 병이 생기기 시작한 것이다. 다양한 정신적 · 육체적 질병들이 '에고'를 버리고 '참 나'를 찾음으로써 치유될 것은 자명한 일이다. 그러므로 많은 사람들이 스토리텔링으로 힐링을 하기 위해서는 잃어버린 양심을 회복해야 한다. 양심은 진실의 소리를 들어야만 심금을 울리는 기적을 보인다. 자신에게 가장 진실해지고 '참 나'를 만나는 순간 내면의 질병은 치유된다.

인간의 길은 생명의 길이다. 따라서 인생이란 본래 다른 사람을 살리기 위한 길을 걸어야 한다. 종교인들이 수행을 하는 것도 결국은 '에고'와 '참 나'의 차이를 발견하는 길이다. 자신을 극복하는 수행을 통해서 사랑을 알고 정의를 행하고 겸손을 배움으로 지혜로운 인생의 길을 성실히 걸을 수 있다. 그러므로 '참 나'를 알게 되면 '에고'는 바로 그 순간 우리의 내 면 속에서 사라진다. 한 가정에 '에고'가 사라진 사람이 있다면 그 가정은 편해진다.

죽음학의 창시자인 스위스 내과의사 엘리자베스 퀴블러 로스는 죽음의 단계를 5단계로 규정하였다.

첫 번째 단계는 부인(否認)이다. '그럴 리가 없어.' '뭔가 잘못된 거야.' '내가 그런 병에 걸릴 리가 없어.'라는 부인의 단계이다.

두 번째 단계는 분노이다. '왜 하필 나야.' '왜 수많은 사람 중 나만 죽어야 해?' 하는 것처럼 분노를 보인다.

세 번째 단계는 죽음을 지연시키기 위해 하나님을 찾거나, 좋다는 건 다 먹으려고 한다.

네 번째 단계는 그래도 병세가 깊거나 죽을 수밖에 없다면 깊은 우울의 단계에 빠진다.

마지막 단계는 죽음이 피할 수 없는 운명임을 알고 마음으로 받아들이는 단계이다.

물론 사람마다 꼭 이 단계를 거치면서 죽음을 맞이하는 것은 아니다. 첫 단계에서 곧바로 마지막 단계로 넘어가는 사람도 있다. 그리고 꼭 죽음만 이런 단계를 겪는 것은 아니다. 세상 모든 것에도 저마다 단계가 있고, 마지막에는 수용의 단계를 겪게 된다. '에고'의 단계 역시

각 단계를 거치면서 결국 수용의 단계를 통해 사라지게 할 수 있다.

많은 사람들이 '에고'가 주는 고통에서 벗어나고 싶어 한다. 어떤 이는 명상을 통해, 또 다른 이는 정신과 치료를 통해 마음속에서 일어나는 고통에서 벗어나려 한다. 내 안에 고통을 준 사건은 지나간 과거이고 미래는 오지 않았는데도 '에고'는 마치 현재 상황인 것처럼 부풀려 집착하게 만든다.

계속 강조하지만, 사람은 스토리로 이루어진 존재이다. 자세히 분석해 보면 '에고'라는 놈도 자신의 스토리를 만들어 내고 있는 걸 알 수 있다. 양심이 내는 긍정적인 스토리를 막으려는 부정적인 생각을 통해 '에고'는 좋지 않은 스토리를 꾸며낸다. 망상이 그 대표적인 예라고 할 수 있다. 자살하는 사람들 대부분이 망상이라는 '에고'가 짜낸 스토리의 함정에 빠져 죽는다 해도 과언은 아니다. 특히 '에고'는 현실 도피적인 이야기를 잘 만들어 내고 다른 사람을 핑계 삼아 철저히 혼자 고립시키는 스토리를 만든다. 자살 충동을 느끼는 사람들의 심리를 보면 거미줄처럼 복잡한 심층 구조를 가지고 있지만, 사실 알고 보면 실제 고통은 아주 작은 것에 불과하다. 그런데도 '에고'가 만들어 내는 망상을 통해 엄청나게 크고 복잡해서 견딜 수 없는 것처럼 착각을 일으킨다. 그러므로 자기 부정적인 스토리를 걷어내고, 자신이 처한 고통이 알고 보면 정말 작고 사소한 것이라는 걸 깨닫게만 해줘도 자살을 막을 수 있다. 이처럼 '에고'가 만들어 내는 부정적인 스토리에 빠지지 않으려면 긍정적인 스토리텔링을 통해 자신의 세계를 표현할 줄 알아야 한다. 만일 내 안에 부정적인 생각이 조금이라도 든다면 곧바로 현재 생각을 멈추어야 한다.

무심코 떠오르는 생각을 어떻게 멈출 수 있는지 간단한 방법을 소개한다. 첫 단계는 길을 걷는 것이며, 두 번째 단계는 가던 길을 멈추는 것이다. 그리고 세 번째 단계는 그냥 그대로 서서 호흡을 조절한다. 호흡조절이라고 해서 어렵게 생각하지 말고 그냥 단순히 코로 숨을 들이마셨다가 뱉기만 하면 된다. 꼭 단전호흡을 의식하지 않아도 가던 길을 멈추어 서서 코로 숨을 들이마셨다가 뱉기만 하면 현재의 생각이 사라지는 경험을 할 수 있다. 단, 주의할 점은 입을 다물고 꼭 코를 통해 숨을 쉬어야 하고 자신이 지금 숨을 쉬고 있다는 것에만 집중해야 한다. 정말 간단한 방법이지만 이렇게 실천만 해도 부정적인 생각들은 금방 사라지게 된다.

인간의 위대한 이유는 생각한다는 것을 생각할 수 있기 때문이다. 쉽게 말하면 자신이 지금 부정적인 생각을 하고 있는 걸 동시에 아는 걸 말한다. 그래서 누구라도 자기 자신에 대해 의식적으로 관심을 갖는다면 전혀 모르고 살았던 자기 자신에 대해 알 수 있게 된다. 걷고 멈추고 호흡하는 것은 남녀노소 누구나 할 수 있는 방법이다. 꼭 가부좌를 틀고 명상을 해야만 힐링이 되는 건 아니다.

길을 걷는다는 것은 어딘가를 향해 가는 것이다. 이미 길을 걷는 순간 사색의 과정에 들어 선 것이다. 명상을 해본 사람들은 알겠지만 가만히 앉아서 명상을 하게 되면 수많은 잡념들이 끝없이 나를 괴롭히는 경험을 하게 된다. 그 이유는 명상이 처음부터 생각을 비우려는 의식을 가지고 있기 때문에 무의식이 계속해서 필요 없는 생각을 만들어 내기 때문이다. 생각을 채우려는 쪽과 비우려는 쪽이 서로 다투는 것이다. 다르게 표현하면 이야기들 간의 전쟁이다. 이야기를 지우려는 쪽과 만드는 쪽이 대립하고 있는 것이다. 그렇다면 스토리텔링으로 걷는 건 명상보다는 사색에 가깝다. 사색이란 어떤 사물에 대한 깊은 성찰을 통해 새로운 이야기를 발견하는 것이기 때문이다.

사실 사람은 명상을 하면서는 살 수 없는 존재이다. 명상을 통해 일시적으로 스트레스를 해소하거나 심신을 치유할 수 있지만 근본적인 해결이 되지는 않는다. 물론 명상을 통해 우주의 지혜를 발견하는 엄청난 세계를 경험할 수 있다는 사실을 부인하지 않겠다. 단지 대중적이지 않으며, 보통 사람들에게 너무 어려운 것이 명상이다. 반면에 사색은 누구라도 가능하다. 사실 사람은 사색하면서 살고 있다. 다만 모르면서 사는 것뿐이지, 사람의 일상은 대개 사색을 통해 일어나는 현상들이다. '참 나'에서 '에고'까지 그리고 사색까지의 관계는 현재의 나를 발견할 수 있는 필수조건들이다. 그러므로 이제 여러분은 스토리텔링으로 길을 걷는 조건을 모두 갖춘 셈이다. 가까운 산책길을 걸으면서 깊은 사색에 잠겨 신비하고 아름다운 스토리를 만들어 내는 힐링의 묘미를 발견하게 될 것이다.

대부분의 책은 대략 이런 식으로 마무리된다. 책을 읽으면서 항상 아쉬웠던 점은 작가가 숙제만 던져놓고 마무리한다는 것이었다. 그래서 나는 스토리텔링으로 길을 걷는 법을 숙제로 던져놓기보다는 곧바로 시행할 수 있고 체험을 통해 정말 힐링이 될 수 있는 방법을 선택했다. 이제 내 의도를 확실히 알았다면 나와 함께 둘레길을 떠나보자. 여기서 나는 '사람'인 나가 아니라 '글 속'의 나이기에 부담을 느끼지 않아도 된다. 나는 그저 방향이나 작은 방법들을 제시하는 안내자일 뿐, 길을 걷는 이도, 사색하는 이도 당신이다.

스토리텔링으로 길을 걷기 전에 당신이 반드시 알아야 할 비밀이 하나 있다. 흔히들 사람들은 비밀이라고 하면 숨겨져 있는 그 무엇을 말한다고 생각할 것이다. 그러나 나는 알면서도 무시하고 알면서도 모르고 사는 걸 비밀이라고 하고 싶다. 즉 내가 말하고자 하는 비밀은 바로 '당신이 세상에서 가장 존귀한 존재'라는 사실이다. 그런 위대한 존재가 지금 길을 걸으려 하고 있다. 숲속에서 혹은 들길에서 수많은 동식물들이 그런 당신을 손꼽아 기다리고 있다는 사실을 알아야 한다. 지금까지는 그냥 숲에 지나지 않았고 몸짓에 불과하던 꽃과 새들이 당신이 이름을 불러주는 순간 하나의 의미로 다시 태어날 것이다. 당신의 존재감은 숲에 사는 모든 생명들에게 경이로움을 줄 것이며 당신이 들려주는 스토리는 그들에게 새로운 소망을 줄 것이다.

자, 그럼 천천히 스토리텔링을 하면서 길을 걸어보자. 긴장을 풀고 마음을 편하게 하면서 길을 걸어보자. 잠깐 가던 길을 멈추고 주변을 살펴보라. 먼저 살아서 움직이는 것에 시선을 집중해서 말을 건네야 한다. 만일 개미들이 보인다면 "개미구나."하면 된다. 처음에는 약간 겸연쩍고 낯선 느낌이 들지만 괜찮다. 당신이 개미를 개미라고 불러 준 순간 그 개미들은 하나의 의미로 태어나는 걸 발견하게 된다. 하나의 의미가 된다는 건 내게 소중한 존재가 된다는 뜻이다. 존귀하고 위대한 존재인 당신이 개미에게 의미를 부여한 순간, 개미 또한 밟아 죽여도 그만인 존재에서 혹시나 밟지나 않을까, 하는 소중한 존재로 다시 태어나게 된다. 그렇게 되면 신비한 일이 벌어진다. 어느 순간 당신은 개미들에게 말을 건네게 되고 전혀 불가능할 것 같은 개미들의 말을 들을 수 있게 된다. 의미를 부여하고 존재감을 느끼는 순간 개미들은 당신에게 말을 걸고 자신들의 세계로 당신을 안내할 것이다. 개미들에게 있어 당신은 위대한 거인이다. 걸리버가 여행하는 것처럼 당신은 거인이 되어 개미들의 경이로운 세계에 초대받은 손님으로서 대우를 받게 된다. 이때 당신은 절대 거만하거나 교만해서는 안 된다. 그동안 받기만 하던 마음을 내려놓고 작은 존재들에게 무엇을 줄 것인지 찾아야 한다. 건네줄 먹을 것이 없다면 부러진 나뭇가지와 마른 나뭇잎을 이용해 거대한 성을 지어줄 수도 있다. 또 개미들이 위험을 무릅쓰면서 건너야 하는 작은 개울이라도 있다면 긴 나뭇가지를 이용해 멋진 다리를 만들어 주는 것도 개미들에게는 고마운 일이다.

당신이 지금 개미와 소통하고 있다면 개미처럼 작은 생명체들이 숲에는 수없이 많다는 걸 알았을 것이다. 그 존재들 역시 이미 당신과 교감하고 있다. 당신이 개미에게 의미를 부여한 순간 수많은 벌레들은 물론이고 이름 모를 곤충들까지 눈에 보이지 않았던 숲속 작은 생명체들이 하나둘 자신들의 모습을 보여준다. 당신이 걷는 동안 그들은 노래로써 환영인사를 할 것이며 어떤 생명체들은 호기심어린 표정으로 당신을 지켜볼 것이다. 당신은 새로운 생명체들이 보일 때마다 이렇게 인사를 하면 된다. "아, 너로구나!" 그 한마디면 그들은 친구로 불러준다 걸 안다.

당신이 얼마나 위대한 능력을 가지고 있으며 다른 생명들에게 기적을 선사하는 존재인지 삽시간에 소문이 나기 시작한다. 개미들을 시작으로 벌레와 곤충들까지 그리고 수많은 새들과 다람쥐 같은 숲속 동물들이 당신에게 의미를 부여받기 위해 모여들 것이다. 내가 말하는 비밀이 바로 이런 것이라는 사실을 눈치 챘다면 이제는 좀 더 적극적으로 당신의 존재감을 드러내야 한다. 이 존재감은 작은 생명들을 받아들이고 함께 공감하는 수줍은 내면을 말한다. 어떠한 생명체를 만나도 결코 교만하지 않는 존재감이야말로 화려하지 않은 아름다움을 대신한다.

지금쯤 다시 걷기를 시작했다면 이번에는 커다란 나무를 찾아야 한다. 가능한 나이가 많은 나무를 만나면 개미들에게 그랬던 것처럼 "나무구나."하면 된다. 그리고 돌아서서 나무에 등을 기대고 선 채 눈을 감는다. 비록 한 나무에 몸을 기대고 있지만 숲속 모든 나무들은 이미 당신과 교감을 위해 모두 하나의 정령으로 연결되어 있다. 잠시 그대로 침묵의 언어를 들으면서 나무들이 살아있다는 걸 느낀다. 나무들이 당신에 대해 모든 걸 알고 있다고 믿는다. 모든 걸 알고 있다는 건 당신의 상처를 알고 있다는 뜻이고, 당신이 그 아픔을 치유하기 위해 자신들과 깊은 교감을 원한다는 걸 안다는 뜻이다.

세상 모든 것들과의 교감은 믿음에서 시작된다. 믿음이란 바위로 계란을 깨는 것이 아니다. 계란으로 바위를 깨트리는 것이 믿음이다. 그냥 등에 기댄 나무에게 모든 것을 맡기면 당신의 의지와는 상관없이 나무들에게서 모아진 정령의 에너지가 당신과 하나로 연계된다. 얼마 지나면 바람과 나뭇가지가 움직이며 내던 소리들이 사라지고 호기심으로 찬사를 보내던 숲속 작은 생명체들이 내는 소리가 일순간 사라진다. 갑자기 찾아온 고요와 정적은 심연 깊은 곳에서 알 수 없는 감동으로 요동친다. 당신의 교감신경이 나무들과 연결되었음을 알리는 현상이다. 어떤 사람들은 그 순간이 두려워 감았던 눈을 억지로 뜨기도 하는데, 그렇게 되면 교감이 끊어진다. 나무에게 등을 기댄 것처럼 마음까지 그냥 그대로 내맡겨야 한다. 그러면 두려움은 이내 사라지고 지금까지 한 번도 경험하지 못한 평안이 느껴진다.

나무의 언어는 귀로 듣는 것이 아니다. 심연으로 듣는 소리이며 눈을 감아도 보이는 그림언어이다. 나무들이 당신에 대해 알고 있다고 했듯이 나무와 하나가 되면 바로 당신 자신이 선명하게 보인다. 당신이 어떻게 살아왔는지, 다른 사람들에게 어떤 상처를 주었는지 그리고 소중한 것들이 무엇인지를 깨닫게 하며, 또 어떻게 살아야 하는지를 보여준다. 또한 나무들은 당신에게 욕심의 소리인 땅의 소리를 버리고 하늘의 소리를 들으라고 말한다. 나무들이 오직 하늘만 보며 살고 있듯이 당신도 그렇게 살기를 소망한다. 나무들과 깊은 교감을 하는 동안 당신 마음이 옥토로 변하는 걸 느낄 수 있다. 아름다운 밀알들이 심어지고 뿌리를 내리며 숲과 하나가 되는 법을 느끼게 된다.

당신은 이미 평화 속에 있고 당신 마음에 평화가 주어지는 건 아름다운 꽃과 열매가 맺기 시작했다는 뜻이다. 사람들은 평화라고 하면 조용함이나 고요함을 떠올린다. 그러나 평화는 수많은 소리, 그것도 모든 생명체들이 조화를 이루며 함께 내는 소리이다. 그 평화의 소리는 당신이 코로 깊은 숨을 들이쉴 때 식물들이 내뿜는 피톤치드와 함께 당신을 치유하고 당신 안에서 내뿜는 생명의 향기는 숲과 세상 모든 존재들에게 의미를 부여한다.

스토리텔링으로 길을 걷고 서기를 반복하며 코로 숨을 들이쉬고 내쉬면서 숲의 생명들과 대화를 나눈다면 당신은 이미 치유된 사람이다. 아름다운 힐링은 나 아닌 다른 생명들의 세계를 이해하고 교감할 때 이루어진다는 걸 발견한 당신께 진심으로 감사를 전한다.

에필로그

　인간의 모든 질서는 안다는 것에 의해 진행된다. 우리가 무엇인가를 알지 못한다면 결코 앞을 향해 나갈 수 없다. 모든 도덕과 윤리가 그렇고 사람과 사람 사이가 그렇다. 그래서 안다는 것은 우리가 살아야 하는 근본을 제공한다. 그런데 정말 우리는 알아야 할 것을 제대로 알면서 살고 있을까.

　무슨 일이 일어날지 한치 앞을 내다보지 못하는 무능과 한계는 많은 부분에서 모순과 딜레마에 빠지게 한다. 그러나 무엇인가를 아는 것과 미래를 예측하는 것은 전혀 다른 차원의 이야기이다. 무엇인가를 안다는 것이 1차원적인 얘기라면 개인의 미래를 예측하는 것은 4차원적이기 때문이다. 무엇인가를 안다는 것은 양심이 있는 인간이라면 근본적으로 느끼는 것들이다. 무엇이 옳고 그른지, 무엇을 해야 하고 하지 말아야 하는지, 나에게 좋고 상대에게 안 좋은 건 무엇인지, 또 상대에게는 좋고 나에겐 좋지 않은 것은 무엇인지. 그리고 무엇을 안다는 것은 항상 함께 존재하는 것들을 아는 것이다. 행복과 불행, 사랑과 증오, 좋은 것과 싫은 것, 선과 악, 나와 너, 남편과 아내, 부모와 자식….

우리가 무엇인가를 안다는 것은 석·박사를 따야만 알 수 있는 게 아니다. 수천 년 동안 전해 내려왔기 때문에 그냥 통하는 것들이다. 배우지 않아도 아는 것들이 삶의 질서를 만들고 삶의 근본을 제공한다. 만일 누군가 배우지 않아도 아는 것들을 모르는 채 살고 있거나 그 질서를 지키지 않는다면 그는 근본을 지키지 않는 사람, 근본이 없는 사람이다. 빛과 어둠은 절대로 공존할 수 없다. 작은 촛불에도 어둠은 물러난다. 그러나 어둠이 없으면 빛은 그 의미를 상실한다. 근본이 없는 사람들이 어둠이라면 근본을 아는 사람들이 빛이다. 어둠 속에서 빛은 발한다. 찬란한 햇빛 속에서 촛불은 무의미하다.

우리 사회는 무엇인가를 알지 못하는 사람들에 의해 많은 것들이 아프고 상처받고 있다. 그러나 그들은 강자가 아니다. 근본을 모르는 불쌍한 사람들이다. 그러므로 그들에게 질서와 근본을 알게 해줘야 한다. 따뜻함과 차가움의 차이가 무엇인지 알게 해주는 것 역시 무엇인가를 아는 사람들의 몫이다. 그래서 무엇인가를 안다는 건 힘든 자신과의 싸움을 하지 않으면 안 된다. 질서가 무엇인지 모르면 지키지 않아도 편안하다. 죄가 무엇인지 모르면 죄를 지어도 무엇이 잘못되었는지 인식하지 못한다. 그래서 무엇인가를 안다는 것은 인간이 항상 두 가지 대립 속에 고뇌하며 사는 것을 상징한다.

지금처럼 물질만이 세상의 주인이 되는 세상에서 생각하는 인간으로 산다는 건 여간 힘든 일이 아니다. 적당히 모르면서 바보처럼 살거나 세 살짜리 아이처럼 사는 길만이 물질의 오만에서 빗겨갈 수 있을까. 그러나 세 살짜리 아이도 무엇인가를 사달라고 떼를 쓰고, 바보에게도 돈이 필요한 세상에서 무엇인가를 아는 사람으로 산다는 것이 사실 가능한 일인지 모르겠다. 그러나 이런 세상은 오래 가지 않는다. 오랜 역사가 그걸 증명하고 있듯이 타락한 문명이 결국 멸망한다는 진리는 역사 속에서 쉽게 발견할 수 있다.

오늘날의 세상이 차라리 '에고'의 착각이었으면 좋겠다. '에고'의 특성이 허무, 실존, 고독, 불안인 것을 보면 그렇게 만들어지는 현상은 언제든 사라질 수 있기 때문이다. 자고 나면 제발 다른 세상이 와 있으면 얼마나 좋을까. 무엇인가를 모르는 사람들이 하나도 없는 세상이라면 얼마나 행복할까. 그래서 '참 나'의 소망처럼 우리를 다른 세상으로 인도하는 손길이 있었으면 싶다.

오늘도 사람들은 하늘을 향해 바벨탑을 쌓고 있다. 욕망이 하늘을 찌르고, 무엇인가를 모르는 자들이 하늘을 날고 있다. 누군가 질문한다.

"왜 저들은 잘 살아요?"

누군가 그 질문에 대답한다.

"하지만 저들에게는 이야기가 없어요."

무엇인가를 모르면서 사는 건 들려줄 이야기가 없는 사람이라는 뜻이다. 그런 사람들이 잘 사는 것처럼 보이는 것은 안을 들여다보지 못하기 때문이다.

누군가 하루 일당을 받으면서 쇼윈도에서 화려한 옷을 입고 마네킹으로 서 있다면 그가 행복한 사람일까. 쇼윈도 밖에 있는 사람들은 패션에만 관심이 있다. 제 아무리 많은 돈과 권력을 가졌다고 해도 죽음을 직면한 순간, 그는 아무것도 아니다. 아무것도 가지고 갈 수 없는 영원의 세계 앞에 물질과 권력은 무기력한 소모품으로 전락하고 만다. 그에게 남는 것이라고는 무엇인가를 알지 못하고 살아온 지난날에 대한 후회와 눈물뿐이다. '불쌍한 사람'이라는 새로운 이름으로 사라질 뿐, 그에게는 부와 명예를 상징하던 이름도, 아무런 이야기도 존재하지 않는다. 그의 실존은 그것으로 끝난다. 이것이 바로 무엇인가를 알지 못하는 사람들의 최후이다. 따라서 부러울 것도 없고, 존경의 대상도 아닌 그런 사람들 때문에 마음의 상처를 받을 것도 없다. 그런 사람에 비하면 가난하지만 안다는 것의 질서를 지키며 자식들에게 근본을 알려준 우리 할아버지와 할머니, 아버지와 어머니 이야기는 전설처럼 영원할 것이다. 불멸이란 바로 그런 것이다. 작고 수줍고 연약한 것들만이 상처를 받으면서도 진실된 이야기들을 만들어 낸다.

고난을 통해서만이 우린 부활할 수 있다. 무엇인가를 안다는 이유로 고통 받는 이들에게 말하고 싶다.

"우리에게는 날개가 있다. 그래서 언제든 다른 세상으로 떠날 수 있는 무엇인가를 아는 행복한 사람들이다."

스토리텔링으로 힐링하라

1판 1쇄 발행 2014년 9월 10일
1판 2쇄 발행 2015년 4월 24일

지은이 · 안하림
펴낸이 · 주연선

편집 · 이진희 심하은 백다흠 강건모 이경란 오가진 윤이든 강승현
디자인 · 이승욱 김서영 권예진
마케팅 · 장병수 김한밀 정재은 김진영
관리 · 김두만 구진아 유효정

(주)은행나무
121-839 서울특별시 마포구 양화로11길 54
전화 · 02)3143-0651~3 | 팩스 · 02)3143-0654
신고번호 · 제 1997-000168호(1997. 12. 12)
www.ehbook.co.kr
ehbook@ehbook.co.kr

잘못된 책은 바꿔드립니다.

ISBN 978-89-5660-800-6 03810

·마인드 트리(mind tree)는 은행나무 출판사의 명상 & 자기계발 브랜드입니다.